KB058193

똑똑하게
사랑하라

LOVE SMART : Find the One You Want - Fix the One You've Got
by Dr. Phil McGraw

Love Smart

똑똑하게
사랑하라

전 세계 여성들의 러브 코치,
필 맥그로의 사랑 성공법!

필 맥그로 지음
서현정 옮김

시공사

똑똑하게 사랑하라

2007년 11월 15일 초판 1쇄 발행
2014년 2월 25일 초판 35쇄 발행

지은이 | 필 맥그로
옮긴이 | 서현정
발행인 | 이원주
책임편집 | 이한아
책임마케팅 | 조용호

발행처 (주)시공사
출판등록 1989년 5월 10일(제3-248호)

주소 | 서울특별시 서초구 사임당로 82(우편번호 137-879)
전화 | 편집(02)2046-2853·마케팅(02)2046-2800
팩스 | 편집(02)585-1755·마케팅(02)588-0835
홈페이지 www.sigongsa.com

ISBN 978-89-527-4809-6 03840

29년을 함께 살고 있는 아내 로빈,
당신에게 이 책을 바칩니다.
당신 곁에서 눈뜨는 하루하루가 소중합니다.
당신은 최고의 파트너입니다.

Contents

진실한 사랑이란 그 누구도 도와줄 수 없고,
부러워할 것도 없는 마음의 병이다.
마크 트웨인

사랑은 게임이다

'갑자기 웬 게임?' 이라고 생각할는지 모르지만 사랑도 일종의 게임이다. 사랑은 경외심과
예절로 무장하고 접근해야 하는 대단히 숭고한 것이라고 생각하는 사람들이 많다. 그런데
심각하고 진지해지면 '절박하다' 는 느낌을 주기 쉽다. '절박하다' 는 말은 남녀불문하고 사
랑에 대해 이야기할 때 흔히 듣는 말이다. 인생의 동반자를 선택하고 결혼을 결정하는 일은
진지하게 생각해야 하는 것이 당연하다. 하지만, 그 결정에 이르는 과정은 게임이다. 게임에
서 이기기 위해서는 느긋하게 즐길 줄 알아야 한다. 손에 땀을 쥐고 안절부절 못하는 채로는
절대 게임에서 이길 수 없다.

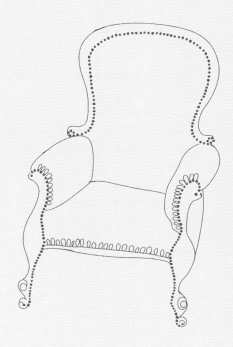

♥ ♥ ♥

여러분, 나, 그리고 우리 모두를 포함해서 인간은 사회적인 동물이다. 정신적으로든, 육체적으로든 우리는 언제나 누군가와 함께 있고 싶어 한다. 그래서 넓은 장소에 몇 안 되는 사람들을 두면 오래지 않아 옹기종기 모여 서로 이야기를 나누며 신체적인 접촉을 시도한다.

하지만 우리 인간은 그렇게 단순히 '누군가와 함께 있다는 것'만으로 만족하지 않는다. 눈에 띄는 아무나가 아닌 특별한 누군가와 짝을 이루고 싶어 한다. 그것이 바로 사랑이 아닐까. 우리는 사랑에 빠지고 싶어 하고, 사랑을 이루고, 나누길 간절히 원한다. 이렇듯 세상 모든 사람이 사랑에 빠지고 싶어 한다면 사랑하는 것이 당연히 쉬워야 하는데 어찌된 일인지 똑똑하고 영리해질수록 사람을 만나고 사랑하는 것이 더 힘들어진다.

수많은 사람들이 내게 찾아와 결혼은 말할 것도 없고, 오랫동안 진지한 사랑을 나눌 상대조차 찾기 힘들다고 하소연한다. 어쩌다 미팅을 하면 다시는 만나고 싶지 않은 얼간이가 나오고, 아니면 사람은 괜찮은데 애프터 신청을 안 하고, 괜찮은 사람 중에는 가끔 알고 보니 유부남일 때도 있다는 것. 그런 일들을 겪고 나면 만사가 귀찮아져 더 이상 사람을 만나고 데이트하는 것이 싫어진다고 말한다.

다음은 독자들이 보내온 이메일이나 편지의 일부인데, 그나마 아직 많은 이들이 유머 감각은 잃지 않은 것 같아 다행이다 싶다.

솔직히 이 나이가 되고 보니 절박한 심정 같은 것은 잊은 지 오래입니다. 2주일 전에 소개팅을 했는데 남자가 가석방 규정 때문에 술집에서는 만날 수 없다고 하네요. 지금 제게 필요한 건 '고독의 바다'에서 날 건져 내 인공호흡을 해줄 남자이지 함께 물속에서 허우적댈 남자가 아니에요.

♥

지난번 소개팅에서 있었던 일이랍니다. 상대편 남자가 아파트로 저를 데리러 왔었지요. 함께 주차장으로 걸어갔는데, 그 남자는 차 문을 열고 저를 태우더니 차 뒤쪽으로 걸어가서는 자기 차에 올라 그대로 떠나 버리지 않겠어요. 알지도 못하는 사람 차에 남겨 두고 도망치다니, 세상에! 평생이 걸리더라도 그놈을 꼭 붙잡아 본때를 보여 주고 말 거예요!

♥

지난 소개팅에서 만난 남자는 컴퓨터와 관련된 일을 하는 남자였어요. 데이트하는 내내 "윈도가 짱이야!"라고 열변을 토했죠. 그 남자와 헤어지고 난 후에는 쇼윈도만 봐도 짜증이 치밀어 올라요.

♥

어쩌다 애프터 신청을 받았는데, 아무리 생각해도 그 남자 실수로 나한테 전화를 했다가 만나자는 약속을 한 것 같았어요. 마치 많이 먹기 대회라도 출전한 것처럼 미친 듯이 밥만 먹더니 자동차가 견인될까 겁난다는 듯 부리나케 식당을 나가 저를 차에 태우고 집 앞에 내려 주었답니다. 물론 그 남자는 우리 집 강아지가 저를 알아보기도 전에 뒤도 안 돌아보고 가버렸고요. 에고, 내 팔자야…….

♥

창피한 말이지만, 며칠 전 한 남자가 차를 몰고 가다 창밖으로 고개를 내밀더니 "아가씨 다리 끝내주는데!"라고 소리치더군요. 그 순간 저는 "고마워요~"라고 말하고 그 남자 전화번호를 물을 뻔했어요. 근사한 직장도 있고, 몸매도 좋고, 얼굴도 되고, 거기다 옷까지 잘 입는 제가 대체 왜 그런 말도 안 되는 생각을 했을까요?

♥

저는 애완동물에 예쁜 옷을 입히고 '엄마한테 뽀뽀.'라고 말하는 사태가 벌어지기 전에 얼른 남자를 만나고 싶습니다. 그런 짓을 했다가는 동네 아이들이 나를 미친 여자 취급하겠죠. 제가 미친 짓을 하기 전에 하늘에서 멋진 남자 하나 안 떨어질까요.

♥

다 포기했습니다! 땅딸막하고 몸에서 냄새까지 나는 회사 동료가 월요일에 포도 알만 한 다이아몬드가 박힌 반지를 끼고 나타나 청혼을 받았다고 자랑하더라고요. 그 여자는 친구들한테 전화해 결혼식 이야기에 정신없는데, 저는 기껏 친구들한테 전화해 주말에 할인점 행사에 가자는 이야기만 했어요. 아, 처량한 내 신세여!

여러분의 상황도 앞에 나온 여성들보다 썩 나을 것이 없다면 지금 이야말로 과거를 버리고 자신이 진정으로 원하는 사랑을 찾아 나서야 한다. 그렇게 하기 위해서는 '똑똑하게 사랑하는 법'을 배워야 한다.

세상에는 여러분을 위한 특별한 남자가 분명히 존재한다. 어쩌면 여러분은 이미 그 남자를 만났는지도 모른다. 그 남자와 사귀기까지 했는데도 다음 단계로 넘어가지 못했다거나, 그 남자와 결혼까지 했는데 사랑의 불꽃이 꺼져 버린 것인지도 모른다.

자신이 꿈꾸는 사랑을 하고, 꿈꾸는 결혼 생활을 하기 위해서는 우선 자신이 무엇을 어떻게 하고 있는지, 잘못한 것은 없는지부터 정확하게 알아야 한다. 자신을 바꿀 의지가 있어야 사랑도 할 수 있다.

지금부터 나는 여러분이 자신에게 꼭 맞는 누군가를 찾기로 결심했다는 가정 아래에 여러 가지 비법과 전략을 전수하려 한다. 그렇다고 해서 내가 결혼을 못했거나 애인이 없는 여자는 사람도 아니고 제대로 된 삶을 살 수도 없다고 생각하는 것은 절대 아니다. 사랑하는 사람을 만나는 것은 물론 좋은 일이다. 애인이나 남편을 원하는 것도(그 둘을 동시에 원하는 것은 문제가 다르지만) 지극히 정상이다. 하지만 세상 모든 여성이 반드시 결혼을 해야 한다거나 반드시 연애를 해야 하는 것은 절대 아니다. 결혼은 선택이지 의무가 아니다.

꿈꾸는 남자를 차지하기 위해서는 어떻게 해야 할까? 방법은 간단하다.

자신이 어떤 남자를 원하는지 잘 생각하고,

그 기대치에 맞는 남자를 찾아내서,

자석처럼 그 남자를 끌어당기고,

그도 여러분이 원하는 사랑을 원하게 만들어서

그와 결혼해 행복하게 살면 된다

위의 글을 보고 '말은 쉽지'라고 생각했다면, 왜 자신은 그렇게 못하고 있는지, 그 문제점은 알고 있는가? 내 남자를 찾지 못한 사람들에게서 나타나는 100퍼센트 확실한 두 가지 사실이 있다. 첫째, 자신이 어떤 남자를 원하는지, 어떤 사랑을 원하는지 모르고 있다는 것이다. 만약 그렇다면 이는 심각한 문제이다. 하지만 여기서 반드시 알아야할 것은 절대로 여러분한테 어떤 잘못된 점이 있다는 건 아니라는 사실이다. 여러분은 아무 문제 없다. 자신에게 문제가 있어서 멋진 사랑을 못한다는 생각은 하지 말자. 이 책을 읽으면서 여러분은 세상에서 제일 깊이 감춰 두었던 비밀, 꼭꼭 숨겨 두었던 보석을 발견하게 될 것이다. 여러분 주위 사람들은 물론이고, 사랑을 하고 결혼을 하고 싶던 남자들한테도 그리고 자신한테도 보여 주지 않고 감춰 두었던 그 보석은 바로 '여러분 자신'이다.

두 번째로 확실한 사실. 여러분은 뭔가 잘못 생각하고 있거나 게임을 제대로 즐기지 못하고 있다. 그렇지 않다면 여러분은 오래전에 원하는 사랑을 얻었을 것이다. 여러분은 멋진 남자를 만나 사랑을 할 수 있는 능력도 있고 가치도 있는데 다만 게임의 법칙을 제대로 모르는 것뿐이다. 이 점에 대해서는 제3장 〈사랑 앞에서 절박한 모습은 보이지 마라〉에서 자세히 살펴보기로 하자.

'갑자기 웬 게임?'이라고 생각할는지 모르지만 사랑도 일종의 게임이다. 사랑은 경외심과 예절로 무장하고 접근해야 하는 대단히 숭고

한 것이라고 생각하는 사람들이 많다. 그런데 심각하고 진지해지면 '절박하다'는 느낌을 주기 쉽다. '절박하다'는 말은 남녀불문하고 사랑에 대해 이야기할 때 흔히 듣는 말이다. 인생의 동반자를 선택하고 결혼을 결정하는 일은 진지하게 생각해야 하는 것이 당연하다. 하지만, 그 결정에 이르는 과정은 게임이다. 게임에서 이기기 위해서는 느긋하게 즐길 줄 알아야 한다. 손에 땀을 쥐고 안절부절 못하는 채로는 절대 게임에서 이길 수 없다.

한 가지 짚고 넘어가야 할 것이 있다. 데이트와 연애가 게임의 일종이라고 해서 그것이 하찮은 것이라거나 가볍게 여겨도 된다는 뜻은 아니다. 지금 우리는 여러분 인생에, 특히 여러분의 연애 인생에 일어날 큰 변화에 대해 이야기하고 있다. 여러분이 승자가 되어야 한다. 결혼식 들러리에 머물지 말고 결혼식의 주인공인 아름다운 신부가 되어야 한다는 말이다!

집에 처박혀서 신세타령만 하고 있으면 남자뿐만 아니라 세상 모든 사람이 여러분의 장점을 알고 싶어도 알 수가 없다. 스스로 자신의 장점을 외면하는데 남이 어떻게 알아주겠는가? 먼저 자신을 제대로 파악해야 한다. 이상하게 들릴지 모르겠지만 남자에게 사랑받는 사람이 되기 전에 자신에게 사랑받는 사람이 되어야 한다.

자신에게 사랑받기 위해서는 어떻게 해야 할까? 목표에 도달하기 위해서는 먼저 내 인생의 시나리오를 새로 쓰고 주인공이 되어야 한다. 따라서 제2장 〈자신을 사랑하면 그도 당신을 사랑한다〉에서는 자신의 개성과 특징을 파악하고 이해한 후 그것을 받아들이는 노하우를 배우게 될 것이다. 즉, 자신의 개성과 특징을 모아 최고의 모습을 만드는 것이다. 물론 이것이 전부는 아니다. 자기 조건만 아는 것으로는 부족하다. 제1장 〈어떤 남자를 고를 것인가?〉에서는 바로 여러분이 꿈꾸는 남자의 개성과 조건에 대해서도 알아볼 것이다. 이 두 개의 장을 통해서 성격, 신체적 조건, 가치관, 믿음 등 자기가 어떤 사람인지, 그리고 자기가 꿈꾸는 사람이 어떤 사람인지를 정확히 알아낼 수 있다.

무엇보다도 자기 속부터 들여다보아야 한다. 자신이 어떤 사람인지 파악하고 사람들한테 어떤 모습을 보여 줄 것인가를 정해 그 모습에 집중하자. 여기서 말하는 '남들에게 보여 주는 모습'은 자기 안에 숨어 있는 진실하고 멋진 모습을 말한다.

여러분 안에는 그 어떤 남자든 반하고 매력을 느낄 만한 모습이 분명 감춰져 있다. 바로 그 모습을 찾아내야 한다. 지금까지는 몰랐던 매력을 발산해 보자. 지금껏 매력을 감추고 살았다면 감춰진 매력을 찾아야 한다. 나는 할리우드에 살고 있는데 만나는 사람 중 둘에 하나는 배우 매니저다. 그들은 언제나 새로 발굴한 '스타'를 홍보하느라 여념이 없다. 만약 매니저가 미래의 스타를 홍보할 때 여러분처럼 말한다면 어떻게 될까? 예를 들어 이렇게 말이다.

"안녕하십니까? 새로 여배우를 한 사람 발굴해서 소개해 드릴까 합니다. 멍청하고, 지루한데다 별로 내세울 장점도 없고 재미도 없는 성격이라서 아마 마음에 안 들 겁니다. 마지막으로 데이트를 한 것이 하도 오래전 일이라 옷도 유행 지난 것만 입고 다니는 그런 여자죠. 그래도 전화만 하면 언제든 달려 나올 겁니다."

누군가를 이런 식으로 소개한다면 아마 다들 기가 막힌다는 듯 눈이 휘둥그레질 것이다. 이는 혹시 지금도 여러분이 남들에게 자신을 그런 식으로 알리고 있지는 않나 곰곰이 생각해 봐야 할 문제다. 자신이 멋지고 근사하다고 믿지 않는 이상 치열한 사랑 게임에서 절대로 승리할 수 없다. 꼭 기억하자. 멋있는 척 꾸미는 것은 불가능하다. 자기가 정말로 멋있다고 생각해야만 멋있는 사람이 될 수 있다. 제4장 〈그의 머릿속에 나를 각인시켜라〉에서는 남들에게 보여 줄 자기의 멋진 모습 찾아내는 방법이 소개된다. 그렇다고 긍정적인 사고방식을 갖자는 등 진부한 말을 늘어놓으려는 건 아니다. 그보다는 자신의 독특한 개성을 찾아내고 받아들이는 방법을 제시하는 것이 목표다.

> 미국에는 전체 인구의 44퍼센트에 달하는 1억 명이 독신이다. 그리고 그중 절반이 남자이며, 날마다 수많은 사람들이 결혼을 한다. 만약 여러분이 원하는 것이 결혼이라면 진실한 마음을 갖고 조금만 노력하면 원하는 바를 이룰 수 있다.

　나는 여러분이 먹이를 쫓는 독수리가 되기를 바란다. 그래서 옆에 있는 친구 독수리에게 "가만히 앉아서 기다리는 건 이제 끝이야. 지금부터는 직접 나서서 먹이를 잡을 거야."라고 말하기를 바란다. 그렇게 해야만 성공할 수 있다. 꿈을 이루기 위해 스스로 나서란 말이다. 그러기 위해서 이성의 관심을 얻는 것부터 혼인 신고서에 도장을 찍는 순간에 이르기까지 확실한 전략이 필요하고, 그 전략을 실천에 옮길 요령도 필요하다. 제7장 〈남자의 사람됨을 판단하라〉에서는 희망 없는 관계에 매달려 허송세월하는 것을 막고, 가능성 있는 상대방을 찾는 방법을 소개한다. 어떤 남자가 정말 괜찮은 남자이고, 어떤 남자가 아닌지 구별하는 방법을 알아본다. 일단 괜찮은 남자를 발견하면 어떻게 행동할 것인가에 대해서는 제6장 〈최고의 애인을 만드는 6단계 전략〉에서 알아보자.

남자와 여자는 서로 이해하지 못하지만 나는 남자이니 만큼 적어도 남자의 생각은 이해한다. 그래서 나는 여러분의 궁금증을 해소해 주는 상담자가 되려는 것이다. 제5장 〈남자의 진짜 속마음 엿보기〉에서는 남자를 원하는 대로 움직이는 방법에 대해 소개하려고 한다. 여기서는 내가 남자로서 살며 겪은 경험과 지식을 총동원했다. 이를 통해 여러분은 남자가 무엇을 원하고, 여러분의 장점을 알아차리게 하려면 어떻게 해야 하는지에 대해 배우게 될 것이다. 하객들의 축하를 받으며 결혼식장으로 들어서고 싶으면 먼저 남자를 알아야 한다.

많은 남자들이 데이트를 하거나 연애를 할 때 여자들이 자신을 결혼이라는 수렁 속으로 밀어 넣으려고 안간힘을 쓰는 듯한 느낌을 받았다고 내게 말했다. 참으로 난감한 말이다. 여자는 남자가 오직 한 가지에만 관심이 있다고 말하는데, 남자도 나름대로 할 말이 있다. 남자는 여자 역시 오직 한 가지, 즉 결혼에만 관심이 있다고 생각한다. 그런 생각을 가지고 있는 남자를 상대할 때는 부담감을 주지 않으면서 위기감을 조성할 줄 알아야 한다. 그래서 제8장 〈평생 후회 없는 남자 선택하기〉에서는 남자를 사로잡을 방법과 기술을 보여 주고자 한다. 그냥 한 번 만나고 마는 것이 아니라 남자의 마음과 정신 그리고 영혼까지 몽땅 사로잡는 방법, 또 그렇게 사로잡은 남자와 진지한 관계로 이끄는 확실한 노하우가 필요하다. 이때는 부담 주지 않으면서 위기감을 조성하는 것이 목표다. 자신에게 딱 맞는 사람을 찾아 그의 관심을 사로잡고, 마음과 생각을 움직여 결혼하고 싶도록 해야 한다. 너무 직설적이지만 그것이야말로 여러분이 진짜로 알고 싶은 것이고, 우리가 지금부터 소개하고자 하는 내용이다. 여러분은 즐겁고 재미있게 그 방법을 배우면 된다.

그리고 제9장 〈오래된 사랑 재충전하기〉에서는 이미 연애 중이거나 결혼한 여성들, 하지만 예전의 불꽃같은 연애 감정을 되살리고 싶은 여성들에게 필요한 방법들을 살펴볼 것이다.

우리의 목표는 순간을 즐기는 데 적당한 남자를 찾는 것이 아니라, 평생 만족하고 사랑할 수 있는 특별한 사람을 찾는 것이다. 대충 마음에 든다 싶어서 서둘러 청첩장을 돌리고 친구들한테 결혼한다고 자랑하는 것과 "오랫동안 행복한 결혼 생활을 계속하고 있다."라고 말하는 것은 전혀 별개의 문제다. 만약 당장 결혼식을 올리는 것이 목표라면 오랫동안 행복한 결혼 생활을 계속하는 것이 목표인 사람과는 다른 계획이 필요하다. 당장 결혼이 목표라면 남자가 듣고 싶은 말만 하고 남자가 원하는 행동만 하면 된다. 그러면 얼마든지 하객들의 축하를 받으며 결혼식장에 입장할 수 있다. 하지만 그 뒤로 계속해서 꿈같이 행복한 날들이 펼쳐진다고는 장담할 수 없다. 만약 공주 같은 웨딩드레스를 입고 친구들의 부러운 시선을 한 몸에 받으며 결혼식을 치른 1년 뒤까지 내다본다면, 그래서 서로를 사랑하고 아끼며 행복한 결혼 생활을 계속하고 싶다면, 단순히 결혼식장에 함께 설 남자를 구하는 것에서 그칠 것이 아니다. 자기에게 정말 꼭 맞는 남자를 찾아 좋은 관계를 이루는 것을 목표로 해야 한다. 자, 그러면 지금부터 시작해 보자.

남자는 티슈다. 부드럽고, 질기며,
다 쓴 다음엔 버릴 수 있다.
셰어

1 어떤 남자를 고를 것인가?

자신이 진정 원하는 남자가 어떤 사람인지 진지하게 생각해 두지 않으면 꿈에 그리던 이상형이 "나는 당신의 이상형입니다."라는 팻말을 들고 나타나도 알아보지 못할지 모른다. 여러분이 모든 남자한테 다 어울릴 수 없듯이 이 세상 모든 남자가 다 여러분한테 어울릴 수는 없다. 세상에는 여러분을 돌아 버리게 만드는 남자도 있고 그 반대인 남자도 있다. 자신에게 맞는 남자와 그렇지 않은 남자를 제대로 구별하려면 자기가 어떤 남자를 원하는지 그리고 어떤 남자를 원하지 않는지를 먼저 분명히 알아야 한다. '이런 남자하고는 한순간도 같이 못살아!' 라고 생각되는 남자와 '그래, 이 남자와 함께라면 미래를 설계할 수 있어.' 라고 생각되는 남자의 기준이 필요하다.

형편없는 남자와 함께하느니
나 홀로 행복한 편이 낫다

⌐ 고령 임신은 산모, 아이 모두에게 해롭다. 35세가 넘으면 임신 확률이 크게 떨어진다. 이런 말을 들으면 갑자기 불안하고 조바심이 난다.

⌐ 담배 연기 자욱한 클럽에서 추파를 던지는 남자들을 볼 생각만 하면 속이 뒤집어질 것 같다.

⌐ "한 번만 더 머리에 잔뜩 왁스를 바르고 밤에도 선글라스를 끼고 나보다 옷을 더 많이 사는 남자를 만나면, 다시는 미팅 같은 거 안 할 거야."라고 다짐한다.

이런 생각을 하고 있다면 아무 남자나 먼저 다가와 말 걸기를 기다리는 순진한 짓은 당장 집어치우자. 똑똑하게 사랑하기 위해서는 먼저 똑똑하게 데이트할 줄 알아야 한다. 이제는 새롭게 시작해야 할 때다.

반대로 소개팅이나 미팅 한 번 해본 적 없거나 남자들이 우글거리는 클럽에는 절대 가지 않는 사람도 있을 것이다. 데이트나 소개팅은 도통 해보질 않아서 소개팅하고 미팅하는 것이 지겹다는 말은 이해도 못하겠고, 데이트하는 법도 제대로 모르는 사람도 있을 것이다. 마지막으로 남자와 데이트를 한 것이 백년 전 일이며, 〈섹스 앤드 더 시티〉를 보면서 "세상에 저렇게 항상 새로운 남자를 만나고 데이트하는 여자들이 어디 있어?"라고 투덜거리는 사람도 있을 것이다. 바로 그런 사람들을 위해 이 책이 탄생했다. 여러분 생각대로 텔레비전 드라마와 영화는 현실과 많이 다르다. 그래서 많은 사람들이 드라마나 영화를 보는 것이다. 자기 현실도 그렇게 되기를 바라는 마음으로 말이다.

여러분이 '데이트 같은 거 예전에 나도 다 해봤어.' 라고 생각하든, '난 한 번도 못해 봤는데!' 라고 생각하든 상관없다. 어차피 현재 처지는 똑같으니까. 어느 쪽이든 좋은 남자를 만나 좋은 관계를 이루지 못한 것은 똑같다. 지금 같은 처지가 된 것은 결코 여러분한테 문제가 있어서가 아니라 기회를 최대한 활용하는 기술과 계획이 없었기 때문일 뿐이다.

대체 내가 꿈에 그리고 내게 꼭 맞는 남자는 정확히 어떤 남자인가? 그렇다고 거기에 얽매여 그 대답에 맞는 남자만을 골라야 하는 것은 아니다. 다만 미팅이나 데이트를 시작하기에 앞서 어느 정도 기준을 정해 두자는 것뿐이다. 이것저것 재면서 까다롭게 굴 필요도 없다. 나는 다만 여러분이 왕자님을 찾기 위해 아무 개구리한테나 입 맞추는 일을 막고 싶을 뿐이다. 일단 어느 정도 기준을 정해 두고 기준에 너무도 못 미치는 남자는 거절하자. 결과를 염두에 두고 시작하자는 것. 족보 있는 강아지나 하다못해 신발을 물어뜯지 않는 강아지를 살 생각인데 똥개 구경이나 하면서 시간 낭비할 수는 없다.

세상에는 여러분의 시간을 낭비하게 만드는 나쁜 남자들이 너무 많다. 얼마 전 어느 여성으로부터 고급 휴양지에서 만난 남자 이야기를 들은 적 있다. 그 남자는 대단히 강한 남자처럼 굴면서 그녀의 정신을 쏙 빼놓았단다. 이야기를 듣다 보니 007 제임스 본드는 비교도 안 될 것 같았다. 그녀는 남자가 어찌나 잘난 척을 하던지 도저히 감당을 할 수 없을 정도였다.

그 남자는 자신이 가진 물건으로 여자의 환심을 살 작정이었던지, 호텔 앞에 '내' 포르셰를 주차해 놓았고, 새로 산 '내' SUV는 왁스칠을 해서 집 주차장에 넣어 두었다고 떠들었다. 그리고 혹시 못 볼까 걱정이 되었는지 롤렉스시계를 찬 손목도 계속 위로 흔들어 댔다. 그러더니 자신이 신고 있던 프라다 구두와 수집한 예술품 이야기를 시작으로 고층 아파트며 보트까지 줄줄이 자랑을 해댔다. 정말이지 뻔뻔하다 싶을 정도로 끝도 없이 자랑을 늘어놓는 그 남자에게 그녀는 "정말 대단하네요. 카드 값이 정말 대단하겠어요. 이제 보니 머릿속에 뇌는 없고 돈만 잔뜩 들어 있든지 아니면 빚잔치를 벌이고 있는 분인 것 같네요."라고 말했다. 그녀는 남자가 끝도 없이 늘어놓는 자랑을 듣는 내내 '도대체 남자들은 그런 쓸데없는 데에 왜 돈을 쏟아 부을까? 나는 절대 그런 짓은 안 할 거야. 자기 가족보다 골프 채 사는 데 돈을 더 쓰는 남자하고 결혼했다가는 아이들 학비나 노후 준비는 꿈도 못 꿀 거야.'라고 생각했다.

여자들이 나쁜 남자들한테 끌리는 마음을 전혀 이해 못하는 바는 아니다. 나쁜 남자들이 여자를 쉽게 차지하는 경우도 많이 봤다. 알아야 할 점은 여러분이 끌리는 남자의 매력이 진지한 관계를 오랫동안 유지하고 싶은 상대에게 꼭 필요한 덕목이라고 말할 수 없다는 것이다. 여러분이 바라는 것은 안정된 결혼 생활인데 지금 곁에 있는 남자가 함께 아이를 낳아 기르거나 힘들고 괴로운 시절을 함께 헤쳐 나갈 만한 사람이 아니라면 얼른 남자 고르는 기준을 바꿔야 한다.

데이트를 할 때 재미있고, 춤 잘 추고, 노래 잘하고, 잘 놀고, 잘생기고, 근사한 남자는 무조건 진지한 관계에 적합하지 않다는 뜻은 결코 아니다. 그런 매력을 중요하게 여기는 여성들도 많이 있다. 여러분도 그중 하나일 수 있다. 하지만 그런 매력이 있다고 해서 무조건 진지한 관계를 위한 상대로 선택해서는 안 된다.

물론 자신에게 맞는 남자를 선택하는 과정이 재미도 없고, 지루하기만 해서도 안 된다. 내게 맞는 남자를 고르는 일은 신나고 재미있어야 한다. 여러분에게 딱 맞는 '바로 그 사람'일 가능성이 있는 괜찮은 남자와 즐거운 시간도 누려야 한다. 그러기 위해서는 목표를 이루는 데 전혀 도움이 안 되는 남자들과 어울려서는 안 된다. 노처녀로 늙을 것이 두려워 아무 남자나 만나는 짓은 하지 말자.

> 진지한 만남으로 이어질 수 있는 상대를 원한다면! 한 번 만나고 다시는 연락 안 할 것 같은 남자와는 어울리지도 말자. 노처녀 소리 듣느니 아무 남자라도 만나는 게 낫다? 절대 안 된다. 별 볼일 없는 남자지만 지금까지 만났으니까 계속 만나 보자? 역시 생각조차 하지 말자!

진지하게 사귈 수 있는 좋은 남자를 만나고 싶다면, 5년 후가 아니라 지금 당장 만나고 싶다면 생산적인 만남과 소비적인 만남을 구별할 줄 알아야 한다.

우선 생각을 바꿔야 한다. 형편없는 남자와 함께하느니 혼자서 행복한 편이 낫다. 이대로 노처녀로 늙어 죽을지 모른다는 두려움에 아무 남자나 괜찮다는 생각도 버려야 한다. 예를 들어 술고래에 성격도 까다롭고 아이들을 싫어하는 남자는 결혼 상대로는 적합하지 않다. 그런 남자가 함께 놀기에는 재미있을지 몰라도 진지한 관계를 유지하는 데 적합하지 않을 뿐더러 행복한 미래를 함께할 수 있을 가능성은 거의 없다. '이번 주말도 혼자 쓸쓸히 보내야 하나?' 라는 생각에 한숨이 나오더라도 이런 남자는 용감하게 외면해야 한다.

34살의 데비는 홀딱 반해 버린 남자와 사귄 적이 있다. 몇 시간씩이고 그 남자 사진을 들여다보며 정말 멋지고 섹시하다고 감탄한 적도 많았다. 그러면서도 마음 한편에서는 더 이상 가까워져서는 안 된다는 생각이 떠나지 않았다. 과거에 멋진 '꽃미남'들과 화끈한 연애를 해본 경험이 있는 데비. 이번에도 외모에 대한 관심이 식으면 그토록 멋지게 보이는 이 남자도 철부지에, 무엇이든 자기 멋대로이고, 무책임하고, 진지한 면이라고는 조금도 없는 진짜 모습이 눈에 들어오리라는 것을 잘 알고 있었다. 그래서 그녀는 동시에 다른 남자도 만나면서 깊이 빠져들지 않으려고 애썼다. 결국 그녀는 이 남자가 진짜 좋은 사람 만날 시간을 허비하게 만드는 남자일 뿐이라는 사실을 깨닫고는 힘껏 차버렸다.

자신이 진정 원하는 남자가 어떤 사람인지 진지하게 생각해 두지 않으면 꿈에 그리던 이상형이 "나는 당신의 이상형입니다." 라는 팻말을 들고 나타나도 알아보지 못할지 모른다. 여러분이 모든 남자한테 다 어울릴 수 없듯이 이 세상 모든 남자가 다 여러분한테 어울릴 수는 없다. 세상에는 여러분을 돌아 버리게 만드는 남자도 있고 그 반대인 남자도 있다. 자신에게 맞는 남자와 그렇지 않은 남자를 제대로 구별하려면 자기가 어떤 남자를 원하는지 그리고 어떤 남자를 원하지 않는지를 먼저 분명히 알아야 한다. '이런 남자하고는 한순간도 같이 못 살아!' 라고 생각되는 남자와 '그래, 이 남자와 함께라면 미래를 설계할 수 있어.' 라고 생각되는 남자의 기준이 필요하다.

그런데 브래드 피트와 조지 클루니의 외모에 간디의 성품 그리고 빌 게이츠의 재산을 하나로 합친 남자를 기준으로 삼겠다는 생각은 접어 두기 바란다. 여러분의 소망과 달리 세상에는 나이가 들수록 빌 게이츠의 얼굴에 간디의 재산을 닮아 가는 남자가 더 많다.

지금은 꿈에 그리는 완벽한 남자를 찾을 때가 아니다. 그런 남자만 찾으면 사랑과 데이트 게임에서 절대 승리할 수 없다. 고집을 꺾지 않으면 '도무지 내 마음에 드는 남자가 없어. 이래서 내가 혼자라니까!' 라고 핑계나 대면서 살 수밖에 없다. 이제부터라도 현실적인 기준을 세우고 자기에게 어울리는 남자를 찾자. 그런 다음 제대로 공략을 시작하자.

망가진 차는 고르지 않는 법
평강 공주는 되지 마라

자신에게 딱 맞는 남자를 고르기 위한 조건을 선택할 때는 원하는 것 못지않게 원치 않는 것을 아는 것도 중요하다. 그러므로 우선 절대로 견뎌 내지 못할 것 같은 조건부터 생각해 보자. 이런 조건을 이 책에서는 용납할 수 없는 조건 즉 절대로 '용서 안 되는 조건'이라고 부르고자 한다. 정직함, 용기, 정의로움 등 일반적으로 사람을 평가하는 기준과 자기만의 기본적인 가치관에 위배되는 성격, 조건 등이 여기에 속한다. 어떤 남자가 여러분의 기본적인 가치관을 거스르는 요소를 가지고 있다면 그가 아무리 잘생겼더라도 아니면 최고급 자동차를 몰더라도 가까이해서는 안 된다. 결코 참아 줄 수 없고 사랑하는 마음까지 싹 사라지게 만들 만한 조건을 가지고 있다면 지금 당장 그 문제에 대해 이야기해야 한다.

남자가 큰 문제를 가지고 있어서 도움을 받으라거나 상담을 받으라고 권하는 것까지는 괜찮다. 하지만 평생 그 남자 곁에 머물면서 그를 올바른 길로 이끌어야겠다는 생각은 하지 않기 바란다. 비정한 말로 들릴지 모르지만 지금 여러분이 원하는 것은 정신과 육체가 모두 건강하고 여러분한테 잘 어울리는 정상적인 남자다. 여러분은 카운슬러도 아니고, 자원 봉사자도 아니고, 그 남자를 돌봐 줄 엄마는 더더구나 아니다. 하지만 여러분이 이미 결혼을 했거나 헤어질 수 없을 만큼 사랑에 빠졌는데 남편이나 애인이 심각한 문제를 드러낸다면 그때는 사정이 다르다. 결혼을 한 사이이거나 깊이 사랑하는 사이일 때는 남편이나 애인이 문제를 고치고 극복하도록 인내심을 갖고 도와주어야 한다. 하지만 그것도 여러분에게 상처가 되지 않는 한도 내에서 해야 한다.

심각한 문제가 있는 남자를 새로 사귀기 시작하는 것은 결코 똑똑한 사랑법이 아니다. 평강 공주라도 되는 듯 내가 이 남자를 바로잡아 줄 수 있을 것이라는 생각은 하지 마라. 문제가 없는 남녀도 서로 조화를 이루고 살아가기가 쉽지 않다. 여러분 모두 심신이 건강하고 사람 구실 제대로 하는 좋은 남자를 만날 자격이 충분하다. 마음 깊이 상처를 입은 남자, 괴로운 과거에서 헤어나지 못하는 남자, 알코올 중독자, 약물 중독자, 혼자서는 아무것도 못하는 남자는 쳐다보지도 마라. 록 밴드를 결성할 생각이 아니라면 말이다. 폭력적인 남자도 안 되고, 친절했다가 금세 고약하게 굴고는 미안하다며 설설 기는 변덕쟁이도 안 된다. 그런 남자들은 절대 좋아질 가능성이 없고, 설령 좋아질 가능성이 있다고 해도 전문가의 도움을 받아야 한다. 그런 남자들은 곁에서 지켜보기만 한다고 해서 좋아지지 않는다.

다행히도 세상에는 여러분의 가치관에 위배되지 않는 괜찮은 남자들이 많이 남아 있다. 그러니 굳이 망가진 것은 고르지 마라. 이것은 만고의 진리다. 남자를 찾는 것은 자동차를 사는 것과 똑같다. 차 두

대가 있는데 하나는 망가졌고, 다른 하나는 흠집 하나 없이 멀쩡하다면 어느 차를 고르겠는가? 세 살 먹은 어린아이도 흠집 없이 멀쩡한 차를 선택할 것이다.

그럼 방금 살펴본 너무도 명백한 몇 가지 조건들 외에 여러분은 또 어떤 용서 안 되는 조건들이 있는가?

자기가 야수를 길들일 수 있는 능력 넘치는 미녀라고 착각하지 마라. 세 번, 네 번 재혼했고 바람도 서너 번 피웠고, 직업도 없고, 경제 사정도 변변치 않은 남자한테 필요한 것은 카운슬러이지 애인이 아니다. 아무리 귀엽고 잘생겼다 해도 술고래에 싸움꾼에 도박꾼이라면 뒤도 돌아보지 말고 차버려라. 당연한 이야기를 입 아프게 되풀이하느냐고 생각할지 모르지만, 사람 마음이라는 게 묘해서 막상 그런 상황에 처하면 이성적인 판단을 못할 수 있다. 세상에는 여러분의 가치관에 딱 들어맞는 성격과 특징, 조건을 갖춘 남자들이 무궁무진하다. 그러니 과감하게 낚싯줄을 드리우자. 그래서 일단 마음에 드는 고기를 낚아 올렸다면 칼질하고, 깨끗이 씻어서 튀겨 먹든, 구워 먹든 여러분 마음대로 하자. 농담이 지나친 것 같지만, 어쨌든 얼마든지 여러분 마음대로 선택할 수 있다.

나는 부모님이 좋아하는 남자와 결혼할 거야!

부모, 친구, 그리고 주변 사람의 말을 무시하기란 쉽지 않다. 하지만 인생의 동반자를 선택할 때 무조건 남들 말만 들을 수는 없다. 남들 말이나 생각이 선택에 어느 정도 영향을 미칠 수는 있지만 정말로 중요한 것은 자기 마음이다.

나와 20년간 알고 지낸 마이클은 어린 시절 크지 않은 고향 마을에서 악동으로 소문이 난 친구다. 그는 새롭게 태어나고 싶은 생각에 어른들이 최고의 며느릿감으로 꼽던 수지 큐와 결혼했다. 수지 큐는 모든 어머니들이 꿈꾸는 최고의 딸이자 최고의 며느릿감이었다. 그런 여자와 결혼했으니 사람들이 자기를 괜찮은 남자로 다시 보아 줄 것이라고 기대했다. 물론 마이클의 부모님은 대단히 기뻐했다. 바라는 대로 이루어졌으니 기뻐할 만도 했다. 마이클도 착한 여자와 결혼했으니 착한 남자가 될 줄 알았다. 그런데 지금 그는 조금도 행복하지 않다. 사랑하지도 않는 아내와 함께한 25년간의 결혼 생활은 불행 그 자체였다. 그는 단 한순간도 아내를 사랑하지 않았다. 결혼한 후로 줄곧 아내를 속였고 바람도 피웠다. 착한 여자와 결혼했지만 악동 기질은 사라지지 않았다. 그에게는 착한 남자가 될 자질이나 조건이 부족했다. 그런 점들이 아내한테는 '용서 안 되는 조건'이 되기에 충분했다. 착한 여자로 사는 데 지친

수지 큐도 남편을 속이기 시작했고, 두 사람은 최소한 겉으로 보기에는 서로에게 미안해할 필요가 없어졌다. 여러분은 이런 결혼 생활을 원치 않을 것이다. 따라서 자신이 진심으로 원하는 상대를 선택해야 한다.

어떤 남자를 선택하고 어떤 남자를 선택하지 말아야 하는지에 대해 설교할 생각은 없다. 하지만 자신에게 맞는 성격이나 조건은 선택하라고 권하고 싶다. 남들 말은 신경 쓰지 말고 오로지 자신의 마음만 생각하고, 되도록 이기적으로 선택하자. 그래야 자기가 어떤 남자를 원하는지 좀 더 정확히 알 수 있다. 그런 다음에 선택한 조건들이 정말로 자기에게 맞는 것인지 확인해 보아야 한다. 이때 부디 자기의 솔직한 생각에 귀를 기울이기 바란다. 남들이 하는 말은 신경 쓰지 말자. 남들도 이런 남자를 고르니까 나도 이런 남자를 골라야 한다는 생각도 버리자. 지금은 자신의 마음과 생각에 솔직해야 할 때다.

여러분이 사랑하는 사람들의 말에 귀를 닫으라는 뜻은 아니다. 그들의 의견을 귀담아 듣되 여러분의 생각과 욕구에 얼마나 부합하는지 따져 보자. 그런 다음 선택을 하면 된다.

그와 함께 있을 때 드는
느낌이 가장 중요하다

누군가를 본 순간, 갑자기 눈앞이 밝아 오고 머릿속에서는 종소리가 울리고 다리가 후들후들 떨린다고 상상해 보자. 정말 마음에 드는 남자를 만났는데 그 남자도 진지한 만남을 이어 갈 여자를 찾고 있다고 가정해 보자. 지금 눈앞에 있는 남자가 여러분에게 홀딱 반했다면 어떤 기분이나 생각이 들까?

친밀감이 느껴질까? 내 사람이 생겼다는 생각이 들까? 행운을 잡았다는 생각이 들까? 축복받았다는 생각이 들까? 자신과 그 남자가 자랑스럽게 느껴질까? 기쁨과 안도감과 평화가 밀려올까? 인생을 함께할 사람이 생겼으니 드디어 이 세상에 내가 설 곳이 생겼다는 생각이 들까?

바로 이런 것이 여러분이 원하는 것이다. 여러분이 진정으로 원하는 것은 특별한 조건을 가진 남자가 아니라 남자를 만났을 때 드는 느낌이다. 그런데 왜 우리는 굳이 조건을 따져 남자를 선택해야 하는 걸까? 왜냐하면 그런 조건이 있어야만 여러분이 원하는 느낌을 얻을 수 있기 때문이다. 그러니 조건을 따져 보고 선택하는 것도 중요하지만 동시에 그런 조건으로 인해 어떤 느낌을 얻게 되는가를 기억해 두는 것도 중요하다. 알다시피 일단 원하는 느낌이 들게 되면 그 남자가 어떤 남자인지는 눈에 들어오지 않는다. 따라서 조건, 느낌 어느 하나 간과해서는 안 된다.

진정한 사랑을 찾기 위해서는 남자의 조건뿐 아니라 자기 자신에 대해서도 진지하게 생각해야 한다. 스스로에게 물어보자. 내가 원하는 남자는 어떤 남자인가? 나를 행복하게 해줄 친구 같은 남자, 나 없이는 못 사는 남자, 내가 인생을 함께하고 싶은 남자 등등⋯⋯. 가만히 보면 '나'가 안 들어가는 조건이 없다. 이것은 진정한 사랑이 바로 여러분 자신에게 달렸다는 것을 뜻한다. 여러분의 선택이 진정한 사랑을 불러올 것이다.

그렇다고 무조건 객관적이고 이성적인 선택을 하라고 말할 생각은 없다. 사랑이 이루어지려면 눈에서 번갯불이 번쩍하고, 온몸에 전기가 찌르르 흐르고, 말로 표현할 수 없는 미묘한 느낌이 통해야 한다는 것쯤은 나도 잘 알고 있다. 그런데 '나는 지금 이대로가 좋아. 지금 내 생각을 포기할 마음도 전혀 없어. 그냥 무조건 처음 본 순간 느낌이 오는 남자를 선택할 거야.'라고 생각하는 여성들이 너무 많다.

절대 잘생긴 외모에 넘어가지 않길 바란다. 외모보다는 그 남자와 함께 있을 때 드는 느낌이 더 중요하다. 처음에는 외모가 중요할 수도 있지만 외형적인 조건은 껍질에 불과하다. 키, 체중, 머리 모양, 직업 등등 처음 여러분의 마음을 사로잡고 친구들한테 남자를 소개할 때 뿌듯한 기분이 들게 만드는 외적인 조건들은 그 남자의 조건 목록 제일 아랫부분에 써넣어야 한다. 왜냐하면 여러분이 진정으로 원하는 것은 그 남자와 함께 있을 때 드는 느낌이지, 그 남자의 외적인 조건 그 자체가 아니기 때문이다. 여러분이 원하는 느낌이 들게 만드는 것은 남자의 가치관, 성격, 사람들을 대하는 태도, 여러분을 대하는 태도 등 주로 내적인 조건들이다.

남자가 키가 크든 작든, 말수가 적든, 충동적이든 아니면 행동이 느리든, 중요한 것은 그 남자가 여러분 곁에 있을 때 드는 느낌이다. 그러나 용서 안 되는 조건을 무시한 느낌은 오래가지 못한다. '알코올 중독자이지만 이 정도면 충분한 것 같아.' 지금 당장은 그런 느낌이 들고 온몸에 전기가 찌르르 흐를지 몰라도 그런 느낌이 평생 계속되지는 않을 것이다. 바로 그런 이유로 여러분은 이 책에서 제시하는 남자의 조건에 대한 가이드라인을 눈여겨보아야 한다.

완벽한 남자는 없다
남자의 조건, 80%면 충분하다

경고 한 가지. 완벽한 남자를 만났다는 생각이 들면 얼른 자신의 뺨을 후려치든지 아니면 차가운 물에 머리를 담가라. 지금 여러분은 착각에 빠져 있다.

100퍼센트 완벽한 남자는 존재하지 않는다. 치과 의사가 아프지 않다고 말하는 것이 거짓이듯 완벽한 남자가 존재한다는 말도 거짓이다. 정말 100퍼센트 완벽한 남자가 존재한다고 믿는 당신은 아마 지난해 클럽에서 만나 연락하겠다고 말하고선 그 약속을 지키지 않은 남자의 전화를 지금도 기다리고 있을 것이다. 완벽한 남자를 만났다는 생각이 든다면 큰 소리로 자랑하지 말고 조용히 집에 돌아가서 눈에 콩깍지가 썬 것이라고 생각하고 마음을 가라앉혀라.

내가 하고 싶은 말은 마음에 딱 드는 100퍼센트 완벽한 남자를 찾느라 시간 낭비하지 말고 앞서 말한 '용서 안 되는 조건'이 없으면서 자신이 바라는 바를 80퍼센트 정도 충족시켜 주는 남자를 찾으라는 것이다. 나머지 20퍼센트는 여러분이 채워 주면 된다. 바라는 바의 80퍼센트를 충족시키면서 나머지 20퍼센트도 노력 여하에 따라 충족시킬 가능성이 엿보이는 남자라면 당장 붙잡아라. 그런 남자를 무시하고 100퍼센트 완벽한 남자를 찾으러 돌아다니다 보면 '80퍼센트의 남자'는 다른 여자와 결혼한다. 결국 여러분은 60퍼센트도 겨우 충족시키는 남자를 만나 모자란 40퍼센트에 대해 한탄하면서 살게 될 것이다.

나는 여러 부부와 상담을 했고 많은 부부와 친구로 지내는데, 친구로서 그리고 심리 치료사이자 인간으로서 지금껏 만난 수많은 부부 중에 '완벽한 부부'는 아직 한 쌍도 못 봤다. '완벽한 부부'라는 것은 상상 속에나 존재한다. 그러니 완벽한 부부가 되겠다는 것은 애당초 꿈도 꾸지 마라. 그럼 적당히 현실과 타협하라는 말이야? 바로 그것이다. 인생은 타협이다. 사랑과 결혼도 타협이다. 그럼 모자란 20퍼센트는 포기하고 살라는 말이야? 그건 아니다. 20퍼센트를 채우기 위해 노력해야 한다. 만약 '80퍼센트의 남자'를 만났다면, 장담하는데 그 남자와 결혼해서 오래오래 행복하게 잘 살 수 있다.

문제는 여러분이 진심으로 진지한 관계를 원하는가 아니면 그저 환상만 좇는가에 달려 있다. 전자라면 80퍼센트만 완벽한 남자의 부족한 점도 기꺼이 감수하겠지만, 후자는 5만 원짜리 진짜 롤렉스시계처럼 이 세상에 존재하지 않는다는 사실을 깨달을 때까지 100퍼센트 완벽한 남자를 찾아 헤맬 것이다.

미래 남편의 조건을
구체적으로 상상하라

스포츠 경기의 승자들은 '이미지 트레이닝'이라는 방법을 즐겨 사용한다. 이미지 트레이닝이란 경기에 임하기 전에 머릿속으로 자신이 승리하는 모습을 상상하는 훈련이다. 여러분은 앞부분에서 자신이 바라는 남자를 만나면 어떤 느낌이 들 것인가를 미리 상상해 보았다. 그러면 지금부터는 커플이 되었을 때 즐겁고 만족스러운 기분이 들게 하는 남자의 모습을 머릿속에 그려 보자.

우선 자기 인생을 한 편의 영화로 만든다고 상상해 보자. 여러분이 할 일은 여러분의 인생, 그중에서도 사랑에 대한 이야기를 멋지게 풀어 나갈 근사한 시나리오를 쓰는 것이다. 먼저 남자 주인공, 즉 미래의 남편을 설정해야 한다. 미래의 남편을 상상할 때는 세세한 것까지 아주 구체적으로 생각해야 한다. 지금껏 본 영화나 드라마, 책 속의 남자 주인공의 모습을 빌려 와도 괜찮다. 그럼 영화 속의 멋진 남자 주인공을 잠시 떠올려 볼까(영화 속 남자 주인공은 현실에는 존재하지 않는 가상의 인물이니 썩 좋은 비교 대상은 아니다. 하지만 여러분도 알고 나도 아는 남자들이니까 예로 들어 보겠다). 〈시애틀의 잠 못 이루는 밤〉에서 톰 행크스는 좋은 친구이자 다정한 아버지, 믿음직한 가장으로 섬세하고 이상적인 모습을 보여 주었다. 영화 속에서 그는 재미있고 성격도 좋아서 어딜 가나 환영받고 잘 어울릴 수 있는 남자다. 그 반대편에 있는 남자라면 〈귀여운 여인〉의 리처드 기어를 들 수 있겠다. 영화 속에서 리처드 기어는 막강한 힘과 재력을 가진 거물이다. 그리고 자상하면서 안정적이고, 교양도 풍부하고, 세련되고, 삶을 즐길 줄 아는 남자의 모습을 보여 준다. 열정적이고 풍부한 감성의 소유자를 좋아한다면 〈문스트럭〉의 니콜러스 케이지가 떠오를 것이다. 이 남자는 열정과 페로몬 덩어리다. 당신이 보고 싶으면 비가 오든, 눈이 오든, 폭풍우가 몰아치든, 눈보라가 치든 달려갈 것이다. 조건들이 아무리 많아도 하나하나 모두 맑은 하늘처럼 분명하기 때문에 그런 조건을 갖춘 남자를 발견하면 자신이 바라는 바로 그 사람이라는 것을 알아차리게 될 것이다.

그렇게 한눈에 알아볼 수 있을 정도로 자세하고 꼼꼼하게 미래의 남편을 상상하자. 육체, 정신, 감성, 직업, 지적 능력, 사람을 대하는 태도 등등, 모든 면에서 '저 정도 남자라면 평생을 함께해도 괜찮겠어.'라는 생각이 들 만한 남자를 상상해 보자. 이렇게 구체적으로 생각하지 않고 '보면 그냥 느낌이 올 거야.'라고 막연히 기다리고만 있으면 남들이 멋진 남자와 행복하게 사는 모습을 부러워하며 살 수밖에 없다. 그러니 더 이상은 시간 낭비하지 말자. 어떤 남자를 원하는지 지금 당장 구체적으로 생각해 보자.

다음의 다섯 가지 목록을 살펴보고 여러분이 바라는 특별한 상대가 갖추면 좋겠다고 생각되는 조건에 표시하자. 바라는 조건이 너무 많다고 걱정할 필요 없다. 그런 다음 타협할 수 있는 부분을 찾아보면 된다. 그럼 이제부터 여러분의 눈앞에 번개가 번쩍하고, 온몸에 전기가 찌르르 흐르면서 머릿속에서 종소리가 나게 만들 남자의 조건들을 살펴보자.

나를 보완해 주는 남자의 성격

위기가 닥쳤을 때 앞장서서 "우선 질긴 테이프와 손전등부터 찾아 봅시다."라고 소리치는 사람. 혹은 "자기야, 우리 어떻게 하는 게 좋을 까?"라고 물어보는 사람. 또는 자유분방한 성격이어서 계획에 따라 움직이는 것은 죽기보다 싫은 남자가 있는가 하면, 계획적인 삶을 좋아해서 1분 1초까지 계획에 따라 움직이는 남자도 있다.

성격에 대한 조건을 선택할 때는 여러분의 성격을 보완해 줄 수 있는지를 진지하게 생각해야 한다. 막연히 근사해 보인다거나 그 정도면 괜찮을 것 같다는 생각으로 조건을 선택하지 말고 자기 본래 모습에 오랫동안 잘 어울릴 조건을 신중하게 생각해야 한다. 그러면 머릿속에 진정으로 원하는 남자의 성격이 떠오를 것이다. 먼저 자신에게 잘 어울리고 중요하다고 생각되는 성격을 표시해 보자.

- 재미있는 남자 되는 일이 하나 없는 날에도 나를 웃게 만들어 주는 남자. 코미디 영화가 따로 필요 없다. 그리고 나는 지나치게 진지하고 심각한 성격이라 마음을 가볍게 해줄 상대가 필요하다.
- 진지한 남자 인생의 심각하고 진지한 부분에 대해 생각하고 이야기하는 것을 꺼리지 않는 남자. 나는 가볍고 피상적인 사람을 좋아하지 않는다. 정신적으로 공감할 수 있는 사람이 좋다. 입만 열면 농담에 우스꽝스러운 짓 잘하는 사람은 절대 만나고 싶지 않다.
- 리더십 있는 남자 가정과 직장에서 책임지고 사람들을 이끌어 갈

줄 아는 남자. 그래서 일이 잘못되어도 바로잡아 주리라고 믿을 수 있는 남자.

⌐ 나를 지지해 주는 남자 어떤 일이 있어도 내게 칭찬을 아끼지 않고 나를 응원해 주는 남자. 나는 내 편을 들어 주는 사람 하나 없이 고독한 것은 정말 싫다.

⌐ 지적인 남자 나와 내 친구들과 깊이 있고 난해한 이야기를 나눌 수 있는 남자. 나는 새로운 것을 배울 수 있는 남자가 좋다.

⌐ 감성적인 남자 감정이 풍부하고 지적인 면보다 감정적인 면에서 교감할 수 있는 남자. 나는 감정 표현을 많이 하는 편인데 그런 나를 이해해 줄 수 있는 남자가 필요하다.

⌐ 적응력 뛰어난 남자 사교성이 좋고 어디 가도 살아남을 수 있는 남자. 어떤 상황에도 적응할 수 있는 남자. 나는 세상 물정에 어둡기 때문에 세상 돌아가는 이치를 훤히 꿰고 있는 남자가 필요하다. 혹은 나는 세상 물정에 훤한데 아무것도 모르는 남자한테 세상 돌아가는 것을 일일이 가르쳐 주고 싶지는 않다.

⌐ 솔직한 남자 이리저리 따지지 않고, 쉽지 않은 상황에서도 정직하게 터놓고 말할 줄 아는 남자. 말하자면 이 사이에 음식물이 끼었다는 것도 기꺼이 말해 줄 수 있는 남자.

⌐ 관능적인 남자 내 안의 숨은 관능을 일깨워 줄 수 있는 남자. 나는 성적인 면에 거의 관심이 없는 편인데 내 안에 잠재되어 있는 또 다른 모습을 깨워 줄 남자가 필요하다. 혹은 나는 성에 대단히 관심이 많아서 남자들 기를 꺾어 놓을 때가 많다.

⌐ 야심찬 남자 삶의 모든 면에서 성공하고자 하는 의욕이 넘치는 남자. 성공한 남자를 만나 왕비처럼 살고 싶고 아이들을 왕자와 공주

처럼 기르고 싶다.

- 안정적인 남자 속이 알차고 믿을 수 있어서 편안하고 안심할 수 있게 해주는 남자. 나는 자유분방한 성격이라 현실에 단단하게 붙잡아 줄 사람이 필요하다. 혹은 나는 믿을 수 있는 사람이 되려고 늘 애쓰는 편인데 그러지 않는 사람은 견딜 수가 없다. 그래서 안정적인 남자가 필요하다.

- 여유로운 남자 느긋하고, 여유 만만한 태도로 늘 스트레스와 잔걱정에 시달리는 나를 구해 줄 수 있는 남자. 걱정만 하고 살기에는 인생이 너무 짧다.

- 충동적인 남자 마지막 순간에 그때 기분에 따라 선택하고 행동할 줄 아는 남자. 생각이 너무 많고 일 하나를 해도 계획을 세우는 데 너무 많은 시간을 들이기 때문에 인생을 즐길 여유가 없는 나한테는 이런 남자가 필요하다.

- 예측 불가능한 남자 어디로 튈지 몰라 늘 나를 긴장하게 만들어서 지루할 틈을 주지 않는 남자. 늘 정해진 틀에 맞춰 살지만 틀에 박힌 삶을 무엇보다도 싫어하는 나한테는 이런 남자가 필요하다.

- 조직적인 남자 청구서나 카드 값은 늘 제 날짜에 처리하고 모든 일이 제때 이루어지도록 신경 쓰는 남자. 종종 덤벙대는 내게는 이런 남자가 필요하다.

- 책임감 있는 남자 자기가 한 말은 반드시 지키는 남자. 재미있는 일은 물론이고 재미없는 일도 나와 동등하게 할 의지가 있는 남자가 좋다.

- 위험한 남자 나를 흥분하게 만들고 뜻밖의 일을 만들어 내서 내가 살아 있다고 느끼게 만드는 남자. 도무지 살아 있다는 느낌이 안 들

고 지루해 미칠 것 같은 삶을 사는 나한테는 이런 남자가 필요하다.

⌄ 독립적인 남자 혼자 있는 시간을 즐기고 나만의 시간을 존중해 주는 남자. 자신의 기분에 신경 써달라고 부담 주지 않는 남자. 부담을 주는 사람이 제일 싫다.

⌄ 나에게 의지하는 남자 나 없이는 아무것도 못하기 때문에 절대 나를 떠나지 않으리라고 확신할 수 있는 남자. 나는 혼자서는 마음을 달래지 못하기 때문에 이런 남자가 필요하다.

⌄ 말 많은 남자 힘들거나 슬플 때도 재미있는 대화로 즐겁게 해주는 남자. 나 역시 말이 많기 때문에 남자도 말이 많고 말하기를 좋아해야 한다.

⌄ 자신감 넘치는 남자 자신을 믿고 나에게도 그를 믿을 수 있는 확신을 심어 주는 남자. 이런 남자가 곁에 있다면 마음이 놓이고 미래에 대한 불안감이 사라질 것 같다.

⌄ 지혜로운 남자 경험을 통해 인생을 배우기 때문에 행동하기 전에 먼저 생각하는 남자. 삶의 가르침이 필요할 때 이런 남자는 정말로 필요한 조언을 해줄 수 있을 것 같다.

⌄ 자기 관리에 철저한 남자 자신의 삶에 필요한 규율을 정하고 철저히 따르는 남자. 이런 남자라면 자신이 약속한 것을 반드시 지킬 것이라고 믿을 수 있다.

나와 맞는 남자의 사회성

집에 있으면 좀이 쑤시고, 사람들하고 어울리기 좋아하고, 다이어리가 온갖 약속으로 꽉 차 있는 남자. 아니면 집에 있는 것을 좋아하는 남자. 또는 사회적 이슈와 정치에 관심이 많은 남자도 있고, 모든 일에서 가족을 우선시하는 남자도 있다. 그런가 하면 집에 사람들을 초대하는 것도 좋아하고 남의 집에 놀러 가는 것도 좋아하는 남자가 있는 반면 일주일 내내 집에 틀어박혀 컴퓨터 앞에 앉아 있는 것을 좋아하는 남자도 있다.

어떤 남자가 편하고 자신과 잘 맞을지 천천히 생각해 본 다음 아래에서 마음에 드는 사람에게 표시를 하자.

- 동료와 자주 어울리는 남자 회사 동료들이나 일과 관련된 사람들과 어울려 놀기를 좋아한다.
- 정치 운동가형 남자 섹스보다 정치 이야기를 더 좋아하는 남자. 그게 아니면 정치 이야기를 하면서 섹스하기를 좋아하는 남자.
- 가족과 붙어사는 남자 언제나 가족들하고만 지낸다. 온 가족이 모여 보드 게임도 하고, 노래도 하고, 갖가지 놀이도 하고, 매일 보는 가족인데 지겹지도 않은가 보다.
- 방콕형 남자 귀찮게 밖에 나가는 것보다 팬티 바람으로 종일 TV 앞에 앉아 있는 것을 좋아하는 남자.
- 밤의 쾌락에 빠져 사는 남자 밤새 춤추고 술 마시고 돌아다니면서도 용케 제시간에 회사에 출근하는 남자.
- 올빼미형 남자 낮과 밤이 바뀐 남자.
- 인맥 형성에 목숨 건 남자 걸핏하면 일과 관련된 모임에 나가 손바닥을 비비고 명함을 돌리는 남자.
- 박애주의자형 남자 자선 활동, 봉사 활동에 매달려 사는 남자.
- 스포츠 팬인 남자 중요한 스포츠 시합이 있는 날은 어김없이 텔레비전 앞으로 달려가는 남자.

- 전지훈련형 남자 겨울에는 스키, 여름에는 갖가지 레포츠와 수영을 즐기러 해외 휴양지로 날아가는 남자.
- 사람들과 가끔 어울리는 남자 주로 집에서 시간을 보내지만 어쩌다 한 번 친구들과 저녁 식사 정도는 하는 남자.
- 뭐든 여자와 함께하고픈 남자 어딜 가든 무엇을 하든 나와 함께, 오로지 나하고 둘이서만 하고 싶어 하는 남자.
- 밤마다 집으로 친구들을 불러들이는 남자 이 남자의 집은 먹거리와 놀거리로 가득하다.
- 밤마다 친구 집으로 놀러가는 남자 밤마다, 걸핏하면 친구 집에 놀러간다.
- 모임을 싫어하는 남자 파티를 싫어하고 친구들과 사귀는 것도 귀찮아하는 남자.
- 자연에 살고픈 남자 산과 들, 바다로 자연을 찾아다니는 남자.
- 운동 애호가형 남자 마라톤, 철인삼종 경기, 암벽 등반, 산악자전거 등 하루라도 운동을 안 하면 좀이 쑤시고, 기록을 경신하는 것이 삶의 목표인 남자.
- 가족 부양이 인생 목표인 남자 가족이 필요로 하는 것은 어떻게 해서든 마련하려고 애쓰는 남자.
- 좋은 아빠, 좋은 남편형 남자 퇴근 후에는 반드시 가족과 함께 저녁 식사를 하고, 주말에는 아이들과 놀아 주고, 일주일에 한 번은 아내와 데이트하는 남자.

나와 함께할 삶의 방식

여기서는 꿈에 그리는 남자가 자신과 어떻게 살아가기를 바라는지 알아보도록 하자. 여러분을 세상의 중심으로 여기고 모든 일을 여러분 위주로 계획하는 남자가 있다. 각자의 독립적인 시간과 공간을 존중하고 심지어 각자 여행을 가는 것도 나쁘지 않다고 생각하는 남자도 있다. 영화나 드라마에 나오는 로맨틱한 말과 행동을 그대로 하는 남자는 어떨까? 일주일에 한 번은 달콤한 러브레터를 받고 싶은데 그럴 마음이 눈곱만큼도 없는 남자를 만난다면 오랜 세월 실망하면서 살게 될 것이다. 육아에 대해서도 미리 생각해 두는 것이 좋다. 육아에 관심이 많고 직접 참여하려는 남자가 있는가 하면 육아는 전적으로 엄마 책임이라며 손놓는 남자도 있다.

돈 문제는 어떤가? 여러분이 바라는 특별한 그 남자는 둘의 관계에서 경제적으로 어떤 역할을 맡는 것이 좋은지도 생각해야 한다. '경제 공동체'처럼 벌 때도 함께 벌고 쓸 때도 함께 의논해서 쓸 수도 있고, 아니면 경제적인 책임을 남자가 모두 짊어질 수도 있다. 차를 세 대 주차할 수 있는 주차 공간이 있는 근사한 집에 최고급 오디오 시스템과 최신형 텔레비전을 갖추고, 최첨단 주방 시설을 완비하고 사는 것을 당연하게 여기는 남자? 혹은 물질적인 것에 연연하지 않는 남자?

이번에는 성에 관해 생각해 보자. 성에 관심이 많고 적극적인 남자도 있고, 한 달에 한 번이면 충분하다고 생각하는 남자도 있다. 그럼 여러분은? 여러분은 성에 대해 보수적인가 개방적인가? 성에 대해서 자신이 원하는 것이 뭔지도 알아야 한다. 성적인 면이 잘 맞으면 두 사람의 관계는 여러 면에서 좀 더 쉽게 맞출 수 있다.

그러면 꿈에 그리는 남자가 여러분과 어떤 삶을 함께하기를 바라는지 잘 생각한 다음에 아래에서 마음에 드는 항목에 표시를 하자.

- 감정 표현을 잘하는 남자. 자신의 감정을 솔직하게 말하는 남자.
- 사랑이 넘치는 남자. 자주 포옹하고 입맞추고 애정을 표시하는 남자.
- 영화나 드라마 주인공처럼 낭만이 철철 넘치는 남자.
- 육아에 적극적인 남자.
- 가정 경제를 혼자 책임지는 남자.
- 가정 경제에 대한 책임을 함께 나누려는 남자.
- 성욕이 왕성한 남자.
- 성에 관심이 많지 않은 남자.
- 무심해서 관심을 주지도 않고 받는 것도 원치 않는 남자.
- 인정이 많지만 분별력을 잃지 않는 남자.
- 돈을 중요하게 여기고 안락한 생활을 위해 필요한 것은 무엇이든 손에 넣고 싶어 하는 남자.
- 물질적인 것에 연연하지 않는 집시 같은 남자.
- 고집스럽게 자기주장을 관철시키려는 남자.
- 열린 마음으로 타협하는 남자.
- 24시간 내내 여러분 곁에 딱 붙어서 떨어질 줄 모르는 남자.
- 자기만의 시간과 공간을 많이 요구하는 남자.

나와 동일한 종교적 믿음

종교가 있든 없든 여러분이 꿈꾸는 완벽한 세상에서 여러분은 인생의 동반자가 자신과 사고방식이나 생각이 같기를 바랄 것이다. 물론 다른 생각을 가진 남자를 만나 다양한 생각이 공존하는 가정을 꾸미고 싶은 사람도 있을 수 있다. 어느 쪽이든 자기가 무엇을 원하는지 알아야 한다는 것이다. 종교적인 믿음은 자라면서 형성되며 쉽게 바뀌지 않는다. 간혹 완전히 새로운 사람으로 다시 태어나는 경우도 있다. 그렇지만 여러분이 기독교인인데 종교를 믿지 않는 남자를 만나 기독교인으로 다시 태어나게 만드는 기적을 행하려고 애쓰는 수고를 일부러 하지 않기를 바란다. 애쓴 보람도 없이 좌절만 하기 쉬우니까 말이다.

다음의 항목들을 보고 자신에게 맞는 남자를 찾아 표시하자.

- 나와 같은 종교를 믿고 신앙심도 깊어야 한다.
- 신앙심이 깊지 않아도 나와 종교만 같으면 된다.
- 교리는 안 지켜도 상관없지만 최소한 나와 비슷한 종교 환경에서 자란 남자여야 한다.
- 종교는 없어도 되지만 절대자가 존재한다는 것은 믿어야 한다.
- 절대자의 존재 같은 것은 믿지 않아도 된다.
- 열린 마음으로 나의 믿음을 존중해 주기만 한다면 종교가 있든 없든, 나와 종교가 같든 다르든 상관없다.

내가 꿈꾸는 남자의 외모

지금부터는 여러분이 꿈꾸는 남자의 외모에 대해 생각해 보자. 키 크고 덩치 큰 남자? 아니면 여러분이 몸집이 작으니까 그에 어울리게 아담한 남자? 울근불근 근육남? 머리숱이 풍성한 남자(잘 살펴야 한다!)? 외모 지상주의를 욕하는 시대에 외모를 따지는 것을 천박하게 느낄 수도 있다. "내가 원하는 다른 조건만 다 맞는다면 생긴 게 무슨 상관이야?"라고 생각할 수도 있지만 글쎄올시다. 물론 외모가 전부는 아니다. 전혀 중요하지 않을 수도 있다. 하지만 남자를 선택하는 기준의 하나인 것만은 분명하다. 그러니 이것도 신중히 생각해서 잘 선택해 보자.

- 머리 모양
- 나이
- 키
- 몸매(근육형, 비쩍 마른 형, 평균 체형)
- 좋은 목소리

이제부터는 조금 골치 아픈 일을 해보자. 두 사람이 하나가 되기 위해서는 타협이라는 어려운 과정을 겪기 마련이다. 자신의 시간, 공간, 돈, 노력, 자유를 희생해야 하고, 자신이 바라는 것을 어느 정도까지는 타협할 줄 알아야 한다.

앞에서 마음에 드는 항목들을 표시했는데, 다시 앞으로 돌아가서 자신이 선택한 항목 중에서 포기해도 크게 후회하지 않을 항목을 지워 보자. 80퍼센트-20퍼센트 법칙에서 20퍼센트에 해당할 항목들을 지워 보자는 말씀. 그렇게 해서 남은 항목이 여러분에게 놓쳐서는 안 될 기준이다. 그 남은 항목들을 만족시키는 남자라면, 보는 순간 눈에 번갯불이 번쩍하지는 않겠지만 일단 만나 보면 즐거운 시간을 보낼 가능성이 높다.

오는 남자 막지 않는다?
적당히 까다로운 것도 좋다

앞에서 선택한 항목들을 다시 한 번 살펴보자. 남아 있는 항목이 아직도 많지 않나? 그 항목들 모두를 만족시키는 남자가 아니면 안 될 것 같다는 생각이 들지도 모른다. 타협의 여지는 전혀 없나? 눈이 너무 높아서 선택할 수 있는 남자의 폭이 줄어드는 건 아닐까? 과거에 어떤 남자를 만났는지 떠올리자. 그게 아니면 요즘 휴대 전화가 얼마나 조용했는지 생각해 보는 것도 괜찮다. 무엇이 문제지? 만약 앞에서 선택한 항목이 내 팔뚝만큼 길면 어째서 남자들이 여러분한테 전화를 안 하는지 짐작할 수 있을 것이다. 남자들이 전화를 안 하는 것은 여러분이 지독히 까다롭게 굴기 때문이다!

이제는 쌍안경을 내려놓고 남자들이 우글거리는 연애 시장에 직접 뛰어들 때다. 자동차를 산다고 가정해 보자. 스위치 하나로 시트를 자유자재로 조절할 수 있는 파워 시트도 있어야 하고 에어컨도 필요하다. 그런데 두 가지 옵션을 모두 선택할 돈이 없다. 그렇다면 앞으로 계속 뚜벅이로 살아갈 것인가, 아니면 두 가지 옵션 중 하나를 포기할 것인가? 이 말은 남자가 정직하고 야망도 있다면 유머 감각 정도는 포기할 줄 알아야 한다는 뜻이다.

만약 남자들한테서 전화가 오기는 하는데 모두 마음에 안 들고 이상한 남자뿐이라면 앞에서와는 반대의 문제가 있다는 뜻이다. 즉, 조건을 너무 따지지 않는다는 뜻이다. 오는 남자 막지 않는다는 식이면 일단 주위에 남자는 넘쳐날 것이다. 하지만 진지하게 사귀어 볼 만큼 마음에 드는 남자는 거의 없다. 만나자는 남자는 많은데 선뜻 마음이 가는 남자가 없다.

내가 아는 여성 중에 밤에 집에 있는 날이 한 달에 기껏해야 이틀밖에 안 되는 사람이 있다. 절대 과장이 아니다. 그녀는 밤마다 친구 아니면 남자를 만난다. 그런데 나와 함께 일하는 여자 PD가 그녀와 하룻저녁 어울려 놀더니 참으로 딱한 이야기를 했다. 그녀는 남자가 데이트 신청을 하면 무조건 만난다는 것이었다. 세상에 그럴 수가! 동료 여자 PD는 문제의 그녀와 어울린 후에 이렇게 말했다. "간밤에 정말 형편없는 남자가 마리솔한테 집적거렸어요. 그런데 글쎄 마리솔이 그 남자한테 전화번호를 준 거예요. 진짜 전화번호를 말이에요." 문제의 그녀는 남자를 고르는 필터가 아예 없는 여성이었다. 그러니 데이트를 청하기만 하면 아무 남자나 만나는 것이다. 벌써 서른이 다 되었는데 다섯 살짜리 어린아이처럼 남들 관심을 얻고 싶어 안절부절 못하니 딱한 일이다.

그럼 다시 여러분이 선택한 항목을 보자. 혹시 선택한 항목이 너무 적은 건 아닐까? 어쩌면 접근하는 모든 남자한테 기회를 주어야 한다고 여기는 박애주의자일 수도 있다. 그래서 지금까지 형편없는 남자들만 만났고 그로 인해 세상 남자는 다 형편없다고 생각하고 있는 건 아닌지? 만약 선택한 항목이 다섯 개가 안 된다면 자신이 까다롭지 않아서 탈이라고 보면 된다. 그리고 아무 남자나 줄서서 기다리기만 하면 여러분과 데이트할 수 있다는 뜻이다. 적당히 까다로운 것도 괜찮다. 자신이 정말로 원하는 남자가 어떤 사람인지 생각해 보자. 때가 되면 아무라도 만나 짝을 지어야 한다는 말은 귀 담아 듣지 말자. 따뜻한 욕조에 몸을 담그고 좋은 책을 읽으며 혼자만의 시간을 즐기는 것보다는 형편없는 남자라도 만나는 것이 낫다는 생각도 버리자. 주위에 아무리 남자가 많아도 마음에 들지 않는 사람뿐이라면 혼자 있는 것보다 훨씬 더 외롭고 쓸쓸하다.

이제 자신이 원하는 남자가 어떤 사람인지, 견딜 수 없는 남자는 어떤 사람인지 알게 되었을 것이다. 하지만 그보다 더 중요한 것은 단순히 조건 때문에 행복해지는 것은 아니라는 점이다. 자기가 존중할 수 있고 함께 시간을 보내고 싶은 남자와 함께 있다는 것, 그 남자와의 유대감 때문에 행복해진다는 사실을 알게 되었다는 점이다.

여러분의 목표는 '커플'이라는 가슴 두근거리고 푸근한 기분, 바로 그 기분을 느끼는 것이다. 그저 몇 가지 조건에 들어맞는 남자를 찾기만 하면 되는 것이 전부가 아니다. 조건에 들어맞는 남자는 많다. 여러분이 찾아야 할 남자는 여러분이 원하는 기분을 느끼게 만들어 주는 남자다. 이제 자신이 어떤 기분을 원하는지 알았으니 그런 남자를 찾기가 한결 쉬워졌을 것이다.

왜 내겐 나쁜 남자만 몰려드는 걸까?

스스로 좋은 남자를 만날 자격이 없다고 생각하면 좋은 남자를 만나도 나쁜 남자로 돌변하게 된다. 내가 나를 아끼지 않으면 남도 나를 아끼지 않는다. 그러니 전화를 거는 남자들이 하룻밤 즐기자는 '선수'들뿐이라면 자기가 스스로를 어떻게 대하는지 잘 생각해 보고 다음의 질문에 대답해 보자.

- ♥ 남자들한테 좀 더 존중받기를 원하는가?
- ♥ 필요 이상으로 남들 의견에 따르는 편인가?
- ♥ 내 기분보다 남의 기분을 먼저 생각하는가?
- ♥ 자신의 감정을 무시하거나 부정하는 일이 잦은가?
- ♥ 남들이 바라는 대로 안 하면 버림받을까 두려운가?

위의 질문에 '예'라는 대답이 하나 또는 둘이라면 아직은 나쁜 남자라도 좋다고 덤벼들 정도는 아니니 안심해도 된다. 하지만 나를 아무렇게나 대해도 좋다는 신호를 보내고 있는 것은 확실하다. 그럼 2장과 3장에서는 자신을 함부로 대해도 좋다는 신호를 보내는 짓을 그만두고 자신이 존중받아야 할 여자라는 것을 세상에 보여 줄 방법을 살펴보도록 하자.

세상에서 가장 즐겁고 소중하면서 어렵기도 한 관계는
바로 자기 자신과의 관계다.
내가 나를 사랑하는 만큼 나를 사랑해 주는 사람을 만난다면
그것만큼 멋진 일은 없다.
캐리 브래드쇼, 〈섹스 앤드 더 시티〉 중에서

2 자신을 사랑하면 그도 당신을 사랑한다

부정적인 이미지를 버리거나 줄이고 긍정적인 이미지를 늘리면 긍정적인 삶을 살 수 있다. 다시 말하자면 여러분이 자기 자신을 싫어하면 남들도 여러분을 싫어하게 된다. 반대로 여러분이 자기 자신을 아끼고 사랑하면 남들도 여러분을 아끼고 사랑하게 된다. 따라서 자기가 좋은 남자와 멋진 사랑을 할 수 있다고 믿으면 긍정적이고 만족스러운 사랑을 할 수 있게 되는 것이다. 일단 자신을 아끼고 사랑하기 시작하면 남자가 없어도 얼마든지 멋진 삶을 살 수 있다는 것을 깨닫게 된다. 그리고 그런 사실을 깨달으면 안달복달하지 않고 느긋한 마음으로 연애 시장의 게임에 뛰어들 수 있다.

최고의 모습을 찾아라
찾지 못하면 게임 끝이다

여러분도 내가 만난 수천 명의 여성처럼 이 세상에는 어리고 예쁘고 섹시한 여자들이 너무 많고, 괜찮은 남자는 하나같이 임자가 있거나 동성연애자이거나 혹은 그 둘 다라고 생각하고 있진 않나?

이런 세상에서 살아남기 위해서는 기를 쓰고 매달려야 한다. 그래서 최고급 미장원에서 머리를 하고, 멋진 남자들이 몰리는 휴양지를 다 찾아다니고, 고급 헬스클럽 회원권을 끊고, 소위 '잘나가는' 클럽이나 레스토랑을 전전한다. 그런데 그렇게 열심히 쫓아다니고 애를 써도 다람쥐 쳇바퀴 돌 듯 달라지는 것은 아무것도 없고 힘만 든다. 결국 방구석에 처박혀 앉아 머리를 긁적이며 생각해 본다. '도대체 내가 뭐가 모자라서 이러고 사는 걸까?' 어쩌면 여러분한테는 보이지 않지만 남에게는 보이는 문제점이 있는지도 모른다. 그게 아니면 여러분 생김새나 행동이 우스꽝스럽거나 몸에서 이상한 냄새가 날 수도 있고. 어쨌든 정확한 이유는 모르겠지만 앞에서 말한 세 가지 이유는 아닐 것이라고 장담한다. 이제부터 하는 말을 잘 새겨듣기 바란다. 저 밖은 서로 먹고 먹히는 치열한 전쟁터다. 그 전쟁에서 이겨 자기가 원하는 남자를 차지하고 싶다면 게임을 할 줄 알아야 한다. 그렇다, 적어도 지금 이 단계는 '게임'이다. 어르신들이 이 말을 듣는다면 당장 "평생의 배필을 찾는 일이 장난이냐?"라고 호통 칠 것이다. 하지만 여기서 '게임'이라는 말을 쓴 것은 당장 결혼식장으로 데리고 들어갈 남자를 찾는 것이 아니라 가벼운 마음으로 즐기면서 남자를 찾자는 뜻에서다.

남자와 여자가 서로 만나고 사랑을 찾는 '연애 시장'은 경쟁이 엄청나게 치열하며 그 속에서 오랜 옛날부터 남자와 여자는 서로 '게임을 하고' '줄다리기'를 해왔다. 자신의 진실된 모습을 파악하고 진지한 마음가짐으로 경쟁에 임해 보자. 자신을 부풀린다고 경쟁에서 이기는 것은 아니다.

그럼 멋지게 연애하고 즐기려면 어떻게 해야 하나? 상대방보다 자기 머리 모양에 더 신경 쓰는 별 볼일 없는 남자만 만나는 악순환에서 벗어나려면 어떻게 해야 하나? 온통 남자뿐인 동호회에 가입하거나 아니면 기를 쓰고 남자들이 많은 회사에 입사한다?

내가 제일 먼저 하고 싶은 말은 여러분 생각이 대부분 옳다는 것이다. 그러나 여러분보다 더 예쁘지도 않고 그렇다고 더 재미있다거나 더 근사하지도 않은 여자가 이 남자 저 남자 만나느라 정신이 없다면, 다른 것은 몰라도 여러분보다 '게임 실력'만은 월등한 것이 분명하다. 내가 항상 하는 말이 있다. "찾아내지 못하면 끝이다." 무엇을? 자기가 가진 최고의 조건, 최고의 모습을 찾아내자는 것이다. 그러기 위해서는 자기의 장점과 단점에 솔직해야 한다. 이건 말처럼 쉬운 일이 아니다. 부끄러움이 많다거나 남을 자기 마음대로 휘두르려 한다는 등 자기 단점을 인정하기는 어렵다. 하지만 자기 단점을 알고 받아들이면 거짓으로는 꾸밀 수 없는 자신감이 생긴다. 그리고 그런 단점이 어째서 사람들을 사귀는 데 장애가 되는지도 알게 되고, 그 단점으로부터 방해받지 않는 요령도 알게 된다.

성격, 외모 등 자신이 가진 모든 조건을 파악하고 인정하고 나면 그중에서 어떤 조건을 내세워야 하는지 결정할 수 있다. 나를 예로 들어 보자. 내가 진행하는 〈닥터 필 쇼〉라는 TV 프로그램을 보거나, 내 책을 사거나, 내 강연회에 참석하는 사람들은 내가 필 박사라는 위치에서 보여 주고자 하는 최고의 모습과 생각을 보고 듣게 된다. 하지만 그 것이 나의 전부는 아니다. 나한테는 남편으로서, 아버지로서, 교회 신도로서 모습도 있다. 내가 한 사람의 개인으로 가지고 있는 믿음과 삶에 대한 가치관, 내가 살아온 이야기는 TV나 강연회를 통해서는 알 수 없다. TV에서 강연회에서 책에서 볼 수 있는 내 모습은 실제 모습의 일부분에 불과하다. 하지만 그 역시 진솔한 나의 모습이며 필 박사인 나를 알고자 하는 사람들에게 보여 주기 위해 내가 선택한 모습이다.

여러분의 모습이나 조건은 겉과 속을 이루는 모든 조건과 모습을 아우르는 것이다. 그중에서 '최고의 모습'이란 여러분이 가진 모든 조건들 중에서 특수한 상황에 내세우고자 선택한 조건을 말한다. 일단 연애 시장에서 내세울 '최고의 모습'을 선택했다면 이제부터는 그 모습이 여러분을 태우고 인생이라는 레이스를 달릴 경주마가 되는 것이다. 그 경주마를 타고 달리면 남자를 만나고, 데이트하고, 연애하는 패턴까지 예전과는 완전히 달라질 것이다.

자신을 사랑하라 그러면
그도 당신을 사랑하게 된다

'자기 이미지'란 혼자 있을 때 스스로에 대한 생각을 말한다. 남들 앞에서는 "나는 정말 잘났어."라고 말하면서 막상 마음속으로는 '세상에 나처럼 못생기고 뚱뚱한 여자는 없어.'라고 생각한다면 그 어떤 남자도 잡지 못한다. 남자를 잡느냐 못 잡느냐는 자신을 어떻게 생각하느냐에 달렸다. 특별한 누군가와 맺어지는 것과 아무하고나 맺어지는 것은 천지차이다. 나 같은 게 남자를 고른다고 하면 세상 사람들이 비웃을 것이라 생각하고 살면 정말로 자신이 원하는 바와는 상관없이 형편없는 남자를 만나게 되어 있다.

자기 이미지가 부정적이고 회의적인 사람은 자신이 형편없는 사람이라는 생각이 얼굴 표정이나 행동으로 고스란히 드러난다. 입으로는 무슨 말을 하든 솔직한 생각이 온몸으로 사람들한테 전달되는 것이다. 어쩌면 여러분은 자랑스럽지 못한 과거 때문에 자신을 사랑받을 가치가 없는 형편없는 여자라고 생각할지도 모르겠다. 축구 팀 두 개를 만들고도 남을 만큼의 남자와 연애를 했다거나, 버림을 받았다거나, 결혼식장에서 신랑이 도망친 과거가 있을 수도 있다. 하지만 과거는 이미 지나간 일. 지금 와서 아무리 후회하고 괴로워해도 바꿀 수 없다. 지난일을 생각할 때 할 수 있는 일은 내가 잘못한 것인지 아니면 부당한 대우를 받은 것인지 판단하는 것과 그 결과를 어떻게 받아들일 것인가를 고민하는 정도뿐이다.

여러분 중에는 학대를 받았거나 폭행을 당한 쓰라린 상처가 있는 사람도 있을 것이다. 그런 일을 당했다면 자기 이미지가 좋을 수 없다. 자신을 사랑받을 가치도 없고, 형편없는 사람이라고 생각하기 쉽다. 그런 과거가 별것 아니니 떨쳐 버리고 일어서면 된다고 간단하게 생각하지 말자. 그런 과거는 자신에 대한 생각을 뒤흔들어 놓을 수밖에 없다. 그런 과거가 있는 사람은 전문적인 도움을 받아서 과거의 상처를 극복해야 한다. 누구나 그런 도움을 받을 자격이 있고 가치가 있다. 앞으로 어떤 사람과 사귀고 결혼하게 되든, 우리 삶에서 가장 중요한 관계는 바로 자기 자신과의 관계다. 그러니 남자와의 멋진 관계를 위해서가 아니라 삶을 즐기고 자신을 아끼고 사랑하기 위해서 필요한 도움은 무엇이든 받자.

자기 이미지를 긍정적으로 바꾸는 것이 '나의 조건'을 파악하는 첫 단계다. 자기 이미지가 긍정적으로 변하면 사람들 눈에 비치는 모습이 달라질 것이다. 자기가 어떤 이미지를 가지고 있는지 잘 모르겠다면 다음의 질문들에 답해 보자.

ˇ 나를 있는 그대로 보여 주면 안 된다는 생각이 드는가?
ˇ 항상 자신이 수치스러운가?
ˇ 항상 죄책감이 드는가?

- 지적 능력이 부족하다고 생각하는가?
- 자신에게 근본적인 문제가 있다고 생각하는가?
- 자신감이 부족한가?
- 거짓말쟁이라고 생각하는가?
- 일류가 될 수 없다고 생각하는가?
- 사랑받을 가치가 없다고 생각하는가?
- 상처받고 무시당할까 봐 두려워서 사람들을 피하는가?
- 다른 사람들만큼 똑똑하지도 않고 재미도 없다고 생각하는가?
- 앞으로 행복해질 가능성이 없다고 생각하는가?
- 스스로를 형편없는 사람이라고 말하는가?
- 자신의 인생과 행동을 자기 마음대로 통제할 수 없다는 생각이 자주 드는가?
- 자신을 문제 있는 사람이라고 생각하는가? 하도 여러 번 실연당해서 자신에게 문제가 있다는 생각이 드는가?
- 늘 진짜 모습을 숨기고 다니며 조금만 실수해도 진짜 모습이 들통날 것이라고 생각하는가?
- 동료나 친구들과 비교했을 때 자신은 앞날이 캄캄하다고 생각하는가?
- 자신의 ____(단짝 친구, 언니, 여동생 등등)이 자신보다 낫다고 생각하는가?

자, 여러분이 부정적인 자기 이미지를 가지고 있는지 아닌지를 알아보았다. 부정적인 자기 이미지를 가지고 있다면 제일 먼저 그런 생각들을 버려야 한다. 다행히 대부분의 사람들은 긍정적인 자기 이미지를 가지고 있으며 약간의 부정적 자기 이미지가 섞여 있는 정도다.

부정적인 이미지를 버리거나 줄이고 긍정적인 이미지를 늘리면 긍정적인 삶을 살 수 있다. 다시 말하자면 여러분이 자기 자신을 싫어하면 남들도 여러분을 싫어하게 된다. 반대로 여러분이 자기 자신을 아끼고 사랑하면 남들도 여러분을 아끼고 사랑하게 된다. 따라서 자기가 좋은 남자와 멋진 사랑을 할 수 있다고 믿으면 긍정적이고 만족스러운 사랑을 할 수 있게 되는 것이다.

앞에 나온 질문 중에 '예'라는 대답이 하나라도 있다면 지금 당장 소매를 걷어붙이고 현실적인 해결 방법을 동원해야 한다. 나를 진정으로 아끼고 사랑하기 위해서는 자기를 무시하는 부정적인 자기 이미지를 버리고 건설적이고 긍정적인 자기 이미지를 만들어야 한다. 일단 자신을 아끼고 사랑하기 시작하면 남자가 없어도 얼마든지 멋진 삶을 살 수 있다는 것을 깨닫게 된다. 그리고 그런 사실을 깨달으면 안달복달하지 않고 느긋한 마음으로 연애 시장의 게임에 뛰어들 수 있다. 반대로 하루빨리 멋진 남자를 만나 결혼하지 않으면 인생의 낙오자가 된다는 걱정만 할 경우 남자를 만날 때마다 어떻게든 붙잡아야 겠다는 생각 때문에 긴장해서 입이 바짝바짝 마르고, 손에 땀이 나고, 안절부절 못하게 된다. 그러면 남자는 귀신같이 알아차리고는 뒤도 안 돌아보고 도망친다.

여러분은 지금까지도 잘 살아왔으니 앞으로도 얼마든지 혼자 잘 살아갈 수 있다. 두려워하지 말고 온 세상에 여러분이 얼마나 멋진 여자인지 당당히 보여 주자.

개성을 나타내라
기억에 남는 존재가 돼야 한다

나는 누구인가? 뻔한 질문이라고 대충 넘어갈 생각은 하지 마라. 이 질문은 자신의 가장 매력 있는 모습을 결정하는 중요한 질문이니 신중하게 생각하기 바란다. 진지하게 생각하고 답하자. 나는 누구인가? 그리고 아래에 답을 써보자.

나는 _____ .

만약 위의 밑줄 칸에 나는 학생이다, 나는 교사다, 나는 딸이다, 나는 언니다, 나는 기독교인이다, 나는 독신 여성이다라고 적었다면 다시 생각한 다음 답을 적어 보자. 나는 누구인가?

나는 _____ .

아마 좀 짜증이 날 것이다. "나는 누구인가?"라는 질문은 새로운 질문 "그게 도대체 무슨 뜻인가?"로 이어진다. 내 이름을 쓰라는 말인가? 내 나이? 아니면 종교? 성별? 내 직업? 집에서의 내 위치? 누구와 친구인가를 쓰라는 말인가, 아니면 어떤 사람들과 함께 일하는지 쓰라는 말인가? 정확히 무엇을 묻는 것인지 몰라서 이 질문을 무시하고 넘어가려는 사람도 있을 것이다. 우리는 자신에 대해 말하거나 글로 쓰는 것을 좋아하지 않는다. 심지어 자신에 대해 생각하는 것조차 싫어한다. 그래서 사랑을 얻기가 힘든 것이다.

싱글인 사람이 이성의 눈에 띄기 위해서는 자신만의 독특한 개성을 보여 주어야 한다. 그 개성이 바로 자신의 힘이다. 다른 무엇도 독특한 개성이 하는 역할을 대신할 수 없다. 자신이 누구인지 알고 그 나머지는 모두 잊어라. 나는 인터뷰를 할 때 늘 똑같은 사람을 만난다는 기분이 든다. 직접 얼굴을 맞대고 인터뷰를 할 때도 그렇고 전화 등을 통해 인터뷰를 할 때도 마찬가지다. 저마다 이름도 다르고 생김새도 다르고, 사는 곳도 다른 기자나 방송인들이 하나같이 머리 모양도 똑같고, 말투도 똑같고 심지어 웃는 모습도 똑같다. 서로 다른 점이 하나도 없다. 그중 눈에 띄고 기억에 남는 사람은 기자나 방송인이 아닌 인간적인 모습을 내세우는 사람들이다. 그렇다고 해서 그 사람들이 불친절하다거나 건방지다는 뜻은 아니다. 다만 자신의 참모습을 버리고 기자나 방송인의 정형화된 모습으로 자신을 끼워 맞추지 않았다는 뜻일 뿐이다.

여러분도 남과 달라야 한다. 어딜 가나 흔히 볼 수 있는 모습이어서는 안 된다. 모든 남자가 가슴 크고 다리 길고 허리 잘록한 여자한테 시선을 빼앗긴다고 생각하겠지만 그런 여자들은 대부분 서로 비슷하게 생겼다. 여러분은 눈에 띄는 남다른 사람이 되어야 한다. 그렇다고 모든 남자 눈에 다 특별하고 남다르게 보이려고 애쓰라는 말은 아니다. 눈에 띄는 모든 남자를 유혹해서 데이트할 수는 없다. 물론 그렇게 하는 여자들이 아주 없는 것은 아니다. 여러분한테 그런 여자가 되라는 말은 절대 아니다. 그저 맞는 조건을 갖춘 한 남자만 찾아내면 된다.

여러분 중에는 제니퍼 애니스턴처럼 귀엽고 사랑스러운 타입도 있을 것이고, 앤젤리나 졸리처럼 섹시한 타입도 있을 것이다. 두 사람 모두 영화배우로 크게 성공했고, 상당히 매력적이며, 남자들의 마음을 사로잡았고, 급기야 같은 남자를 번갈아 차지하기까지 했다. 그렇지만 두 여자는 밤과 낮처럼 완전히 다르다. 이 두 여성이 남자들의 마음을 사로잡은 것은 서로 너무도 다른 인상을 심어 주기 때문이다. 여러분도 그렇게 해야 한다. 자신만의 인상을 심어야 한다. 다행히 브래드 피트와 사귀지 않아도 자신만의 인상을 심어 줄 방법은 많다.

연애 시장에서 챔피언이 될 수 있는 방법은 여러 가지이지만 바보가 될 수 있는 방법은 딱 한 가지뿐이다. 뒤로 물러서서 그 누구의 눈에도 띄지 않는 것. 파티나 모임에 갔는데 다음 날 함께 있던 남자들의 입에서도 여러분의 이름이 거론되지 않는다면 그 얼마나 불행한 일인가? 사람들 눈에 띌 만한 인상을 심어 주지 못해서 함께 있었던 남자들 중 누구 하나도 여러분이 키가 컸는지, 머리를 길게 길렀는지 아니면 어깨에 앵무새를 얹고 돌아다녔는지 기억 못한다면 여러분은 당당히 '독신 세계'의 주민이 될 자격이 있다.

사람들과 만날 때마다 기억에 남는 존재가 되기 위해서는 어떻게 해야 할까? 자신의 독특한 모습을 찾아내서 갈고 다듬어 세상에 보여 주면 된다. 잘 갈고 다듬은 자기만의 독특한 모습에 충실하고, 그 모습을 극대화하고, 끌어안고 사랑하라. 그 모습이 여러분을 연애 시장에서 성공으로 이끌어 줄 것이다. 그 모습을 좋아하는 사람도 있고 좋아하지 않는 사람도 있겠지만, 거기에는 여러분만의 개성이 담겨 있다. 결국 그 모습에 충실하면 그 모습을 아끼고 사랑하는 사람을 찾아낼 것이다.

먼저 자신이 누구인가를 알고 받아들여야 한다. 그렇다고 개선할 수 있는 점을 그냥 내버려 두라는 말은 아니다. 게으름을 피워도 좋다는 뜻도 아니다. 뚱뚱하다고 생각되면 당장 일어나 필요 없는 살을 빼라. 단지 남들 눈에 보기 좋은 몸매가 되라는 것이 아니라 건강, 자신감, 삶의 활력을 높이기 위해서 살을 빼라는 말이다. 외모에 집착하는 것은 천박한 짓이라고? 물론 그렇게 말할 수도 있겠지만 연애 시장에서 성공하고 싶다면 모든 면에서 할 수 있는 한 노력해서 자신을 '업그레이드' 해야 한다. 승자와 패자의 다른 점은 승자는 패자가 하지 않는 일을 한다는 것이다.

주위를 둘러보고 세상 돌아가는 감각도 익히고 주위 사람들과 어울리게 행동하라. 이 정도면 괜찮다는 생각은 버려라. 괜찮지 않아도 상관없다는 생각도 버려라. 절대 괜찮지 않다. 자신에게서 바꿀 수 있는 부분이 있고 바꾸는 것이 훨씬 더 낫다면 바꿔라! 단 키나 전반적인 지적 수준, 성장 환경과 가정 환경같이 바꿀 수 없는 부분은 그냥 받아들이고 낙담하지 마라.

그를 사랑하기 전에 '나'를 사랑하자!

사랑은 운명처럼 우연히 이루어지는 것일 뿐이며 절대 억지로 애쓴다고 해서 이루어질 수 없다는 생각은 착각이다. 사랑을 느끼는 것은 스스로 그런 감정을 만들어 냈기 때문이다. 문제는 그런 감정을 만들어 낼 줄 모르는 사람이 많다는 점이다. 지금부터 사랑에 빠진 감정을 흉내 낼 수 있는 과정을 따라해 보자. 단 이번에는 그 사랑의 상대가 여러분 자신이다. 재미도 있고 자신에게 잘 보이기 위해 새 옷을 살 필요도 없는 경제적인 실험이니 열심히 해보자.

자신에게 깊이 관심을 갖는다.
예전에 사랑에 빠졌을 때 상대방에게 얼마나 관심을 가졌던지 떠올려 보자. 너무 관심이 많아서 그 사람이 하는 일 하나하나까지 관심을 가졌을 것이다. 자신과 사랑에 빠지기 위해서는 예전에 사랑에 빠졌을 때 남자에게 쏟아 부었던 만큼의 관심을 나와 내 생활 그리고 그 속에 있는 모든 사람들에게 쏟아야 한다. 그것이 무슨 뜻인가 하면……

- ❤ 과거를 돌아보면서 재미있고 다른 사람에게 들려주어도 괜찮은 이야기를 찾아낸다.
- ❤ 사랑하고 아끼는 가족과 친구에게 관심을 가지기 위해 그들과 자주

어울리고 좀 더 가까워지려고 애쓴다.

❤ 하루 중 가장 많은 시간을 보내는 직장 동료에 대해 관심을 가진다. 적극적으로 일하며 동료에게 좀 더 가까이 다가간다.

자신의 가장 좋은 친구가 된다.

나를 제대로 알고 싶다면 제일 친한 친구의 입장이 되어야 한다. 친구들은 여러분을 어떻게 생각할까? 그런 질문을 받으면 친구들은 여러분의 단점보다는 장점에 대해 더 많이 이야기할 것이다. 잘 웃고, 남의 이야기에 귀 기울일 줄 알고, 재미있는 사람이라고 말이다. 만약 단점만 눈에 띈다면 친구들은 여러분과 가까이 지내지 않았을 테니까. 친구들을 끌어들이는 내 장점을 정확히 알아내고 생각해 보자.

나만 생각하자.

남의 떡이 더 커 보인다는 속담이 있지만 사랑을 할 때는 예외다. A라는 남자와 사랑에 빠졌을 때 'A는 정말 너무너무 근사해, 하지만 그 사람이 A가 아니라 영화배우 조지 클루니라면 훨씬 더 좋았을 텐데……' 라는 생각은 절대 안 한다. 사랑에 빠졌을 때 우리는 세상에서 제일 멋지고 좋은 사람을 만났다는 생각밖에 안 한다. 자신에 대해서도 그렇게 생각할 수 있어야 한다. 자기를 날렵한 복근에 긴 다리, 풍만한 가슴을 가진 젊은 여자와 비교하는 짓은 이제 그만두길. 잘 웃고, 늘 희망적이라는 장점을 소중하게 여기자.

자신감을 보여라
남자가 스스로 쫓아오도록

정말 멋진 애인이나 남편이 있고, 여러분이 정말 닮고 싶고, 그러면서도 한편으로는 질투가 나는 여자들은 못 말릴 정도로 운이 좋거나 아니면 여러분에게 없는 특별한 무언가가 있을 것이다. 그 여자들이 가진 특별한 무언가란 자기가 지닌 최고의 모습을 찾아내어 세상에 과시하는 전략이다. 멋진 합창단을 생각해 보자. 아름다운 목소리가 서로 조화를 이루는 동안 개인의 목소리는 따로 튀어나오지 않는다. 그러다 독창자가 앞으로 나오면 그의 목소리는 마치 천사의 목소리처럼 모두를 압도한다. 여러분도 바로 그 독창자가 되어야 한다. 다른 소음을 압도해야 한다. 세상에 있는 다른 여자를 배경으로 삼아 두드러져 보여야 한다.

남자는 여자만큼 꼼꼼하지 않다. 소개팅이나 미팅을 할 때도 여자처럼 인생의 동반자를 찾겠다는 굳은 의지를 갖고 나오지 않는다. 상대가 '운명의 반쪽'에게 어울리는 성격이나 조건을 갖췄는지 이리저리 따지고 파헤쳐 보지도 않는다. 사실 남자는 자신이 생각하는 '운명의 반쪽'에 어울리는 성격이나 조건이 무엇인지도 잘 모른다. 새로 출시된 자동차에 어떤 기능이 부가되었는지, 초대형 HDTV가 얼마나 화질이 좋은지에 대해서는 열심히 정보를 찾지만 여자들처럼 결혼이나 연애 상대에 대해서는 꼼꼼하게 따지지 않는다. 그 말은 여러분이 먼저 나서서 남자의 관심을 사로잡기만 한다면 얼마든지 남자를 차지할 수 있다는 의미다. 남자가 듣고 싶어 하는 말을 들려주는 것은 해답이 아니다. 남자가 무엇을 원하는지 생각하고 그것을 충족시켜 주는 것 역시 해답이 아니다. 모든 남자의 마음을 다 사로잡을 수는 없고 그럴 필요도 없다. 그저 한 사람의 마음만 사로잡으면 된다.

어떤 사람은 원하는 상대를 찾고 또 어떤 사람은 그러지 못하는 이유가 뭘까? 전자는 자기 모습을 잘 알고 그중에서 가장 멋진 모습을 찾아내어 잘 갈고 다듬었고, 후자는 그러지 못했기 때문이다. 즉, 자신의 가장 멋진 모습을 아끼고 사랑하면 그것이 곧 참된 모습으로 남자를 사로잡을 수 있는 힘이 된다.

여러분도 남자와의 관계에서 쫓아가는 것이 아니라 남자가 쫓아오도록 만드는 위치가 되기를 바란다. 아니, 반드시 그래야 한다. 남자의 관심을 사로잡고, 여러분이 그의 삶에서 어떤 존재가 될 수 있는지 보여 주면서 남자가 스스로 여러분을 쫓아오도록 만들자. 그러기 위해서는 유리한 고지를 점령해야 한다. 그래야 특별한 남자를 발견하고 그 남자가 여러분을 봤을 때 '왜 이제야 이 여자를 만났을까.'라는 생각을 하게 만든다.

나타나자마자 그 자리에 있는 남자의 관심을 사로잡는 여자가 있다. 그런데 그중 제일 예쁜 것도 아니고, 피부가 도자기처럼 반짝반짝 윤이 나는 것도 아닌 여자가 남자의 마음을 사로잡을 때가 있다. 그런 여자를 보면 짜증이 밀려올 테지만 배울 게 있다면 배워야 한다. 그건 바로 자신감과 자신을 인정하는 태도다. 그 두 가지 때문에 그 여자는 그처럼 당당하고 빛이 나는 것이다. 이는 연애 시장 게임의 첫 번째 법칙만 익히면 얻을 수 있다. 그리고 게임의 첫 번째 법칙은 자신을 사랑하기 위한 첫 번째 법칙이기도 하다. 내가 먼저 나를 사랑하지 않으면 아무도 나를 사랑하지 않는다.

먼저 나 자신부터 공략해야 한다. 긍정적인 자기 암시를 하자는 흔해 빠진 말을 하려는 게 아니다. 하고자 하는 말은 다른 사람과 다르게 보이는 나만의 진짜 매력, 내가 가진 최고의 장점과 멋진 모습을 찾아내자는 것이다. 우리는 누구나 자기의 단점은 잘 찾아낸다. 대머리인 나는 날마다 머리 모양이 마음에 안 든다. 그래도 잘 살고 있다. 할리우드 스타들 중에도 도대체 어떻게 저런 사람이 스타가 될 수 있나 싶은 사람이 있다. 만약 150센티미터가 겨우 넘는 키에 뚱뚱한데다 대머리인 대니 드 비토가 '나 같은 얼굴이나 몸을 한 사람은 라디오에나 적합해.'라고 생각하고 영화배우가 되기를 포기했다면? 영화 〈미저리〉의 케시 베이츠는 전형적인 할리우드 미녀 스타도 아니고 이국적인 매력이 있는 것도 아니지만, 카리스마와 넘치는 힘으로 관객들의 시선을 사로잡는다. 그러니 단지 신체 조건이 일반적인 미인의 기준에 맞지 않는다고 해서 아무 남자나 만나자는 생각은 하지 마라. 그들은 첫째 재능 있고, 둘째 호감을 주며, 셋째로 남들과 다른 매력을 보여 줄 줄 알았다.

자기 생각을 말해라
예스 걸은 지루할 뿐이다

남자들에게 자주 듣는 불평이 있다. 그것은 여자들이 하나같이 자신의 말에 무조건 고개를 끄덕이고 '예스'로 일관한다는 것이다. 데이트를 하면 여자들은 무조건 "맞아요, 나도 그렇게 생각해요."라고 말한단다. 여자들이 무조건 자기 말을 들어주면 처음에는 기분이 좋다. 자기 생각이 무조건 옳다고 하고, 자기 농담에 무조건 웃어 주고, 무조건 믿어 주는 사람이 싫을 이유가 없지. 하지만 그런 마음은 그리 오래가지 않는다.

> '예스 걸'과 함께 있는 남자는 온몸에 찌릿찌릿 전기가 흐르지도 않고, 긴장감도 없고, 가슴이 두근거리지도 않고, 후끈 달아오르지도 않는다. 지루하기만 할 뿐이다. 여자가 무슨 말을 하고 어떤 행동을 할지 뻔하니 남자는 재미가 없다. 그런 여자는 장신구에 지나지 않는다.

작은 비밀 하나. 남자는 자신이 노력하지 않고 쟁취한 것은 소중하게 여기지 않는다. 쉽게 얻은 것은 흥미도 쉽게 사라지는 법이다. 여러분이 너무 쉽게 무릎을 꿇으면 남자의 관심을 오래 끌 수 없다. 처음에는 상대의 기분을 어느 정도 맞춰 주는 것이 예의에도 어긋나지 않고 분위기도 좋게 끌고 갈 수 있다. 하지만 결국에는 자기 생각을 표현할 줄 알아야 한다. 자기 생각이 없는 여자는 남자 눈에 잠자는 사람이나 의식불명 환자만큼이나 재미없어 보인다. 남자는 자기 생각과 의견이 있는 여자를 좋아한다. 그것이 자신과 다르거나 충격적인 것이라도 솔직하고 현실적이며 남에게 피해를 끼치지만 않는다면 남자는 만족한다. 일단, 여자가 자기 생각을 이야기하면 남자는 호기심을 느끼고 그 여자에 대해 알고 싶어지기 마련이다.

그런데 의외로 대부분의 여자들은 데이트를 망칠 각오를 하고 자기의 솔직한 생각을 말하느니 차라리 머리 깎고 중이 되는 편이 낫다고 생각한다. 이 책을 읽는 여러분 중에도 머리를 설레설레 내저으며 '안 돼, 난 절대로 그렇게는 못 해.' 라고 생각하는 사람이 있을 것이다. 안 봐도 뻔하다. 원시 시대부터 남자는 쫓아다니는 입장이었고, 여자는 남자가 자기한테 관심이 있다는 것을 확인한 후에야 비로소 자기도 그 남자를 좋아하는지 아닌지 판단하도록 길들여졌다. 하지만 그것은 낡은 사고방식이다. "일단 면접을 통과하고, 취업이 확정되고 난 다음에 그 회사에 다닐지 말지 결정해야지." 직장을 고를 때는 현명한 태도일지 몰라도 소개팅이나 데이트에 임하는 자세로서는 빵점이다.

모든 남자의 마음에 들겠다는 생각 때문에 데이트도 재미없고 깊이 있는 대화도 불가능한 경우가 있다. 그것이야말로 여자들이 데이트를 할 때 저지르는 가장 큰 실수다. 그렇다고 해서 방구석에 처박혀 한탄만 한다고 해서 더 나아질 것도 없다. 단도직입적으로 묻자. 내가 가장 내세울 수 있는 것이 무엇인가? 광고지에서 물건 고르듯 아무것이나 말하지 말고, 내가 가진 조건 중에서 특별하다고 생각되는 것이 무엇인지 한 번 생각해 보자.

여러분은 자기가 가진 것을 최대한 멋지게 활용할 줄 알고 또 매일 그렇게 하고 있다. 접착제로 떨어진 치맛단을 고쳤다거나 텅 빈 것 같은 냉장고 속을 뒤져 근사한 점심상을 차리는 등 멋지게 재능을 활용한 기억이 분명히 있을 것이다. 그것이 바로 지금부터 우리가 하려는 일이다. 그런 경험이 바로 이 순간을 위한 준비 작업이다.

자기가 가진 조건을 살필 때 '나는 어떤 조건과 개성을 가지고 있을까?' 라고 생각하는 여성과 '남자는 어떤 조건과 모습을 가진 여자를 원할까?' 라고 생각하는 것은 출발부터 다르다. 전자는 자신이 가진 조건들에 대해 솔직하다. 반면에 후자는 남자가 여자한테 바라는 조건이나 모습을 임의로 판단한다. 가장 안 좋은 방법이다.

그런데 자신이 내세울 장점을 찾지 못하면 자기가 가지고 있는 최고의 모습도 알 수 없다. 그러니 세상 모든 남자들이 좋아하는 조건을 갖추려고 헛수고하지 말고 내가 가진 조건을 모두 모아 세상에 보여 주자. 그저 남자 눈에 잘 보이려고 애쓰는 여자는 속내를 남자한테 들켜 시작도 못하거나, 가짜로 꾸민 것이 드러나면서 서서히 관계가 시들어 가기 마련이다.

성공이나 인기를 얻기 위해, 남자를 사귀기 위해 자신의 참모습을 감추는 것이야말로 실패로 가는 지름길이다. 자기가 가진 조건들을 돌아보고 최고의 조건을 가려내서 자기만의 최고의 모습을 만드는 과정을 겪어 보지 않은 사람은 자신을 대단치 않게 여기는 경우가 많다. 그런 사람은 남과 다르게 보이기보다는 사람들 속에 파묻혀 있기를 원한다. 남들 눈에 띄어서 놀림거리가 되거나 욕을 먹을까 봐 걱정한다.

카드 값을 갚을 능력도 안 되면서 명품 백을 사라는 것이 아니다. 날생선을 좋아하지도 않는데 초밥이 유행하니 억지로 먹으라는 말도, 진짜 나이는 35살인데 29살이라고 속이라는 말도 아니다. 남들과 어울리려고 무조건 남들과 똑같이 할 필요는 없다. 그저 있는 그대로의 자기 모습에 솔직하면 된다. 세상 어딘가에는 분명 지금 그대로의 여러분을 좋아할 남자가 있다. 여러분은 그저 자신이 어떤 사람인지 알기만 하면 된다.

이제는 미팅도 지겹다, 개나 한 마리 키워야겠다.

웬디 리브먼(미국의 여자 코미디언)

3 사랑 앞에서 절박한 모습은 보이지 마라

안절부절 못하고 조바심 내봤자 좋은 것이 하나도 없다. 남자는 그런 여자를 보면 '자신한테 부족한 것을 나한테서 빼앗아 가려는구나.' 라는 딱 한 가지 생각밖에 안 든다. '외로운 여자는 내 시간과 나만의 공간을 빼앗아 간다. 이런 건 내가 원하는 관계가 아니다. 이럴 바에야 차라리 혼자인 것이 낫겠다.' 남자들의 이런 생각은 연애에 대한 근본적인 생각 차이 때문이다. 남녀 관계에서 남자는 베풀려는 마음으로 시작하지 않는다. 남자들은 여자보다 훨씬 이기적이어서 상대가 자신을 보살펴 주고, 편안하게 해주고, 자신에게 봉사해 주기를 바란다.

일주일에 몇 시간을
연애에 투자하는가?

몇 해 전 내가 진행하는 토크쇼의 PD 케이트가 내 사무실에 와서 의자에 털썩 주저앉으며 말했다. "내 어디가 잘못된 거죠? 인생을 바꿀 수 있는 최고의 조언을 해주는 프로그램을 만들면서 정작 현실에서는 연애 한 번 변변히 못하니 말이에요. 27살 때는 이 남자다 싶은 남자가 눈에 띄면 곧바로 결혼할 줄 알았어요. 그런데 그 뒤로 10년이 지나니까 이제는 그동안 차버렸던 남자들 중에서 누가 정자 기증자로 제일 적합할까라는 생각까지 들지 뭐예요! 노처녀로 늙어 죽을까 봐 안절부절 못하는 것처럼 보이는 건 싫지만 10년 동안 남자 하나 못 찾았다는 게 말이 돼요? 도대체 내가 뭘 잘못한 거죠?"

내가 알기로 케이트는 일에 모든 것을 바치는 사람이었다. 하루의 대부분을 회사에서 보내니 연애할 시간이 남아 있을 리 없다. 그래서 나는 케이트한테 우선순위 목록을 만들어 보라고 권했다. 그랬더니 37살의 독신 여성 대부분이 그렇듯 케이트 역시 결혼과 아이를 우선순위 목록 제일 위에 적었다. 나는 케이트에게 목록의 목표를 위해 일주일에 얼마나 시간을 할애하는지 물었다.

"음, 아마 서너 시간 정도는 될 거예요." 하지만 그건 토요일 저녁에 친구를 만나 수다를 떨거나 옷을 수선하는 데 쓰기에도 빠듯한 시간이다. 하물며 제일 중요하다고 꼽은 그것에 들이는 시간이라고 하기에는 턱없이 모자란 시간이다. 결국 케이트는 인생의 동반자를 찾는데 좀 더 많은 시간을 투자하기 시작했다. 그 결과 지금은 결혼해서 사랑스러운 두 아이를 두고 행복하게 살고 있다.

남녀 모두 흔히 하는 질문 중 하나가 바로 "그 사람들은 하는데 왜 나는 못하죠? 왜 나는 아직 싱글이죠? 도대체 뭐가 문제죠?"이다. 모든 질문의 80퍼센트는 정말 궁금해서 하는 것이 아니라 자기 생각을 질문의 형태로 우회적으로 표현하는 것이다. 그러니까 자기가 왜 아직까지 싱글이냐고 묻는 사람들이 정말로 하고 싶은 말은 "나는 아무 문제 없어요. 싱글로 남아 있어야 할 이유가 없다고요. 세상에 나만큼 결혼 상대로 완벽한 사람이 또 어디 있어요?"라는 것이다.

모르는 것은 바꿀 수 없다. 여러분의 문제는 너무 바빠서 시간이 없다거나 지루하다는 것일 수 있다. 아니면 멍청하거나, 머리는 좋은데 세상 물정 모르는 사람처럼 보이는 것이 문제일 수 있다. 만약 여러분이 자신의 문제가 뭐냐고 나를 찾아와 물을 생각이라면, 우선 그 질문에 대해 정말로 솔직한 답을 찾을 마음의 준비를 해야 한다. 만약 너무나 오랫동안 싱글로 지내면서 지겨울 정도로 남자를 찾아다녔다면 여러분은 관심을 끌고 싶은 상대 앞에서 엉뚱한 모습이나 행동을 했다는 뜻이다.

자기가 원하고 자기한테 어울리는 남자를 찾는 것이 목표라면 이제부터라도 달라져야 한다. 지금껏 아무런 효과도 얻지 못한 행동과 방법을 되풀이하면서 별안간 일이 잘되기를 바라는 것은 터무니없는 욕심이다. 우선은 자신을 제대로 돌아봐야 한다. 그래서 아무 문제도 찾아내지 못한다면 다행이고.

어떤 문제점이 여러분을 아직 싱글로 붙잡아 두고 있는 걸까? 혹시 마음 한편에서 행복해지려면 반드시 남자가 있어야 한다거나 남자를 못 잡으면 노처녀로 쓸쓸히 늙어 죽을 것이라고 생각한다면 문제점 하나는 확실해진다. 여러분은 결혼하고 싶어 안달 나서 안절부절 못하며 조바심을 내는 게 분명하다. 바로 그 때문에 남자들이 도망치는 것이다. 당장이라도 남자를 붙잡아 연애하거나 결혼하고 싶다는 생각이 머릿속에 꽉 차 있으면 절박함이 고스란히 겉으로 드러나게 된다. 그런 여자에게 매력을 느끼는 남자는 아직 한 명도 본 적 없다.

남자가 없어서 제대로 된 사람 구실 못한다는 생각을 가지고 있다면 그것은 스스로를 속이는 짓이다. 이 세상에 '없으면 절대 안 되는 것'은 몇 가지 없다. 공기가 없으면 숨을 쉬지 못한다. 공기는 인간이 살아가는 데 꼭 필요한 것이다. 하지만 연애나 결혼을 못한다고 해서 사람이 죽지는 않는다.

> 인간의 의사소통에서 언어가 차지하는 비율은 고작 7퍼센트밖에 안 된다. 진실한 감정을 드러내는 나머지 93퍼센트는 비언어적 요소, 즉 목소리 높낮이, 얼굴 표정, 근육의 움직임, 몸짓과 여러 가지 생리 현상들로 이루어진다. 그리고 이런 비언어적 요소는 의사소통에서 상당히 중요한 역할을 한다.

공기가 없어 질식한 사람들을 상상해 보자. 숨을 쉬지 못해 당황해하고, 눈을 희번덕거리며 어쩔 줄을 모른다. 그런데 말이다. 남자가 없으면 절대 안 된다고 말하는 여자들도 공기가 없어 질식한 사람들과 비슷한 모습이라는 걸 아는가?

남자가 없으면 안 된다느니 하는 말도 안 되는 생각은 버리자. 여러분은 단지 곁에 누군가가 있으면 좋겠다고 생각하는 것뿐이다. 곁에 남자가 있으면 '기분이 좋을 것이다.' '즐거울 것이다.' '행복할 것이다.' 라며 남자가 생기기를 바라는 거다. 하지만 곁에 남자가 없다고 세상이 끝나지는 않는다. 이렇게 생각을 바꿔 절박하고 초조한 마음을 버리면 앞에서 살펴보았던 자기만의 최고의 모습을 보여 줄 수 있다.

과거 상처에 대한
두려움부터 떨쳐 버려라

정말로 제대로 하고 싶다면 과거의 관계들을 철저히 해부해서 자기의
연애 패턴을 파악해야 한다. 미래의 행동을 예측하기 위해서는 과거의
행동을 알아야 한다. 행동이 바뀔 만한 엄청난 변화를 겪지 않은 이상.
그리고 나는 이 책이 여러분의 행동을 바꿔 줄 엄청난 변화의 원인이
되기를 바란다. 그럼 과거를 꼼꼼히 되짚어 보면서 대체 무엇 때문에
그 오랜 시간을 사랑 없이 혼자 지냈는지 알아보자.

> 단지 운이 없어서 그랬다고, 나쁜 남자 때
> 문이었다고 핑계를 댈 수도 있다. 하지만
> 변하고 싶다면, 이제 달라져야겠다는 생각
> 이 든다면 진실을 받아들여야 한다. 더 이
> 상은 자신을 차버리고 간 남자를 탓하거나
> 때가 좋지 않았다거나 하는 핑계는 대지
> 말자. 모든 책임은 여러분한테 있다.

미리 말해 두겠는데 무조건 여러분이 잘못했다거나 여러분 탓이라고 욕하겠다는 뜻은 아니다. 하지만 나는 오로지 여러분에 대해서만 말할 것이다. 여러분을 마음대로 할 수 있는 사람은 여러분 자신뿐이다. 진정으로 원하는 사랑을 하고 싶다면 믿을 구석은 자신밖에 없다. 따라서 지금껏 자신이 무엇을 잘못했는지 알아내야 자신에게 도움이 되는 방향으로 변화를 줄 수 있다. 그러면 마지막으로 사랑했던 시절로 돌아가 자신에게 아래의 질문을 해보자.

- 그 관계에서 무엇이 문제였고 무엇이 힘들었나?
- 남자가 나의 어떤 점을 못마땅하게 여겼나?
- 아직도 아프고 고통스럽게 느끼는 일을 열 가지만 적어 보자.
- 그 고통스럽고 아픈 일들을 겪는 과정에서 나는 어떤 역할을 했나?
- 지난번의 관계가 그렇게 끝나기까지 나는 어떤 선택을 했는가?
- 사람들은 자신을 통해 남들에게 자신을 대하는 방법을 알려 준다. 나는 그에게 나를 함부로 대하라고 무의식적으로 알려 준 적이 있나?
- 무엇을 바꿔야 할까? 어떻게 해야 과거의 상처를 잊을 수 있을까?
- 지난번 관계에서 더 이상 되풀이하고 싶지 않은 것은 무엇인가?
- 감정적인 끝맺음이 필요하다. 그러기 위해서는 '작지만 효과적인 행동'이 필요하다. 하나의 시기가 끝났음을 상징적으로 표현할 수 있는 최소한의 행동이면 된다. 지난 과거를 완전히 끝맺음할 수 있겠다 싶은 행동이 있다면 실천에 옮기자.

지금부터는 과거의 관계에 대해 찬찬히 생각해 보고 자신의 두려움이나 불안감이 문제를 일으킨 적은 없는지 살펴보자. 어쩌면 여러분은 상처받을까 두려운 마음에 깊이 생각하지도 않고 너무 일찍 관계를 끝내 버렸을 수도 있다. 비현실적인 요구 사항이나 기대 때문에 남자한테 부담을 주었을지도 모른다. 어느 쪽이든 외톨이가 되거나 혹은 상처를 입는 데 대한 두려움은 불안감만 불러일으켜서 쓸데없이 남자와 싸우게 만들거나 남자를 빨리 도망치게 만든다.

안절부절 못하고 조바심 내봤자 좋은 것이 하나도 없다. 남자는 그런 여자를 보면 '자신한테 부족한 것을 나한테서 빼앗아 가려는구나.' 라는 딱 한 가지 생각밖에 안 든다. '외로운 여자는 내 시간과 나만의 공간을 빼앗아 간다. 불행한 여자는 나의 행복을 빼앗아 나까지 불행하게 만든다. 이런 건 내가 원하는 관계가 아니다. 이럴 바에야 차라리 혼자인 것이 낫겠다.' 남자들의 이런 생각은 연애에 대한 근본적인 생각 차이 때문이다.

남녀 관계에서 남자는 베풀려는 마음으로 시작하지 않는다. 남자들은 여자보다 훨씬 이기적이어서 상대가 자신을 보살펴 주고, 편안하게 해주고, 자신에게 봉사해 주기를 바란다. 천성적으로 협상가인 남자는 더 나은 협상을 하려고 애쓴다. 남자가 여자를 만나고 사랑하는 것은 즐거움을 얻기 위해서이지 힘들게 노력하고 싶어서가 아니다. 여러분이 자신을 즐겁게 하는 임무나 아버지라는 임무를 떠맡길 작정으로 남자를 만난다면, 누구도 여러분을 반기지 않을 것이다.

여러분은 남자가 '저 여자를 위해 무엇을 해주어야 할까?' 라고 생각하기를 바랄 것이다. 결코 '어떻게 해야 저 여자를 떼어 버릴 수 있을까?' 라고 생각하기는 바라지 않을 것이다. 그렇다고 남녀 관계에서 남자가 항상 이기적으로 군다는 뜻은 결코 아니다. 남자는 여러분과 즐겁게 데이트하고 싶을 뿐이지 결코 힘들게 애를 쓰고 싶은 것은 아니라는 말이다.

　　하지만 일단 여러분과 사랑에 빠지면 남자는 힘든 일도 마다하지 않는다. 아마 부탁하지 않은 일까지 찾아내서 도맡아 하려 들 것이다. 일단 여러분을 소중한 존재, 자신이 보살펴야 할 존재라고 판단하면 그때부터 남자는 여러분에게 의미 있는 존재가 되기 위해 기를 쓰고 노력하게 되어 있다. 남자는 사랑에 빠지는 순간부터 여자를 차지하고 놓치지 않기 위해 할 수 있는 일을 찾아 나선다. 남자는 '내가 이 여자한테 해줄 수 있는 것이 아무것도 없으면 어쩌나?' 하는 불안감을 종종 느낀다. 여러분은 분명 원하는 것이 있고 필요로 하는 것이 있다. 원하고 필요로 하는 것을 적당한 때에 적당한 방법으로 알려 주면 남녀 관계는 부드럽게 이어진다. 하지만 너무 빨리, 너무 절박하게 남자한테 매달리면 그 적당한 때란 절대 오지 않는다.

남자 앞에서 절박한 모습을
절대 보이지 마라

자신이 위기에 몰린 듯 절박하게 군다는 사실을 알든 모르든, 절박하게 굴 작정이든 아니든, 만약 '반드시…… 해야 해.'라거나 '당장 안 하면 큰일 나,' '그 사람이 날 사랑하지 않으면 끝장이야.'라는 식으로 생각한다면 그것은 자신을 절박함 속으로 밀어 넣고 있다는 뜻이다. 사랑 게임에서 성공하기 위해서는 자신이 원하고 소중하게 여기는 것을 솔직하게 되돌아볼 마음의 여유가 있어야 한다. 그리고 나는 '이러이러한 것을 줄 수 있다.'라고 생각할 수 있어야 한다. 이런 마음 상태의 차이는 역시 생각의 차이에서 온다. 그렇다고 무조건 남자나 사랑에 초연한 척 가장한다고 해서 해결되는 일도 아니다. 정말로 생각과 마음을 바꿔야 한다. 마음을 느긋하게 갖고, 남자가 있어야만, 연애를 해야만, 결혼을 해야만 사람 구실을 한다는 생각은 버려야 한다.

다음의 글을 읽고 한 번이라도 생각한 적 있는 내용이라면 동그라미 표시를 해보자.

1 이 일을 꼭 해내야 돼. 안 그러면 나는 인생의 낙오자가 될 거야.

2 35살까지 결혼 못하면 나는 노처녀로 늙어 죽을 거야.

3 가족과 친구들 모두 멋진 상대와 결혼했거나 연애하는데 나만 짝이 없어. 그러니 나는 실패자야.

4 미팅을 한 다음 날 아무도 애프터 신청을 안 해. 나한테 문제가 있는 것이 확실해.

5 이 남자와 관계를 지속시키기 위해서는 이 남자가 하자는 대로 해야 해. 이 남자라도 붙잡아야 해. 독신은 너무 창피해.

6 무조건 이 남자 말을 들어야 해. 안 그러면 이 남자도 다른 남자들처럼 나를 버릴 거야.

7 나는 남자 다루는 법을 모르는 바보야.

8 이 남자가 나를 사랑하고 나를 받아 주어야만 내가 제대로 된 인간이라는 생각이 들 것 같아.

9 이 남자와 관계를 망칠까 봐 내 생각을 함부로 말 못하겠어.

10 가족과 친구들한테 드디어 남자가 생겼다고, 정말 괜찮은 남자와 결혼하게 되었다고 빨리 말하고 싶어.

11 남자와 있을 때면 실수해서 그 사람을 놓칠까 봐 초조하고 불안해.

12 남자와 사귈 때면 '이 남자와 미래를 함께할 수 있을까?'라는 걱정을 하느라 데이트나 연애를 제대로 즐기지 못해.

13 무슨 수를 써서라도 상처나 고통은 피하고 싶어. 그런데 남자를 만날 때면 항상 이 남자가 나한테 상처를 줄까 봐 두려워.

14 지금껏 늘 연애에 실패했어. 그래서 영원히 나를 사랑해 줄 남자는 이 세상에 없다는 생각이 들어.

15 이 남자도 결국은 내 곁을 떠날 거야. 그러니까 차이기 전에 먼저

차버려야 돼.

16 나는 확신이 필요해. 그래서 무슨 일이 있어도 이 남자가 나를 버리
　지 않으리라는 것을 확인하기 위한 테스트를 해봐야겠어.

17 연애와 사랑은 스트레스도 많고 너무 힘들어.

18 나는 이 남자에 비해 너무 부족한 게 많아.

19 남자와 사귈 때 늘 실수만 하는 내가 싫어.

20 또다시 상처받지 않으려면 스스로 나를 지키는 수밖에 없어.

　위에서 동그라미 표시가 세 개 이상이라면 그것은 절박한 상태라
는 뜻이다. 지금 여러분은 남자를 붙잡고 싶어 안달이 났거나 상처를
받지 않기 위해 절박하게 굴고 있다. 변화의 첫 단계는 자신에게 문
제가 있다는 사실을 인정하는 것이다. 동그라미 표시가 1부터 10 사
이에 집중되어 있다면 외톨이가 되는 데 심한 두려움을 느끼고 있다는
뜻이다. 11부터 20 사이에 집중되어 있다면 상처를 받고 생활의 균형이
깨어지는 데 두려움을 느낀다는 뜻이다. 어느 쪽이든 동그라미 표시가
많다는 것은 자신이 꿈꾸는 행복한 사랑을 할 기회를 스스로 깎아먹고
있다는 의미다.

'절박함'을 버려야 좋은 사람을 만난다.

절박한 사람들은 다 똑같다고 생각하기 쉽다. 하지만 두려움은 도망칠 것이냐, 싸울 것이냐의 두 가지 반응을 불러일으킨다. 우리는 흔히 두려움에 맞서 싸우겠다는 반응, 즉 투쟁 반응을 절박함과 연관 짓는다. 투쟁 반응을 생각하면 으레 영화에 나오는 것 같은 무시무시하고 공격적인 스토커를 연상하기 마련인데, 그런 모습은 일부분에 불과하다.

　　투쟁 반응을 보이는 여성만큼이나 문제가 벌어질 수 있는 상황에서 달아나려는 반응을 보이는 여성도 많다. 두 부류 모두 관계가 자연스럽게 발전하는 것을 지켜보려는 인내심이 부족하다. 하지만 전자와 달리 후자는 관계를 더욱 밀접하게 끌고 가려고 덤벼드는 대신 앞으로 일어날지 모를 괴로움이나 고통을 피하기 위해 되도록 빨리 관계를 끝맺으려고 든다. 내가 아는 한 여성은 남자가 전화를 하면 응답 전화를 안 하는 것으로 남자를 테스트한다. 그래서 만약 상대 남자가 끈질기게 전화를 걸지 않으면 자신에게 관심이 없는 것으로 판단하고 다시는 안 만난다. 하지만 이유를 모르는 상대 남자는 여자한테서 응답 전화가 없으면 퇴짜 맞았다고 생각해서 실망하기 마련이다.

　　자신이 다음과 같은 경우는 아닌지 생각해 보자.

💜 나는 이제 한물갔다.

나이를 먹으면 여자로서 매력을 잃는다고 생각하는 여성들은 자신이 한물갔다는 생각이 더 절실해진다. 하지만 나이가 몇 살이든 사람들은 또래한테 매력을 느끼기 마련이다. 30살에 5살 연상의 남자들과 데이트를 했다면 50살이 되어도 55살인 남자들한테 매력적으로 보일 것이다. 하지만 50살이 되어서도 35살인 남자들과 사귀기를 바란다면 데미 무어 같은 몸매와 얼굴이 아닌 다음에는 자신에게 문제가 있다고 보기 바란다.

💜 아직도 실연의 상처에 허덕이고 있다.

지난번 남자한테 호되게 차이고 그 상처에서 아직 회복하지 않았으면서 마음을 달래기 위해 새로운 남자를 찾고 있다. 실연의 상처가 아물지 않은 상태에서 남자를 찾다보면 정말로 괜찮은 상대를 찾아야겠다는 생각보다는 그저 지금의 아픔에서 벗어나겠다는 생각밖에 안 하게 된다. 그런 때 만난 남자는 일단 마음의 상처가 정리되고 나면 정말 나한테 맞는 남자가 아니라 숱하게 많은 그저 그런 남자들 중 하나로 보이기 마련이다.

💜 나이가 많아 아이를 못 낳게 될까 봐 초조하다.

많은 여자들이 나이가 들면서 폐경기가 찾아와 아이를 낳지 못하게 될까 봐 초조하고 불안해한다. 그런 마음이 겉으로 드러나면 남자는 겁을 먹고 달아나게 되고 여자는 아무 남자나 괜찮다는 생각을 하게 된다. 마음에 안 드는 형편없는 남자의 아이를 임신하는 것은 코미디 소재로는 재미있을지 몰라도 현실에서는 비극의 시작이다. (그리고 더 늙으면 아이도 못 낳는다는 엄마의 잔소리도 더 이상은 귀에 담아 두지 말자.)

💜 나는 독립적인 여자니까 남자한테 방해받기 싫다.

돈도 잘 번다. 사업을 한 적도 있다. 남자 밑에서 일하기는 죽어도 싫다. 오랫동안 혼자 살았기 때문에 남자와 함께 산다는 것은 상상도 못한다. 이런 자신이 단지 까다로운 여자일 뿐이라고 생각할지 모르지만 실은 지금껏 이뤄 온 일들을 망치거나 잃어버릴까 봐 두려워하고 있는 것이다. 이런 사람은 자신을 귀찮게 하지 않고 혼자 내버려 두는 남자를 원한다.

💜 열정적인 사랑이 두렵다.

불 같은 사랑에 덴 적이 하도 많아서 이제는 불 근처에도 가기 싫다. 남자와 헤어지고 곧장 새로운 남자를 만나기를 반복하면서 실망도 반복하느라 자신한테는 사랑과 연애가 어울리지 않는다는 생각이 들어 더 이상 남자 만날 생각을 안 하는 것일 수도 있다.

💜 나는 뚱뚱하고 못생겼다.

거짓말!!!! 누가 그런 말을 하던가? 당신에게 꼭 맞는 남자의 눈에는 정상 체중을 초과한 당신이 글래머러스한 몸매로 보일 것이다. 그리고 당신 눈에는 매일 봐서 지겹고 매력도 없어 보이는 얼굴이 당신에게 꼭 맞는 남자의 눈에는 독특하고, 매력적이고, 사랑스럽고, 지혜롭게 보일 것이다.

사랑 게임의 승자처럼
생각하고 느끼고 행동하라

자신이 바라는 특별한 남자를 평생 못 찾더라도 잘 살 수 있다는 생각을 가져야 한다. 혼자 살아야 한다고 해도 자신에게 문제가 있다거나 자신이 인생의 낙오자라는 생각은 하지 말자. 그리고 자신은 얼마든지 괜찮은 남자를 만날 수 있는 가치 있고 소중한 존재라고 생각하자. 자신의 모습들을 솔직히 인정하고 받아들이면 언젠가는 좋은 사람을 만날 수 있다는 생각을 갖길 바란다.

　　항상 자신이 승자가 될 수 있고 또 그렇게 되리라고 믿어야 한다. 승자가 되기 위해서는 승자처럼 생각하고, 승자처럼 느끼고, 승자처럼 행동해야 한다. 세계 최고의 여자 테니스 선수 비너스 윌리엄스나 골프의 여제로 불리는 아니카 소렌스탐이 자신을 패자라고 생각하고 승리할 만한 사람이 아니라고 믿었다면 그 많은 우승을 할 수 있었을까? 그들이 스포츠에서 승리할 수 있다고 믿는 것처럼 여러분도 자신이 사랑 게임에서 승리할 수 있다고 믿어야 한다. 그렇게 믿기 위해서는 자기 자신을 괴롭히지 말고 스스로 만든 덫에서 벗어나 "반드시

94

해내고야 말겠다.”는 자세로 무장할 수 있는 방법을 알아야 한다.

그러기 위해서는 헌신하고 최선을 다해야 한다. 오래된 습관을 버리기는 쉽지 않지만 생각을 바꾸면 그렇게 할 수 있다. 자신의 생각을 통제할 수 있으면 느낌과 행동 그리고 사람들이 자신을 대하는 태도까지도 통제할 수 있다. 그래서 내가 늘 여러분한테 자신의 인생을 좌지우지하는 통제권은 바로 자신이 쥐고 있다고 누누이 강조하는 것이다.

그런데 남자가 전화번호를 물어 놓고도 전화를 안 하면 여러분 중 몇몇은 ‘내가 직장에 대해 너무 떠들어서 그런가 봐. 내가 하는 일이 원래 재미없잖아. 나도 재미없는 여자이고. 그 남자가 말하게 그냥 둘 걸 왜 내가 끼어들어서 떠들었을까? 난 정말 바보야, 바보, 바보. 게다가 너무 뚱뚱하기까지 하잖아!’ 라고 생각한다.

‘그 남자 때문에 미치겠어.’ 라고 생각한다면 그것은 자신의 기분과 행동을 남의 탓으로 돌리고 남에게 통제권을 떠넘긴다는 뜻이다. 자신의 생각, 감정, 행동에 대해 스스로 책임지지 않고 마치 자신이 장기의 졸이라도 된 듯 “그 남자 때문에 이렇게 되었어.”라고 말한다. 그럴 때는 진지하게 생각해 보아야 한다. 정말로 그 남자로 인해 내가 이런 기분이 드는 것인지, 아니면 스스로 몰고 간 것인지를. 그 누구도 여러분이 어떤 특별한 기분이 들도록 만들 수는 없다. 여러분의 기분이나 감정은 여러분 스스로 만드는 것이다.

만약 남자가 꼭 전화하겠다고 약속해 놓고서 전화를 안 했다면 여러분한테는 세 가지 선택권이 있다. 첫째, 아무 일도 못하고 남자의 전화만 기다리다가 급기야 화가 나서는 남자에게 왜 전화 안 했냐고 화내고 고함을 지르는 전화 메시지를 남기는 것이 있다. 이것이야말로 전형적인 투쟁 반응이다. 둘째, 약속을 안 지키는 무책임한 남자는 만날 가치도 없다면서 단념하는 '도피 반응'이 있다. 끝으로 몇 번 심호흡을 하고 흥분을 가라앉힌 다음 그 남자가 왜 전화 안 하는지는 모르겠지만 더 이상 신경 쓰지 말자고 머리에서 지워 버리는 방법이 있다.

이처럼 자신의 기분은 자신의 생각에 달렸다. 이제부터는 불안하고, 초조하고, 자신이 형편없다고 느껴지면 일단 차분히 앉아서 머릿속으로 지나가는 생각들을 찬찬히 살펴보자. 그리고 그 생각들을 종이에 적고 그 생각들에 대해 다음과 같은 질문을 해보자.

> ⌐ 친구나 가족 등 지금 상황에 직접적으로 관계가 없는 제삼자도 이런 생각이 진짜라고 생각할까?
> ⌐ 이런 생각을 하는 것이 내게 이로운가?
> ⌐ 이런 생각을 계속하면 내가 원하는 관계, 내게 어울리는 관계를 이루는 데 필요한 태도를 갖출 수 있을까?

모든 질문에 긍정적인 대답을 할 수 없다면, 그런 생각은 당장 버려라. 스스로에게 지나치게 가혹한 여자들이 있다. 그런 태도로는 원하는 것을 얻을 수 없다. 다음을 통해 현실적으로 생각하는 사람과 자기 파괴적이고 부정적인 생각을 하는 사람의 차이점을 살펴보자.

부정적 나는 선탠을 해야 봐줄 만하다. 피부가 희면 불안해진다.
현실적 선탠을 하면 근사하지만 선탠을 안 해도 보기 좋다.
　　　　선탠을 하든 안 하든 내 얼굴에 자신있다.

부정적 저 남자는 내 친구한테 관심있을 거야. 그러니까 내 친구 혼자 말하도록 내버려 둬야 해.

현실적   저 남자가 누구한테 관심이 있는지 확실히 모르겠어. 내가 먼저 말을 걸어서 어느 쪽에 관심이 있는지 확인해 봐야지.

부정적   내가 부자가 아니라는 걸 알면 이 남자는 나를 떠날 거야. 그러니까 거짓말을 해서라도 이 남자를 붙잡아야 해.

현실적   돈 많은 여자와 결혼하고 싶어 하는 남자는 나하고 맞지 않아. 내 재정 상태에 대해 솔직하게 이야기하고 이 남자가 어떤 반응을 보이는지 봐야지.

부정적   이 남자도 다른 남자들처럼 날 찰 거야. 그러니까 처음부터 시작도 말아야지.

현실적   앞으로 어떤 일이 일어날지는 아무도 몰라. 그러니까 시간을 두고 어떻게 되는지 지켜봐야지.

항상 자신의 모습을
있는 그대로 받아들이자

이제는 남자를 쫓아 버리는 부정적인 생각을 자석처럼 끌어들이는 생각으로 바꿔 보자. 긍정적인 자기 이미지는 보톡스 주사나 실리콘 삽입보다 더 강한 힘을 가진다. 물론 돈도 안 든다. 대부분의 남자는 신체 여기저기를 갈아 치우고 뜯어고치는 여자와 오래 사귀고 싶어 하지 않는다. 온 세상에 자신을 떳떳이 내세울 수 있을 만큼 자신 있는 여자가 되고 싶다면 다음의 힘 있는 사람들을 따라해 보자.

부동산 재벌 도널드 트럼프 같은 거물들은 협상을 할 때 절대 초조해하고 절박한 모습을 상대에게 보이지 않는다. 협상을 타결하고 싶어 안달하는 모습을 보이는 즉시 게임 끝이다. 대단히 불리한 입장에 서게 되거나 협상이 아예 종결되거나 둘 중 하나다. 성공한 기업인들은 손에 땀이 바짝바짝 나고 초조해하는 모습을 상대한테 보이지 않기 위해 자신에게 말한다. "무슨 일이 있든, 그 일 때문에 내 인생이 변하지는 않는다."

이 말은 지금 눈앞의 기회를 놓치더라도 자신을 잘 다스리고 똑똑하게 행동하면 앞으로도 수많은 기회가 다시 찾아오고 인생도 잘 풀릴 것이라는 뜻이다. 지금 기회를 놓친 것이 어쩌면 오히려 전화위복이 될 수도 있다.

자신에게 그런 암시를 하고 그 말을 진정으로 믿기 위해서는 눈앞의 현실에서 한 걸음 물러나 내 인생을 소중하게 만드는 것은 이미 모두 가지고 있다는 것을 깨달아야 한다. 개와 산책하고, 친구들과 즐거운 시간을 보내고, 음악을 들으며 하루 한 시간 햇볕을 쬐는 것. 이런 일들을 통해 얻는 즐거움은 그 어떤 남자도 줄 수 없고, 또 그 어떤 남자도 앗아 갈 수 없다. 그러니 길에서 우연히 만난 돈 잘 버는 회계사나 미팅에서 만난 잘생긴 남자와 맺어지지 않았다고 해서 세상이 끝난 것처럼 굴지 말자.

자신감 넘치는 사람은 남의 눈이나 말을 신경 쓰지 않는다. 그렇다고 거만하거나 냉담하지도 않다. 자신감 넘치는 사람이 침착할 수 있는 것은 자신의 참모습, 자신의 본질적인 모습을 잘 알기 때문이다. 자기가 어떤 사람인지 알고 자신을 받아들여라. 자기의 참모습을 받아들이면 웬만한 일에는 끄떡도 않는 자신감 넘치는 사람이 될 수 있다.

자신에 대해 불안해하고 자신을 믿지 못하면 남의 말이나 행동에 쉽게 휘둘리지만, 자신을 알고 자신을 믿는 사람이라면 남이 뭘 하건 그것에 기준해 자신을 평가하지 않는다. 왜냐하면 타인이 자신의 가치를 결정한다고 생각하지 않기 때문이다. 자신의 가치는 자신이 결정하는 것이며, 남이 자신을 칭찬하든 무시하든 자신은 언제나 그 모습 그대로이다.

자신감 있게 보이려면 무엇보다도 태도가 중요하다. 자신을 믿으면 자연스럽게 그것이 드러난다. 자신감 넘치는 사람은 이런 사람이다.

- 잘생겼든 아니든 남과 자신을 비교하게 되지만 어떤 경우든 결국 자신의 장점을 찾아내고 그것에 만족하고 기뻐한다.
- 남들의 관심에서 물러나 이야기를 듣기만 하는 것을 불편하게 여기지 않는다.
- 외부 상황으로 인해 자신의 가치가 변하는 것이 아님을 알기 때문에 남들이 자신을 추켜세우든 아니면 대놓고 무시를 하든 크게 신경 쓰지 않고 늘 한결같은 태도를 유지한다.
- 운동을 하든, 마사지를 하든, 올바른 식습관을 유지하든, 자신의 외모를 가꾸는 데 필요하다고 생각하는 일을 열심히 한다.
- 지적 능력을 높이는 데 게으르지 않고, 늘 새로운 것을 배우고, 읽고, 읽고 또 읽는다.
- 외모보다는 성격이 더 중요하다는 것을 안다. 그래서 외모가 아니라 성격을 통해 사람들의 관심을 끌고 사람들을 사귄다.
- 대화할 때 자신이 말하는 만큼 남의 이야기를 들어주는 데도 적절한 시간을 할애한다. 두 사람이 대화할 때는 대화 시간의 50퍼센트를, 세 사람이 대화할 때는 33퍼센트를 사용하는 식으로 말이다.
- 미소 짓고, 웃고, 즐거운 표정으로 적극적으로 나선다.
- 남들의 관심이 자신에게 집중되는 것을 두려워하지 않는다. 남들의 시선을 받으며 이야기해야 할 때는 적당히 몸짓을 섞어 가면서 분명하고 정확한 목소리로 솔직한 생각을 말한다.
- 상대가 자신을 어떻게 생각하는가보다 자신이 상대를 어떻게 생각하는가에 더 신경 쓴다.

˘ 남들이 다시 돌아볼 정도로 차려입는다. 자신감 넘치는 사람은 평범하고 아무 데서나 볼 수 있는 차림과 눈에 번쩍 띄는 차림 중에 항상 후자를 선택한다.

˘ 상대와 시선 교환을 중요하게 여긴다. 눈을 마주치고 시선을 교환하는 것은 상대가 남자든 여자든 매력적으로 보일 수 있는 최고의 방법이다.

이제 달라진 생각만큼
달라진 사랑을 시작하자

남자의 전화를 기다리며 5분마다 한 번씩 문자 메시지를 확인하고 전화기가 고장 나지 않았는지 확인하거나 토요일 밤마다 혼자 집에 처박혀 "난 정말 한심해. 나 같은 여자를 누가 사랑해 주겠어."라고 한탄만 하던 예전의 여러분에 대해서는 더 이상 말하고 싶지 않다. 그런 시절은 이제 끝났다. 여러분이 3장을 읽고 느끼고 배웠다면 목적 의식을 가지고 자신 있게 거리로 나설 것이다. 자신감으로 새롭게 태어난 여러분의 생각은 다음과 같지 않을까?

- 내 안에는 베풀어 줄 사랑이 아주 많다.
- 나한테 말을 거는 남자는 복 받은 남자다.
- 나는 매력 있고 재미있는 여자다.
- 나는 같이 있으면 즐거운 사람이다.
- 나는 나를 사랑한다.
- 나는 만점짜리 결혼 상대다.

- 내 인생은 완벽하다.
- 저 정도 남자면 나한테 어울릴까?
- 내가 정말로 원하는 것은 무엇인가?
- 내가 행복하지 않다면 언제든 관계를 끝낼 테다.
- 나는 지금의 나에게 만족한다.
- 내게는 좋은 친구와 나를 사랑해 주는 가족들이 곁에 있다.
- 나는 마음이 따뜻하고 너그럽다.
- 나는 부족한 것이 없다.
- 다른 사람한테 기대지 않아도 충분히 행복하다.
- 나의 행복은 내가 만든다.
- 내 인생을 변화시킬 수 있는 사람은 나밖에 없다.
- 나는 외모 말고도 보여 줄 것이 많다.
- 나는 지혜롭고 인생 경험이 풍부하다.

위의 문장들을 보면서 동감한다고 고개를 끄덕인다면 만사형통이다. 이제 여러분은 사랑 게임을 이끌어 갈 수 있는 자신감을 갖췄다. 지금쯤은 과거에 자신이 했던 데이트나 연애 경험을 되돌아보면서 왜 그토록 상처받거나 혼자가 되는 것을 두려워했는지 고개를 설레설레 내젓길 바란다. 사랑과 연애에 대한 과거의 생각과 지금의 생각이 확실히 달라졌다면 여러분은 성공한 것이다. 이제부터는 그 달라진 생각만큼 달라진 사랑을 시작할 수 있다.

무시당하는 것보다는 무시하는 편이 낫다.
메 웨스트(미국의 여배우)

4. 그의 머릿속에 나를 각인시켜라

좋든 나쁘든 혹은 평범하든 여러분은 여러분이다. 그리고 자신의 참모습에 대해 많이 알수록 남들에게 좀 더 제대로 자신을 보여 줄 수 있다. 영화배우처럼 멋지게 꾸미는 것은 쉽지만, 자신의 참모습을 자신에게 유리하게 이용하는 방법도 모르거나 남자들이 자신에게서 어떤 인상을 받는지도 제대로 모른다면 아무리 눈에 번쩍 띄는 겉모습이라도 금세 잊히고 만다. 기회가 있을 때마다 자신이 가진 모든 강점을 세상에 보여 주자. 여러분을 좋아하는 사람도 있고 싫어하는 사람도 있겠지만 여러분을 잊어버리는 사람은 절대 없을 것이다. 중요한 것은 기억에 남느냐 남지 못하느냐이다.

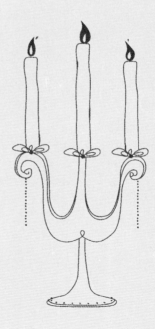

나의 진짜 모습,
남들에게는 어떻게 보일까?

자신에 대한 부정적인 생각을 머리에서 몰아냈으니 이제는 자신이 얼마나 훌륭하고 근사한지 알아보자. "내가 그렇게 뚱뚱하고 못생긴 것도 아니라면 도대체 내가 어떤 여자라는 거지?"라는 생각이 들 것이다. 이제는 3장에서 이야기했던 것처럼 자기 안에 감춰진 모습들과 조건들을 끄집어내어 그중에서 최고의 모습을 찾아내야 할 때다.

만약 거울 앞에 섰는데 "나는 팔뚝도 굵고, 눈가에 잔주름이 자글자글하고, 패션 감각도 없어."라는 말이 절로 나온다면 다시 2장과 3장으로 돌아가라. 그런 생각이 드는 것은 아직은 4장을 읽을 준비가 되지 않았다는 뜻이다. 농담이 아니다. 나는 다른 데 가지 않을 것이고 4장도 이 책에 가만히 붙어 있을 테니 얼른 2장과 3장을 다시 읽고 돌아오기 바란다. 일주일이 걸리더라도 기다려 줄 테니 걱정하지 마라. 그리고 여기서 살펴볼 것은 여러분의 외모만이 아니다. 물론 외모도 중요하다. 하지만 현재 자신의 외모에 극도의 불안감만 느끼지 않는다면 (미장원에 가서 머리를 새로 해야겠다고 생각하는 것 정도는 괜찮다.) 지금의 모습 그대로도 얼마든지 원하는 결과를 얻을 수 있다.

그럼 외모에 대해서는 그 정도 이야기하고. 마음의 준비가 되었는가? 좋다. 자신의 특징을 찾아내라는 것은 자신의 현재 모습을 받아들이고 그중에서 최고의 장점을 찾아내라는 뜻이다. 남보다 살집이 더 있다면 몸매가 풍만하다고 생각하자. 풍만한 몸매는 섹시한 몸매다. 웃느라 눈가와 입가에 주름이 생겼다면 자신이 행복하고 명랑한 사람이라고 생각하자. 그리고 보톡스 주사를 맞아 표정을 마음대로 지을 수 없는 사람보다 훨씬 자연스럽게 미소 짓고 웃을 수 있다는 점도 기억하자. 남자들이 넋을 잃고 쳐다보는 수영복 모델은 될 수 없을지 몰라도 이 세상 남자의 99.9퍼센트는 수영복 모델과 결혼 못할 테니 그런 건 아예 처음부터 신경 쓰지 말자.

자신이 이미 가지고 있는 것, 자신의 현재 모습을 받아들이고 소중히 하기 위해서는 스스로를 비판적으로 바라보는 시각을 버리고 자신의 장점, 강점을 찾는 눈을 가져야 한다. 그런 다음 자신이 가진 조건들을 바탕으로 자신이 되고자 하는 사람으로 스스로를 만들어야 한다. 이때 제일 먼저 생각해야 할 것은 남들에게 보여 줄 수 있는 자신이다. 대부분의 사람들은 크게 다음의 네 가지 요소를 보는데, 여러분도 생각보다는 남에게 보여 줄 것이 많다는 사실을 알게 될 것이다.

- 태도와 스타일
- 성격
- 관심사
- 외모

이 네 가지 요소들이 결합하여 여러분의 모습을 만들고 여러분을 독특한 개성을 지닌 존재로 만든다. 남에게 어떤 모습, 어떤 행동을 보여 줄 것인가를 의식적으로 신중하게 선택한다면 인간관계와 사랑 게임에서 큰 힘을 발휘할 수 있다.

나는 수시로 여러분이 가진 최고의 특징과 지금껏 대수롭지 않은 것이라고 무시해 왔던 특징을 찾아내고 다그칠 것이다. 일단 자기 안에 숨은 조건과 장점을 파악하고 인정하기만 한다면 이는 자신감이라는, 여러분과 남을 이어 주는 든든한 다리가 될 것이다.

남과 잘 어울리는 스타일인가?
눈맞춤으로 친밀감을 높여라

외모가 사람들의 시선을 끄는 수단이라면 태도나 스타일은 사람들이
여러분에게 반응을 보이도록 만드는 수단이다. 그리고 흔히 그 사람의
분위기, 느낌이라고 말한다. 외모가 여러분을 보기에 좋은 사람으로
만들어 준다면 태도와 스타일은 함께 어울리기 좋은 사람으로 만
들어 준다. 태도와 스타일에는 사람과 사람을 연결해 주는 자질이 포
함된다. 우선 눈맞춤부터 시작해서 남의 이야기를 잘 듣는 것, 대화에
참여하는 정도, 사람을 대하는 법 등을 들 수 있겠다. 사람을 상대할
때 자신의 100퍼센트를 모두 주는 사람이 있는가 하면, 생각이 다른 곳
에 가 있어서 자신의 20퍼센트밖에 주지 않는 사람도 있다. 여러분은
어느 쪽일까?

신체 접촉도 태도와 스타일에 포함된다. 남자에게 하는 신체 접촉
은 거절과 두려움에서 친밀함까지 모두 표현할 수 있다. 앉거나 일어
서거나 춤을 출 때 몸의 움직임과 자세 역시 여러분의 태도와 스타일
을 이룬다.

109

특히 눈맞춤은 상대의 관심을 끌 수 있는 강력한 수단이다. 그런데 눈맞춤 기술을 제대로 활용할 줄 아는 사람은 극히 드물다. 대화를 할 때 상대와 눈을 맞추면 상대는 여러분에게 빠져들 수밖에 없다. 이야기 내용은 관계없다. 눈을 맞출 줄 아는 여자가 빠른 시간에 친밀한 유대감을 형성한다.

남녀 관계에 있어서 태도는 대단히 큰 부분을 차지한다. 태도는 상대가 이 세상에 혼자가 아니라는 사실을 일깨워 주는 자질이다. 자신이 혼자가 아니라는 느낌이야말로 연인에게서 얻고 싶은 가장 소중한 느낌이 아닐까?

다음은 여러분의 태도를 이루는 자질들이다. 여러분이 과시할 수 있는 자질은 어떤 것인가?

육감	편견 없는 사고	집중력
공감	호기심	감정 파악
귀 기울이기	적응력	세심함
풍부한 소재	사회 문제 관심	동정심
대화력	친화력	섬세함
사려 깊음	권위 의식	재치
침묵의 노하우	따뜻한 마음	이해심
눈맞춤	분위기 파악 능력	침착함
신뢰감	열정	명랑함

사람들에게 어떤 태도를 보일지 선택할 때는 우선 자신이 어떤 사람인가를 알아야 한다. 만약 지금껏 남들에게 보여 주었던 태도가 그다지 관심을 끄는 데 효과적이지 않았다면 이제는 변화를 모색해야 한다. 무작정 사람들 앞에 나서지 말고 우선 계획을 세워야 한다. 그 계획에 대해서는 6장에서 자세히 살펴보기로 하자.

여기서 말하는 계획은 모임 장소에 언제 도착할지(일찍 가서 먼저 분위기 파악을 해둘 수도 있고, 약간 늦게 가서 사람들이 자신을 기다리게 할 수도 있다), 어디에 서 있거나 앉을지(거실 소파에 앉거나 주방에서 음료수를 만들 수도 있다), 사람들과 어떻게 어울릴지(자신이 먼저 다가갈 것인가, 남들이 다가오기를 기다릴 것인가, 많은 사람과 어울릴 것인가, 한두 사람한테 집중할 것인가), 그리고 겸손하게 행동할지 아니면 자신을 과시할지(자신에 대해 이야기할까 아니면 남들에 대해 질문할까? 모임 장소의 중심에 서 있을까 아니면 뒤로 물러나 벽에 기대 있을까?) 등에 이르기까지 자세하게 생각해 볼 수 있다.

남을 보살펴 주는 성격인가?
자신의 장점으로 남자를 감싸라

여러분은 이미 1장에서 '그 남자의 모습'에 대해 생각해 보았다. 자신이 어떤 남자를 원하는지 알았다면 이젠 그런 남자한테 어울릴 만한 성격을 개발해야 한다.

예측 불가능하고 어디로 튈지 모르는 남자를 원한다면 1분 1초까지 꼼꼼히 계획하는 성격은 버려야 한다. 그런 성격은 순간의 기분에 따라 사는 남자와 어울리지 않는다. 그렇다고 무조건 남자한테 맞춰서 살아야 한다는 뜻은 아니다. 그런 남자를 선택한 것은 여러분 자신이다. 그런 남자를 선택하라고 등 떠민 사람은 아무도 없다. 여러분이 그런 남자를 선택했으니 그런 남자를 차지하기 위해 그 정도 노력은 해야 한다는 뜻일 뿐이다.

성격에는 사람들과 사귀는 방식도 포함된다. 여러분이 가진 기술과 강점, 두드러지는 특징들 모두 성격이라는 요소에 포함된다. 이런 성격의 여러 요소들이 모여 여러분은 이런 남자와는 잘 어울리지만 또 저런 남자와는 잘 어울리지 않게 되는 것이다. 이런 요소들은 그 남자와 여러분에게 두 사람이 어떤 관계를 이루고 어떤 미래를 만들어 갈지 예측하게 해준다. 여러분에게 잘 어울리는 남자라면 서로를 보완해 줄 수 있는 조건들을 가지고 있을 테니 두 사람의 관계는 매끄럽게 이어질 것이다.

인생의 동반자 후보로서 남자에게 다가갈 때는 자신의 장점을 미리 알아 두는 것이 좋다. 남자의 약점을 여러분의 장점으로 보완해 줄 수 있어야 하기 때문이다. 그래서 남을 보살펴 주는 방식도 성격의 한 영역에 포함된다. 여러분은 주가를 예측하고 투자 포트폴리오를 짜는 데 뛰어난 능력을 가지고 있는 데 반해 남자는 주가수익률이라는 말을 고사성어쯤으로 알고 있다면, 여러분은 남자의 재정 문제를 보살펴 줄 수 있다.

다음의 목록을 보면서 자신은 어떤 성격을 가졌는지 생각해 보자.

재미있다	이성적이다	지적이다
소극적이다	예의 바르다	낙천적이다
정직하다	현실적이다	성실하다
적극적이다	공격적이다	계획적이다
합리적이다	지도자적이다	자상하다
이타적이다	인내한다	협조적이다
열정적이다	헌신적이다	

자기가 남을 보살펴 주는 방식이 어떤지 알기 위해서는 가족이나 친구, 동료들이 우울하거나 아프거나 기분이 좋지 않을 때 그들을 어떻게 대하는지를 생각해 보면 된다. 보답을 바라지 않고 남한테 베푼 적이 있는지도 생각해 보자. 친구를 위해 아무리 먹고 싶어도 마지막 남은 과자에 손대지 않는 사람인가? 멋진 요리 솜씨로 주위 사람들의 입을 즐겁게 해주는 자상한 사람인가? 언제나 사람들에게 격려를 아끼지 않고 "오늘 일은 어땠어?"라고 물으며 동료의 머리 모양이나 옷을 칭찬하는 사람인가? 언제나 주위 사람들을 배려하고, 존중하고, 긍정적인 말을 아끼지 않는 사람인가?

사람들과의 관계는 함께하면서 얻는 느낌에 따라 깊이가 깊어지기도 하고, 얕아지기도 하고, 관계를 맺는 기간이 길어지기도 하고 금세 끝나 버리기도 한다. 사람을 사귀는 방식과 남을 보살펴 주는 방식의 관점에서 자신이 어떤 점을 내세울 수 있는지 생각해 보자.

자신의 관심사는 무엇인가?
남다른 가치관을 가져라

여러분의 모습은 여러분이 하는 말이나 관심 있는 내용에 따라 크게 달라진다. 예를 들어 누군가를 만났을 때 처음 하는 질문이 "하는 일이 뭐예요?"일 때와 "국회 인사 청문회가 너무 논쟁 위주로 흘러간다고 보지 않으세요?"일 때 사람들은 전혀 다른 인상을 받는다. 두 질문 중에 어느 것이 더 낫고 못하다는 뜻이 아니라, 서로 다른 분위기를 전달한다는 것을 지적하고 싶다. 여러분의 '관심사'를 살펴보는 이 단계에서는 여러분이 어떤 지식과 정보에 관심이 있고 중요하게 여기는가를 결정해야 한다. 자신의 가치관과 믿음이 무엇인지 파악하고 대화, 행동, 그리고 추구하는 관심사에 그것을 반영해야 한다.

자신의 모습을 이루는 다른 요소들과 마찬가지로, 여러분이 전달하는 이야기, 즉 관심사도 참된 여러분의 모습에 부합해야 한다. 사실은 전혀 그렇지 않은데 지적인 사람인 척해서는 안 된다. 그것은 자신이 아닌 타인의 행세를 하는 것이다. 고등학교도 제대로 마치지 않아 어휘력이 부족한 남자가 멋지게 보이려고 발음도 제대로 못하는 어려운 단어만 골라서 쓰는 모습을 상상해 보자. 얼마나 어색할까? 그리고 그런 남자가 회사에서 누군가의 상사라고 상상해 보자. 그 모습은 더 어색하고 기가 막힐 것이다.

여러분이 하는 이야기는 남들의 관심사가 아니라 여러분의 참모 습과 여러분의 관심사를 반영해야 한다. 그럼 다음의 목록을 읽고 자 신이 관심 있는 분야에 동그라미 표시를 하고 그밖에 관심이 있는 것 들에 대해 좀 더 생각해 보자.

대중문화	가족	동물
음악	여행	운동
자동차	운세	직업
패션	정치	연예
역사	시사	과학
문학	경제	음모 이론

눈에 띄는 개성이 있는가?
보이는 것이 전부는 아니다

싱글들이 가지고 있는 오해 중에 가장 큰 것은 바로 외모가 오로지 육체에 국한한다는 것이다. 하지만 여기서 말하는 외모에서 육체가 차지하는 부분은 극히 일부에 지나지 않는다. 물론 남자가 시각에 민감한 존재라는 점은 부인하지 않겠다. 남자들은 눈을 자극하는 것을 사랑한다. 말보다 눈으로 보는 것에 더 관심이 있다. 그리고 외모를 통해 '경계 신호'를 발산하는 여자한테는 절대 시간 낭비를 하지 않는다.

분명히 말하지만, 눈에 보이는 것이 전부라는 말은 절대 아니다. 통하는 것과 통하지 않는 것을 구분하자는 것뿐이다. 늘 같은 옷, 같은 머리 모양을 고수하면서 왜 나만 남자가 없냐며 벽에 머리를 짓찧어봤자 소용없다. 일반적인 생각과 달리 겉모습은 머리 모양이나 옷차림, 브래지어 사이즈에 국한하는 것이 아니다. 육체적인 조건은 물론이고, 남자가 여러분을 만났을 때 하는 모든 경험이 겉모습에 포함된다. 음색, 말투, 사용하는 어휘, 목소리의 높이 등등 청각적인 조건도 포함된다. 그리고 자연적인 체취부터 향수, 로션 등 몸에서 나는 모든 냄새, 즉 후각적인 조건도 겉모습에 포함된다.

그러면 이 책에서 말하는 겉모습에 해당하는 조건 목록을 살펴보고 자신에게 유리하다고 생각되는 조건을 찾아보자. 만약 자신에게 유리하다고 생각되는 조건이 없다면, 예를 들어 자신은 새끼발가락이 정말 예쁜데 그 조건이 목록에 없다면, 새로운 조건을 추가해도 된다. 자신이 자랑할 수 있는 겉모습의 조건을 과시하는 것은 자신을 남보다 눈에 띄게 하는 좋은 방법이다. 그러니 부끄러워하거나 두려워하지 말고 과감히 자랑하자.

다리	코	안경
목소리	스타일	어휘
엉덩이	피부	몸매
가	미소	건강미
등	눈	키
목	손	치아
체취	얼굴	……

겉모습은 남과 자신을 구분하는 가장 눈에 띄는 개성이다. 그리고 변화를 줄 수 있는 가능성이 너무도 풍부한 분야이기도 하다. 패션 잡지를 보거나, 믿을 수 있는 친구들과 상담을 하거나, 주위 사람들을 유심히 관찰하기만 해도 얼마든지 변화를 만들어 낼 수 있다. 주위를 둘

러보면서 맵시 있다고 소문난 사람들이 어떤 옷을 입는지, 머리는 어떻게 하는지, 화장은 어떻게 하는지 살펴보자. 가끔 멜로드라마 주인공 같은 옷을 억지로 입고 다니는 사람을 볼 수 있다. 그런 사람은 옷과 몸이 따로 논다. 만약 여러분도 그렇다 싶으면 개성에 어울리는 새로운 옷을 찾아 입어야 한다.

그러기 위해서는 우선 거울을 통해 자신을 제대로 살펴보아야 한다. 거울 속에 어떤 여자가 서 있는가? 조사에 의하면 남자는 신체의 실제 치수가 아니라 허리와 엉덩이의 비율에 더 민감하다고 한다. 그래서 허리와 엉덩이에 살이 많아도 비율상 콜라병 모양만 된다면 대부분의 남자들 눈에는 매력적으로 보인다.

중요한 것은 자신이 가진 장점을 최대한 활용하는 것이다. 그리고 겉으로 드러나는 모습에 더해서 긍정적인 성격도 보여 주자. 잘록한 허리를 자랑하면서 유머 감각을 발휘해도 좋고, 호의를 베풀어도 좋다. 자신이 지닌 가장 두드러진 장점을 부각해야 한다. 그러면 어디서든 눈에 띄는 존재가 될 것이다.

남자를 행복하게 만드는 여자의 조건

함께 있으면 한없이 기분이 좋아지는 사람들이 있다. 그들은 마술사가 현란한 마술을 하듯 능수능란하게 상대의 가장 좋은 모습을 끄집어낼 줄 안다. 이런 사람이 된다면 남자의 관심을 끄는 것은 시간문제다.

- ❤ 상대의 약점 대신 강점을 본다. 상대의 특별한 점에 대해 이야기해 상대가 스스로를 자랑스럽게 여기도록 해준다.
- ❤ 가능성을 실현할 수 있도록 끝까지 믿어 준다. 그래서 상대가 평소보다 더 큰 힘을 발휘할 수 있게 해주고, 스스로를 자랑스럽게 여기도록 해준다.
- ❤ 상대가 한 일이나 상대의 모든 것을 존중한다. 그리고 상대가 겪은 일을 소중하게 여기고 그런 일을 해낸 용기를 칭찬한다.
- ❤ 듣기 좋은 말을 바라지 않고 자신의 있는 그대로를 인정한다. 자신의 원칙을 지키되 남에게 그 원칙을 강요하지 않는다.
- ❤ 남에게 잘 보여야 한다는 강박관념이 없어서 있는 그대로의 자신에게 불만이 없다.
- ❤ 상대의 말에 귀를 기울이고 진심으로 상대를 대한다. 그래서 상대가 스스로를 소중한 존재라고 느끼게 만든다.
- ❤ 솔직하고 진지하게 대화해 상대가 마음을 터놓고 싶은 생각이 저절로 들게 한다.

남자들의 관심을 끄는
긍정적인 자기 모습 5가지

남자들은 대단한 것을 얻었다는 기분을 느껴야 여자와 사귀기 시작한다. 첫 데이트에서 자기 집이 경제적으로 곤란하다고 털어놓거나, 신경안정제 복용 사실이나 정신병자 같은 옛 남자 친구 이야기를 하는 여자하고 사귀고 싶어 할 남자는 없다. 그것은 단지 남자가 문제 있는 여자를 싫어하기 때문이 아니다. 사람은 저마다 나름의 문제를 가지고 있다. 그것은 상관없다. 남자들이 꺼리는 것은 단 하루도 고민거리나 문제에서 벗어나지 못하는 여자다.

　이제부터는 대화법에 대해 살펴보자. 다음의 행동 단계들을 따르면서 이 장을 통해 배운 것들을 몸에 익혀 자신의 장점으로 남자들의 관심을 끄는 여자가 되자.

　2장에서 살펴본 대로 자신의 참모습을 찾아내자. 자신에 대한 부정적인 생각은 떠오를 때마다 머릿속에서 지워 버리자. 필요하다면 친구나 가족, 전문가의 상담을 통해 자신에 대한 부정적인 생각을 없앨 수도 있다. '나는 안 돼, 나는 이런 것도 없고 저런 것도 없어'라는 생각을 버리고 '할 수 있어, 나에게는 이런 장점이 있어.'라는 생각만 하자.

- 자신에 대한 핵심적인 소개말을 만들자. 스무 단어 정도로 자신을 설명하자. 가급적 자신을 열정적인 사람으로 보이도록 설명해 보자. 자신의 최대 강점을 부각시키고 단점은 제외하자. 예를 들면 이런 식이다. "나는 건강하고 매력적인 개인 사업자이며 가족과 친구를 위해 시간을 내려고 노력하는 사람이다." 이 소개말을 자신의 얼굴로 삼고 세상에 이런 모습을 계속 보여 주자. 모임에서 자기 소개를 해야 하는 순간이 온다면―이름과 자신에 대해 짧은 이야기를 하고 옆 사람한테로 차례가 넘어가는 경우―미리 만들어 둔 핵심적인 소개말을 이야기하자. 소개말을 미리 만들어 두면 이사회에서든, 모임에서든 당황하지 않고 자신을 보여 줄 수 있다.

- 부정적인 생각들을 떨쳐 버리자. 자신에 대해서 제일 신경 쓰이는 부정적인 생각을 긍정적인 것으로 바꾸자. 좀 더 근사한 직장에 다닐 수도 있는데 그러지 못한다거나, 바라는 만큼 친구가 많지 않다는 등의 부정적인 생각을 그만두고 어째서 그런 부정적인 상태에 이르게 되었는가에 대해 생각해 보자. 친구가 많지 않은 것은 독립심이 강해서일 수도 있다. 좀 더 근사한 직장에 다니지 않는 것은 지금 다니는 직장이 자유롭고 스트레스도 덜 하기 때문일 수 있다. 이렇게 부정적인 생각을 긍정적인 생각으로 바꾸다 보면 심지어 주위 사람들한테 인기가 없다거나 의욕이 부족한 모습도 나쁘게만 보이지는 않을 것이다.

- 더 이상은 스스로를 괴롭히지 말자. 이 세상에 완벽한 사람은 없다.

자신의 장점은 버려 두고 단점만 물고 늘어지면서 고민하면 침울한 사람이 될 수밖에 없다. 장점은 나 몰라라 하고 단점만 고민하면서 "세상은 너무 불공평해."라고 투덜거려 봤자 달라지는 것은 하나도 없다. 기운을 북돋아야 할 때 이 장을 읽으면서 발견한 자신의 장점을 떠올리면서 남들에게 좋은 인상을 남기자.

⌣ 자신감을 시험하자. 길을 걷다가 사람들이 자신을 쳐다보면 "저 사람이 지금 무엇을 보는 걸까?"라고 스스로에게 물어보자. 이때 옷차림이 촌스럽다거나, 허벅지가 너무 굵다거나, 머리 모양이 엉망이어서 쳐다본다는 생각이 든다면 다시 앞으로 돌아가 자신의 참모습들을 다시 생각해 보자. 그러면 새로운 답이 떠오를 것이다.

기억에 남느냐 남지 못하느냐, 그것이 문제이다

결론을 말하자면, 좋든 나쁘든 혹은 평범하든 여러분은 여러분이다. 그리고 자신의 참모습에 대해 많이 알수록 남들에게 좀 더 제대로 자신을 보여 줄 수 있다. 영화배우처럼 멋지게 꾸미는 것은 쉽지만, 자신의 참모습을 자신에게 유리하게 이용하는 방법도 모르거나 남자들이 자신에게서 어떤 인상을 받는지도 제대로 모른다면 아무리 눈에 번쩍 띄는 겉모습이라도 금세 잊히고 만다. "평범한 내 친구는 근사한 남자와 사귀는데 예쁘고 섹시한 나는 왜 방구석에 처박혀 있을까?"라고 고민하는 것도 다 그 때문이다.

이 장을 읽으면서 자신만의 개성을 찾아 그 개성을 갈고 닦자. 그리고 기회가 있을 때마다 자신이 가진 모든 강점을 세상에 보여 주자. 여러분을 좋아하는 사람도 있고 싫어하는 사람도 있겠지만 여러분을 잊어버리는 사람은 절대 없을 것이다. 중요한 것은 기억에 남느냐 남지 못하느냐이다. 세상에는 여러분의 개성을 매력적이라고 생각하는 남자도 있고 그 반대라고 생각하는 남자도 있을 것이다. 여러분이 〈섹스 앤드 더 시티〉에 나오는 지적인 변호사 미란다 같은 여자여도 좋고, 남자를 마음대로 주무르는 사만다 같은 여자여도 좋다. 일단 자신의 가장 멋진 모습, 최고의 모습을 찾아냈다면 그 모습을 세상에 보여 주자. 그러면 여러분이 나타나는 순간 남자들은 하던 일을 멈추고 여러분이 어떤 사람인지, 어디서 왔는지를 궁금하게 생각할 것이다. 구석에 처박혀 좋은 일이 일어나기만 바라지 말고 스스로 좋은 일을 만들자.

"벽에 붙은 파리처럼 가만히 앉아만 있는 것은 이제 지겨워. 사람들 기억 속에서 지워지는 것도 이제는 싫어. 존재감 없이 지내는 것도 싫어. 나 혼자 남겨지는 것도 싫어. 더 이상은 그렇게 살지 않을 거야. 어떻게든 하겠어. 좋든 나쁘든 평범하든 나는 나야. 내가 가진 최고의 장점을 찾아내서 사람들한테 보여 줄 거야. 내가 가진 최고의 장점이 미소와 유머 감각이라면 그것을 활용할 거야. 나한테 없는 것을 아쉬워하면서 한탄하는 짓은 그만두고 환하게 미소 짓고 즐거운 사람들과 재미있는 이야기를 하면서 웃어야지. 그러면 사람들이 나를 기억해 줄 거야. 승자와 패자의 차이점은 승자는 패자가 절대 하지 않는 일을 한다는 점이야. 그러니까 나는 승자답게 행동할 거야. 다른 사람들이 외면하는 기회를 붙잡아서 내가 원하는 것을 차지할 거야. 지금 당장!"

남자는 그냥 껴안기만 하는 건 안 좋아해.
껴안고 있다가 아래쪽으로 손이 갈 기회가 생긴다면 또 모르지만…….
레이 배런, 〈내 사랑 레이먼드〉 중에서

5 남자의 진짜 속마음 엿보기

여러분은 남자를 만나면서 '이 남자 어쩜 이렇게 멍청하고, 둔하고, 말도 안 통하고, 이기적
이지?' 라는 생각에 머리를 절레절레 내저어 본 적이 있나? 사실 그 남자는 여러분 생각만큼
한심하지 않을지도 모른다. 하지만 어쨌든 남자이기 때문에 생각보다 행동이 앞서고, 여자
의 보호자를 자처하고, 목표 지향적이고, 힘을 중요하게 여긴다. 즉, 곁에 있는 남자를 판단
하기에 앞서 무엇이 남자를 움직이는지 먼저 알아야 한다는 것이다. 일단 남자가 그런 행동
을 하는 이유를 알고 나면 여러분은 원하는 것을 좀 더 많이 얻어 내고 원치 않는 것은 피할
수 있다. 남자에 대한 기본 상식만 파악해도 남자와의 관계를 좀 더 오래 이어 갈 수 있다.

남자의 생각을 이해해야
남자의 마음도 사로잡는다

여러분은 남자를 얼마나 잘 아는가? 여기까지 읽고 남자를 '차지할' 생각을 하고 있다면 주의를 기울이기 바란다. 왜냐하면 지금부터 문제의 핵심으로 들어가 여러분이 정말로 알고 싶어 하는 것, 남자가 정말로 원하는 것은 무엇인지 그리고 남자는 무슨 생각을 하는지에 대해 이야기할 테니까 말이다. 마술사들이 여자를 상자에 넣고 반으로 가르고 꽃을 비둘기로 둔갑시키는 비법을 알려 주는 것처럼 남자들 속에 숨은 비밀을 지금부터 낱낱이 공개하겠다.

　남자 눈에 여자가 한없이 신비롭고 이해 못할 존재로 보이는 것처럼 여자 눈에는 남자가 한없이 신비롭고 이해 못할 존재로 보인다. 여러분은 남자의 욕망을 채워 주기만 하면 남자의 마음을 차지할 수 있다고 생각할지 모르는데, 그런 말을 들으면 터프 가이들은 지나치게 목표를 높게 잡았다고, 그것이 쉬운 일인 줄 아느냐고 콧방귀를 뀔 수도 있다. 하지만 어찌 보면 그것은 지나치게 목표를 낮게 잡은 것이라고 할 수도 있다. 왜냐하면 남자의 마음을 사로잡기 위해서는 욕망만 채워 줄 것이 아니라 남자의 생각도 이해해야 하기 때문이다.

몇 가지 알려 줄 것이다. 남자와 여자는 다르다. 결론부터 말하자면 남자는 여자들이 생각하는 것만큼 복잡하지 않다. 기초 지식만 있으면 펼쳐 놓은 책처럼 남자에 대해 속속들이 알 수 있다. 무엇이 남자를 움직이는지, 그리고 무엇이 남자를 움직이지 않게 하는지만 알면 된다. 남자의 마음까지 읽을 필요는 없다. 물론 여러분은 자신이 남자의 마음을 훤히 꿰뚫고 있다고 생각하겠지만 말이다. 솔직히 고백하건대, 아내가 이따금 내가 어떤 생각을 하기도 전에 그런 생각을 하리라는 것을 미리 알아맞히는 독심술을 가지고 있는 게 아닌가, 하는 생각이 들 때가 있다. 하지만 이런 아내 덕분에 나는 이 장에서 여자가 어떻게 남자의 마음을 꿰뚫어보는지, 여러분이 바라는 대로 남자를 움직이기 위해 꼭 알아야 할 것은 무엇인지를 알려 줄 수 있게 되었다.

여러분의 눈을 지그시 바라보면서 평생을 함께하고 싶다고 말한 남자가 그 뒤로 2주일 동안 전화 한 통 없으면 도대체 그 남자 머릿속에 무슨 생각이 들었는지 궁금해지면서 속이 부글부글 끓는다. '어떻게 그럴 수 있지? 정말 뻔뻔해. 나 같으면 그런 짓 절대 못해! 책임도 못 질 말을 어떻게 그렇게 쉽게 할 수 있지? 못된 놈! 거짓말쟁이!' 하지만 그런 생각이 여러분의 가장 큰 실수다. 그런 생각이 드는 것은 자신의 행동과 생각을 기준으로 남자의 행동과 생각을 판단하고 있다는 뜻이다.

남자의 정신세계, 즉 남자의 시각을 이해하기 위한 제1단계는 여자의 논리로 남자들의 행동 동기를 이해할 수 없다는 사실을 인정하고 받아들이는 것이다.

여자인 여러분의 경험이나 논리로는 절대 남자의 사고방식을 이해할 수 없다. 그리고 그 반대도 불가능하다. 내 아버지께서 농담처럼 말씀하셨던 대로 인생에서 남자가 여자를 이해 못할 때가 딱 두 번 있다. 그것은 바로 결혼 전과 결혼 후다. 남자의 단선적인 논리로는 감정과 육감이 복잡하게 얽혀 있는 여자의 논리를 이해할 수 없다.

다음은 어느 코미디 프로그램에서 발췌한 것인데 남자와 여자가 서로 얼마나 다른지 잘 보여 주는 대화다.

캐런 머리 새로 했구나! 와, 지금까지 한 중에 제일 예뻐!

다이앤 정말 그렇게 보여? 머리 막 하고 나서는 별로 같았는데.
       너무 짧은 것 같지 않아?

캐런 아니야, 너한테 딱 어울려! 나도 그런 머리 하고 싶은데
     나는 얼굴에 살이 너무 많아서 이런 새집 같은 머리밖에는
     안 어울려.

다이앤 무슨 말이야? 너 몸매도 날씬하고 머리도 얼마나
       잘 어울리는데.

캐런 농담하지 마. 내 몸매가 날씬한 거면 너는 이쑤시개야, 얘.
     조금만 더 예뻐질 수 있다면 얼마나 좋을까.
     그래도 내 머리 모양 예쁘다고 해줘서 고마워.

그러면 같은 상황에서 남자들은 어떻게 대화하는지 보자.

존 머리 잘랐어?

제프 응.

남자와 여자의 가장 중요한 차이가 바로 이것이다. 여자는 하루에 평균 7천 단어를 말하지만 남자는 2천 단어밖에 안 한다. 그리고 남자는 감정 표현과 반응도 여자와 다르다. 남자의 경우, 누군가가 자신을 파티나 모임에 초대하는 것을 잊었을 때 그 상대가 남자든 여자든 친구 관계는 계속 유지된다. 하지만 여자의 경우는 다르다. 남자가 여자의 머리 모양이 바뀐 것을 알아차리지 못하거나 초대하는 것을 잊어버리는 것은 마음에 안 든다거나 관심이 없어서가 아니라 사소한 데 신경을 쓰지 않기 때문이다. 하지만 여자는 그런 남자를 도무지 이해 못한다. 남자가 그러는 것은 결코 여자를 괴롭히기 위해서가 아니다. 여자의 감수성으로 남자를 판단하면 남자의 모든 행동은 일부러 여자를 괴롭히려 하는 행동처럼 보일 뿐이다.

나는 여자도 남자만큼이나 빈정대고 비꼬기 좋아한다는 것을 잘 안다. 내 누이들이 자주 하던 말들 중에는 남자들이 '참고 들어주기에 지나친' 표현들도 있지만 꽤 재미있는 말도 제법 있었다.

˘ 그 남자 말이야, 속이 접시보다 얕아서 무슨 생각을 하는지 다 들여다보인다니까.
˘ 저 나무가 그 남자보다 더 똑똑할 거야.
˘ 바보 나라에서도 바보 취급당할 남자야.
˘ 그렇게 명청한 남자는 2세를 퍼뜨리지 못하게 법적인 조치를 취해야 한다니까.
˘ 그 남자 찾는 거 쉬워. 사람들이 모여 있을 때 다른 사람들이 모두 다 따분한 얼굴을 하고 있으면 따분한 얼굴을 안 하는 사람이 바로 그 남자야.

◡ 그 남자 하도 멍청해서 길도 못 찾을까 봐. 내가 옷에다 주소 적은 종이를 붙여서 보냈다니까.
◡ 그 남자 부모만 불쌍하지 뭐.

어쨌든 위와 같은 말을 들어 마땅한 남자들을 보아 온 나로서는 남자가 생각이 깊지 않다는 데 동의한다. 하지만 그렇다고 해서 모든 남자가 다 '나쁜 놈'이고 멍청하다고는 말 못하겠다. 문제가 발생하는 것은 남자든 여자든 자신의 잣대로 상대를 평가하기 때문이다.

그렇다면 여자가 남자의 마음을 이해하려면 어떻게 해야 할까? 여기에서는 남자 침묵의 코드를 해독하고 좁디좁은 남자의 마음속에 무슨 생각이 들어 있는지 알려 주고자 한다. (남자의 마음이 얼마나 좁은지는 여러분 각자가 상상하시길.) 이 장을 모두 읽은 후에도 불쌍한 남정네들을 사랑하든 말든 그것은 여러분 각자의 선택에 달렸지만 그들이 왜 그런 행동을 하는지 이해하고 부디 그들의 행동을 무조건 기분 나쁘게만 받아들이지 않기를 바란다. 그렇다. 지금껏 여러분이 남자를 이해하지 못했던 것은 여러분의 이해심이 부족해서가 아니었다. 여러분이 남자를 이해하지 못한 것은 그들이 바로 '남자'이기 때문이다. 그 어떤 방법으로도 남자들을 바꿔 놓을 수는 없다. 훈련을 시킬 수는 있을지 몰라도 남자의 욕구는 절대 사라지지 않는다.

내가 하는 이야기는 일반적인 것이다. 같은 남자라고 해도 천차만별이다. 하지만 남자에 대한 일반적인 지식을 알아 둔다면 왜 남자들이 그렇게 행동하는가를 좀 더 쉽게 이해할 수 있을 것이다.

남자의 속마음을 쏙쏙 파헤친
남자의 진실 혹은 거짓

남자의 속마음에 대해 이야기하기 전에 우선 여러분이 남자에 대해 얼마나 알고 있는지부터 확인해야 할 것 같다. 좀 더 정확히 말하자면 여러분이 남자에 대해 정말로 알고 있는 것과 알고 있다고 생각하는 것 사이에 얼마나 큰 차이가 있는가를 확인해 보자. 앞에서 말한 대로 여자들은 남자에 대해 터무니없는 환상을 가지고 있다. 남자와 사귀고 결혼을 하고 싶다면 진실과 거짓을 가려낼 줄 알아야 한다. 그런 다음에 근사한 남자를 만났을 때 서로를 괴롭히지 않고 좋은 관계를 유지할 수 있도록 IQ도 아니고 EQ도 아닌 '남Q' 즉, 남자에 대한 지식을 높일 수 있는 방법을 알려 주겠다.

그러면 우선 간단한 시험을 해보자. 아래의 질문들이 진실인지 거짓인지 가려내 보자.

1 남자 머리에는 섹스 생각뿐이다 – 진실 혹은 거짓?

2 남자는 본능적으로 바람둥이가 되고 싶어 한다 – 진실 혹은 거짓?

3 남자는 자기 아버지와 똑같아지기 마련이다 – 진실 혹은 거짓?

4 남자는 모든 여자를 어머니와 비교한다 – 진실 혹은 거짓?

5 남자는 둔하고 상대를 배려할 줄 모른다 – 진실 혹은 거짓?

6 남자는 남녀 관계에서 무조건 주도권을 쥐려고 한다 – 진실 혹은 거짓?

7 남자는 약하게 보일까 봐 도와 달라는 말을 못한다 – 진실 혹은 거짓?

8 남자는 가질 수 없는 것만 탐한다 – 진실 혹은 거짓?

9 남자는 강한 여자를 싫어한다 – 진실 혹은 거짓?

10 남자는 이기적이다 – 진실 혹은 거짓?

남자 머리에는 섹스 생각뿐이다.

이 문장을 보면 여러분들은 이렇게 말할 것이다. "이봐요, 이런 걸 문제라고 내다니. 우리를 너무 우습게 보는 것 아니에요?" 하지만 이것은 결코 뻔한 질문이 아니다. 물론 남자는 섹스와 여자에 대한 관심이 엄청나다. 그 정도는 여러분도 잘 알 것이다.

남자들은 처음 여자를 만났을 때 제일 먼저 떠오르는 것이 '이 여자는 섹스를 할 때 어떤 모습일까.'라는 생각이라고 대답한다. 그런데 여자들은 섹스를 뛰어넘어서 이 남자가 어떤 남편이 될까를 생각한다고 대답한다. 불과 몇 초 사이에 남자는 여자의 가슴, 허리, 엉덩이를 살펴보는 반면, 여자는 남자의 머리 모양, 옷차림, 자세, 그리고 성공과 경제적인 안정성을 확인할 수 있는 외적인 조건을 본다. 하지만 남자가 섹스를, 여자가 남자의 경제적인 능력을 중요하게 여긴다는 말이 맞더라도 그것은 결코 남자에게는 섹스가 전부이고 여자에게는 남자의 경제력이 전부라는 뜻은 아니다.

결론__거짓. 남자 머리에는 섹스 외의 다른 생각도 들어 있다. 그가짓수가 많지 않을지는 몰라도 어쨌든 남자는 분명히 섹스 외에 다른 생각도 하며, 섹스를 제일 중요하게 생각하지 않을 때도 많다. 그렇다면 다음 질문의 답은 저절로 나올 것이라고 생각되는데······.

남자는 본능적으로 바람둥이가 되고 싶어 한다.

많은 여자들이 남자들은 진지한 관계나 결혼을 기피한다고 불평한다. 그러나 남자들도 살다 보면 이 여자 저 여자 만나고 다니는 것이나 인기 많은 것이 별 재미없고, 자랑할 만한 일도 아니어서 흥미를 잃는 때가 온다. 물론 개중에는 환갑이 넘어서도 '씨'를 뿌리고 다니는 남자도 있다. 하지만 그보다 훨씬 많은 남자들이 때가 되면 인생을 함께할 동반자를 진지하게 찾아 나선다.

여자와 마찬가지로, 남자도 사랑받고 싶어 하고 누군가와 함께 있고 싶어 하고, 가족을 이루고 싶어 하고, 자신이 멋지고 매력적이고 재미있는 사람이라고 느끼기를 원한다. 여자와 마찬가지로 남자도 사랑에 빠진다. 그것도 아주 깊이, 뜨겁게, 정신없이 빠진다. 짧은 연애든 결혼이든 문제는 타이밍이다. 미팅하고 사람을 만났다 헤어지는 데 진력이 난 남자라면 진지한 관계를 맺고 결혼까지 이어질 후보로 적당하다. 만약 그 남자가 관계를 맺을 준비가 되었고 여러분이 재벌의 상속녀이기까지 하다면, 여러분이 아무리 달아나려고 애를 써도 그는 여러분을 붙잡고 말 것이다.

결론__거짓. 남자라고 평생 선수 생활만 하면서 진지한 관계를 피하는 것은 아니다. 계속 이야기하겠지만 중요한 것은 타이밍이다.

남자는 자신의 아버지와 똑같아지기 마련이다.

부전자전. 콩 심은 데 콩 나고 팥 심은 데 팥 난다. 남자를 알고
싶다면 그 남자의 아버지를 보면 된다. 남자의 아버지가 자상하고
사랑이 넘친다면 남자 역시 그럴 확률이 높다. 만약 아버지가 가만히
누워 빈둥거리면서 바쁘게 일하는 아내한테 재떨이 심부름이나 시키
는 사람이라면 그런 모습을 보고 자란 아들도 어느 정도는 아버지를
닮을 수밖에 없다. 인간은 누구나 자신이 보고들은 것을 닮기 마련이
다. 물론 예외가 아주 없는 것은 아니다. 아버지에 대한 반항심 때문
에, 아버지의 안 좋은 모습을 보면서 느낀 괴로움 때문에, 혹은 단지
아버지와는 다른 모습이 되고 싶어서 의도적으로 다른 삶을 살려고 애
쓰는 아들들도 있다.

결론__진실. 남자는 아버지 혹은 아버지와 같은 존재가 가진 가
치관을 그대로 닮는 경우가 많다. 하지만 언제나 예외는 존재한다.

남자는 모든 여자를 자신의 어머니와 비교한다.

여러분이 만나는 남자는 누구든 이미 20여 년 이상 어머니와 함께
살아왔다. 그 남자가 지금껏 어떤 여자를 만나고 사귀었든, 그에게
가장 큰 영향을 미치는 여자는 바로 그의 어머니. 어머니와의 관
계는 남자의 인생에서 가장 핵심적인 관계인데 그런 관계를 무시하는
것은 바보나 할 짓이다. 남자가 어머니로부터 여자를 존중하라고 배웠
다면 그것은 좋은 징조다. 하지만 남자가 사랑을 받을 줄만 알고 무엇
에 대해서도 책임지려 하지 않는다면 그다지 좋은 징조가 아니다.

이런 신호들을 눈여겨보지 않는다면 남자와의 관계를 바로잡느라
부단히 노력하고 고생하게 될 것이다. 여러분이 5살짜리 꼬마 보살피

듯 자신을 돌봐 준 엄마의 역할을 대신해 줄 것이라고 기대하는 남자는 벗은 양말을 아무 데나 던져 놓고, 밤늦게까지 집에 안 돌아오고, 제때 밥상을 차려 주지 않으면 심하게 투정 부릴 것이다.

아버지와 서로 사랑하고 아끼는 어머니를 보고 자란 남자는 여러분을 사랑하고 존중할 것이다. 하지만 남자의 어머니는 아들을 마음대로 휘두를 수 있는 막강한 힘을 가지고 있기 때문에 남자와 여러분의 관계도 마음대로 좌지우지할 수 있다. 어머니에 대한 나쁜 기억이 남녀 관계에 영향을 미칠까? 반드시 그런 것은 아니지만 여러분의 욕구에 부합하도록 관계를 정립하는 데 많은 노력이 들 수도 있다. 하지만 남녀 관계에서는 여러분이 남자의 어머니와는 다른 힘을 가지고 있다는 사실을 잊지 말고 기억하기 바란다.

결론__진실. 남자는 어머니와의 관계를 기준으로 해서 여자들과의 관계를 가늠하려는 경향이 있다.

남자는 둔하고 상대를 배려할 줄 모른다.

이 주장을 증명할 수 있는 사례를 많이 경험한 독자들도 있을 터이다. 이 주장이 일반적으로 진실일까 아니면 많지 않은 나쁜 남자들만 골라서 만나는 불행을 겪은 여자들의 생각일 뿐일까? 어쩌면 이 주장은 여자의 잣대로 남자를 보는 여자들의 오해일 수도 있다. 둔하고 남을 배려할 줄 모르는 남자가 존재하는 것은 분명한 사실이다. 그리고 감정이 풍부한 여자보다 남자가 예민하지 못한 것 역시 사실이다. 하지만 이런 사실들이 남자가 심장이 돌덩이로 된 냉혈한이라는 뜻은 절대 아니다. 남자는 호르몬과 신경계 구조가 여자와 다르며 태어나면서부터 여자와는 다른 교육을 받고 자란다. 남자는 감정을 드러내고 이해할 일이 그다지 필요 없는 분야에 주로 진출하기 때문에 어려서부터 감정적인 면에 무관심하도록 교육을 받고 자란다. 이것은 옳고 그름을 따질 수 있는 문제가 아니다. 그저 남자와 여자가 서로 다를 뿐이다.

그러니까 남자는 둔하다고 볼 수 있다. 하지만 그것은 여러분의 여자 친구들, 어머니, 여동생, 언니와 비교했을 때 그렇다는 뜻이다.

결론__거짓. 남자라고 해서 무조건 남한테 무관심한 것은 결코 아니다. 다만 여자에 비해 상대의 감정을 쉽게 알아차리지 못하고 감정 표현도 풍부하지 못한 것뿐이다. '다르다는 것'은 나쁜 것이 아니다. 그저 나와 다를 뿐이다.

남자는 남녀 관계에서 무조건 주도권을 쥐려고 한다.

사회화 과정에서 남자가 반드시 주도권을 쥐어야 한다고, 그것이 당연한 일이며 반드시 그래야 한다고 배우는 남자들이 있다. 자존심과 남자다움을 지키기 위해서는 사생활에서도 주도권을 쥐어야 한다고 생각하는 남자들도 꽤 있다(실은 거의 대부분의 남자들이 그렇게 생각한다). 남자의 그런 성향이 옳은 것이든 그른 것이든 관계없이 여자는 연애나 결혼을 할 때 진지한 관계를 맺을 것인가 말 것인가에 대한 결정을 남자가 직접 내리는 것처럼 보이도록 꾸미려는 경향이 있다. 여자들의 그런 경향을 솔직하지 못하다고 해야 할까? 아니면 현명하다고 해야 할까? 아니면 교활하다고 해야 할까? 아무튼 여자들한테 그런 면이 있는 것만은 사실이다. 남자는 엄마처럼 평생 자신을 돌봐 줄 여자를 찾아 결혼하고 싶어 한다. 반면 마마보이도 가끔은 자신이 모든 것을 이끌어 가는 듯 굴고 싶어 한다.

남자와 여자는 어떻게 다른가?

- 남자의 통화 시간은 대개 15초를 넘지 않는다.
- 텔레비전을 볼 때 남자는 누가 운다고 해서 무조건 채널을 고정하지 않는다.
- 초콜릿도 그저 과자의 일종일 뿐이라고 생각한다.
- 신발은 세 켤레면 충분하다고 생각한다.
- 친구들과 몇 시간 동안 스포츠 중계를 보면서 서로 열 마디도 안 해도 서운하게 여기지 않는다.
- 미리 연락 없이도 예쁜 리본을 단 작은 선물 없이도 거리낌 없이 친구 집에 놀러간다.
- 남자가 며칠 동안 친구한테 전화 안 해도 그 친구는 남자가 마음이 변했다고 다른 친구들한테 흉을 보지 않는다.
- 남자는 절대 친구한테 "나 좀 달라 보이지 않아?"라고 묻지 않는다.

_ 멜 그린 『세상에서 제일 웃긴 농담들』에서 발췌.

결론 __ 진실. 남자는 남녀 관계에서 최소한 어느 정도는 자신이 주도권을 쥐고 있다고 느끼고 싶어 한다.

남자는 약하게 보일까 봐 도와 달라는 말을 못한다.

남자는 남녀 관계에서 리더이자 부양자가 되어야 한다고 배우며 자라기 때문에 자신이 필요한 것을 요구하는 것은 전혀 남자답지 못한 행동이라고 생각한다. 그리고 '약하다'는 것을 흉이라고 배우며 자라기 때문에 여자한테서 도움을 받아야 해결할 수 있는 결점이나 흠을 감추기 위해 온갖 노력을 기울인다.

남자 역시 욕구가 있고 스스로도 그런 사실을 잘 알고 있다. 하지만 남자가 그런 사실을 인정하도록 만드는 것은 별개의 문제이다. 또 그렇게 하려고 애썼다가 여러분이 곤란해질 수도 있다. 남자의 욕구를 제대로 충족시켜 주기 위해서는 우선 남자가 어떤 욕구를 가지고 있는지 알아야 한다. 남자가 자신이 어떤 욕구를 가졌는지 알고 그것을 여러분한테 알려 줄 용의가 있다면 남자의 욕구를 알아내기는 쉽다. 하지만 남자가 자신의 욕구를 알려 줄 용의가 없다면, 그는 실상 자신이 어떤 욕구를 가졌는지도, 그 욕구를 여러분한테 알려 줄 방법도 모를 것이다. 그러면 문제가 생길 수밖에 없다.

결론 __ 진실. 남자는 자신의 욕구를 인정하고 싶어 하지 않으며 그것을 안다 해도 여자가 자신을 비난하지 않으리라는 것을 알아야만 마음 편하게 욕구를 표현할 수 있다.

남자는 가질 수 없는 것만 탐한다.

속담은 오랜 세월에 걸쳐 그 말이 진리임을 인정받았기 때문에 속담으로 이어져 내려온다고 생각한다. '남의 떡이 커 보인다.' 라는 속담은 아마도 남자가 한 말일 것이다. 동물처럼 남자는 자기 영역에 대한 집착이 강하고 경쟁도 심하다. 이런 행동 양식이 남녀 관계에 미치는 영향은? 많은 남자들이 쉴 새 없이 눈을 두리번거리게 만들었다. 그렇다고 해서 모든 남자가 아내나 애인을 배신하고 새 여자를 탐낸다는 뜻은 아니지만, 많은 남자들이 남의 여자에 대한 환상을 품는 것은 사실이다.

그런 행동 양식의 연장선에서 남자는 가질 수 없는 여자한테 더 많은 관심을 갖는다. 텃세와 경쟁심으로 인해 남자는 이미 관심을 잃은 여자한테 다른 남자가 관심을 보이면 사라졌던 관심이 다시 살아나기도 한다. '나 하기는 싫지만 남 주기는 아깝다.' 라는 정서의 표현이라고나 할까. 유치하고 어리석은 생각 같긴 하지만 그럼에도 불구하고 남자들은 본능적으로 그런 생각을 가지고 있다.

결론＿어느 정도는 진실. 남자도 진지하고 장기적인 관계를 맺을 수 있지만 가장 힘센 수컷이 무리를 지배하려는 것처럼 자기 영역 안에 있는 모든 것을 차지하려는 경쟁심을 발휘할 때가 있다.

남자는 강한 여자를 싫어한다.

능력 있고 성공한 여자들이 그렇지 못한 남자들을 겁나게 만드는 것은 분명한 사실이다. 앞에서 말했다시피 남자는 사냥당하는 것보다 사냥하는 것을 더 좋아한다. 그리고 사냥 방법의 하나가 바로 여자가 필요로 하는 것을 알아내서 그 욕구를 충족시켜 주는 것이다. 남자는 영웅이 되고 싶어 하고, 여자의 구원자가 되고 싶어 한다. 한 마디로 위기에 빠진 공주를 구하는 백마 탄 왕자가 되고 싶어 하는 것이다.

남자는 여자한테 필요한 존재, 없어서는 안 될 존재가 되고 싶어한다. 왜냐하면 그래야 주도권을 쥘 수 있다는 생각에 마음이 놓이기 때문이다. 근사한 직장에 다니면서 돈도 잘 벌고, 멋진 취미 생활도 하고, 친구도 많은 여자를 보면 남자는 자신이 해줄 수 있는 것이 아무것도 없다는 생각이 든다. 그러면 남자는 겁이 난다. 자신이 여자에게 꼭 필요한 존재가 아니라는 두려움이 생기는 것이다. 남자는 여자한테 없어서는 안 되는 존재가 되기를, 특히 자신의 힘으로 여자의 문제를 해결해 주길 바란다. 그리고 그 문제를 해결할 능력이 없다면 자신이 여자 곁에 있어야 할 이유가 없다고 생각한다.

그렇다고 반드시 남자가 강한 여자를 싫어한다고 볼 수는 없다. 남자도 일반적으로는 독립적이고, 똑똑하고, 적극적이고, 힘이 넘치는 여자를 좋아한다. 하지만 여자의 능력이 남자가 감당할 수 있는 한계를 넘어서면, 남자는 자신의 도움을 필요로 하는 다른 여자를 찾아 나서게 된다.

결론 _ 진실. 남자는 여자가 왜 자신을 필요로 하는가를 똑똑히 알고 싶어 한다.

남자는 이기적이다.

인정하고 싶지 않겠지만 이 문장은 여러분이 과거의 남녀 관계에서 겪었던 갈등을 설명해 줄 것이다. 많은 남자가 남보다 자신을 먼저 생각한다. 보호자의 역할을 부여받은 남자는 음식을 구하고, 집을 짓고, 적과 싸우기 위해 강하게 진화해 왔다. 남자에게는 그런 능력이 곧 생존과 직결되었다. 남자의 생존 본능은 가족을 돌보는 여자의 본능과 판이하게 다르다. 남자와 여자의 본능이 다른 것은 서로 다른 임무를 맡았기 때문이다.

이기주의가 바람직한 특성으로 받아들여지지는 않지만 대부분의 사람들은 어떤 상황에 처했을 때 '나한테 돌아오는 게 뭐지?'라는 생각을 먼저 한다. 이것은 지극히 이기적이지만 생존 본능에 깊이 뿌리박힌 생각이기도 하다. 제멋대로이고, 남을 배려할 줄 모르는 남자들을 편들려고 이런 말을 하는 것은 절대 아니다. 남자들이 언제나 자신만 먼저 생각하는 것은 아니며 다만 이기적인 모습을 다소 솔직하게 표현하는 것뿐임을 말하는 것이다. 다행인 것은 이기적인 남자도 얼마든지 훈련이 가능하다는 점이다. 남자의 관심을 얻은 다음 무엇이 그들을 움직이는지 알아내서 멍청하게 이기적인 행동을 하려고 할 때마다 제동을 걸기만 하면 된다.

결론＿진실. 남자는 이기적이다. 하지만 여자도 마찬가지로 이기적이다. 그리고 남자와 여자 모두 얼마든지 변할 수 있다.

남자의 말 속에 담긴 뜻

나는 여자들이 이따금씩 너무도 분명한 남자의 말뜻을 이해 못하는 것을 보면서 놀라움을 금치 못한다. 문제는 여자들이 남자의 말 속에 뭔가 다른 뜻이 숨어 있다고 부정적으로 생각하기 때문이 아니라, 너무도 많은 여자들이 말도 못할 정도로 순진하기 때문에 일어난다. 많은 여자들이 남자가 관심을 잃어 갈 때 보이는 빨간 경고등을 알아차리지 못하거나 남자가 정말로 하고 싶은 말이나 불순한 동기를 숨기려는 못된 의도를 알아차리지 못한다. 그리고 사랑에 빠진 여자들은 세 살 먹은 어린아이도 알아들을 수 있는 말을 제멋대로 해석해서 받아들인다.

남자가 여자한테 하는 말을 재미있게 해석해 보았다. 개중에는 정말 가슴에 와닿는 말들도 있다.

❤ 남자가 하는 말   ❤ 남자의 의도

한 잔 더 할래?   마셔. 술에 취하면

                       내가 근사해 보일거야.

나만의 공간이 필요해.   우리 사이는 끝났어. 나는 당신이

                       나한테 가까이 오지 못하게

                       접근 금지 명령이라도

당신 정말 예뻐.

전화할게.

그거 새 옷이야?

사랑해.

나도 당신 사랑해.

친구 녀석들하고 만날 거야.

일 때문에 많이 바빴어.

이틀 전에도 이야기했잖아.

요금은 반반씩 내자.

당신 때문이 아니야. 내가 문제야.

물론 그냥 친구로 지내도 좋아.

저녁 준비 도와줄까?

당신 살 빠졌어?

설명하려면 너무 길어.

내리고 싶은 심정이야.

브래지어 안 입어서 정말 좋다.

안녕.

와. 그거 사느라고 내 지갑에서
얼마나 빼낸 거야?

당신하고 자고 싶어.

지금 섹스할까?

내 친구한테 풍만한 가슴만
달렸어도 당신 같은 여자는
다시는 안 만날 텐데.

당신하고 같이 있느니
야근하는 게 훨씬 나아.

매일 내 옆에 붙어 있는 당신이
왜 보고 싶겠어?

나는 치사한 짠돌이야.

전적으로 당신 탓이야.

홀딱 벗고 만날 수 있는 동안만.

도대체 저녁 밥 언제 되는데?

토요일에 골프장 예약했는데.

설명해 봤자 당신은 이해 못해.

좀처럼 파악 안 되는
남자의 유별난 행동 양식

여러분은 남자를 만나면서 '이 남자 어쩜 이렇게 멍청하고, 둔하고, 말도 안 통하고, 이기적이지?' 라는 생각에 머리를 절레절레 내저어 본 적이 있나? 사실 그 남자는 여러분 생각만큼 한심하지 않을지도 모른다. 하지만 어쨌든 남자이기 때문에 생각보다 행동이 앞서고, 여자의 보호자를 자처하고, 목표 지향적이고, 힘을 중요하게 여긴다. 즉, 내 말은 곁에 있는 남자를 판단하기에 앞서 무엇이 남자를 움직이는지 먼저 알아야 한다는 것이다. 일단 남자가 그런 행동을 하는 이유를 알고 나면 여러분은 원하는 것을 좀 더 많이 얻어 내고 원치 않는 것은 피할 수 있다. 남자에 대한 기본 상식만 파악해도 남자와의 관계를 좀 더 오래 이어 갈 수 있다. 지금부터는 여러분이 알고 있는 것과 진실 사이의 차이를 알려 주고 반드시 알아야 하는 것들에 대해 설명하도록 하겠다. 남자들한테는 공통된 특징과 경향이 있어서 그것만 이해하고 나면 여러분은 남자를 마음대로 '요리' 할 수 있다.

남자도 자동차만큼이나 예측가능하고 믿음직한 존재가 될 수 있다. 단, 여러분이 자동차 운전법을 배우듯 남자 운전법을 배워야 한다. 남자 운전법만 배우면 핸들을 돌려 남자를 원하는 방향으로 몰고 갈 수 있다. 그러나 액셀을 밟은 채로 핸들을 마구잡이로 돌리면 남자는 제멋대로 달려갈 것이다.

다음은 좀처럼 입에 오르내리지 않는 남자들의 행동 양식을 10가지로 분류한 것이다.

1 한 번에 한 가지 재주밖에 부릴 줄 모르는 조랑말
2 잠재적 슈퍼맨 클라크 켄트
3 경쟁심 강한 원시인
4 자신의 욕구를 전혀 파악 못하는 바보
5 정열의 화신
6 탐욕스러운 사기꾼
7 모든 일을 다 하고 싶은 능률 대마왕
8 콤플렉스를 품고 있는 인간 지뢰밭
9 평생 배움이 필요한 학생
10 패배를 인정하지 않고 불평만 일삼는 불평꾼

남자는 누구나 위의 항목 모두 혹은 대부분에 속하는 모습을 어느 정도 가지고 있다. 그중에는 서로 모순되는 모습도 있다. 하지만 여자와 마찬가지로 남자도 서로 모순되는 충동과 욕구를 가지고 있다. 그런 모순된 모습들이 이상하게 보일 수도 있지만 바로 그런 점 때문에 남자가 재미있고 매력적인 존재로 보인다. 남자의 행동 양식에 대한 위의 분류법을 알고 나면 남자에 대한 궁금증이 어느 정도 풀리고 적당한 때에 적당한 방법으로 남자를 '낚는' 법도 알게 될 것이다.

한 번에 한 가지 재주밖에 부릴 줄 모르는 조랑말

구체적으로 어떤 모습? ― 남자가 정말로 한 번에 한 가지밖에 생각을 못하는 것은 아니다. 남자도 별로 중요하지 않거나 머리 쓸 필요 없는 일이라면 여러 가지를 한꺼번에 할 수도 있지만, 뭔가 특별한 것에 사로잡히면 나머지는 대충대충 넘기게 된다. 남자가 이미 어떤 활동이나 프로젝트, 대상에 열정적으로 빠졌을 때 그에게 이야기를 걸려고 한다면 여러분은 시간 낭비만 하다가 진이 빠져 버리기 쉽다. 그럴 때는 남자가 한 가지 일에 몰두했을 때 다른 것에 관심을 갖기 힘들다는 사실을 이해하고 그가 현재 몰두해 있는 일에서 관심을 거둬서 여러분한테 관심을 갖게 될 때까지 기다려야 한다. 그러지 않으면 괜히 속만 상하고 실망하게 된다.

이렇게 한 번에 한 가지 대상한테만 관심을 쏟는 것을 '구획화'라고 부른다. 남자는 한 가지 대상에 몰두하면 여러분이 무슨 말을 해도 못 알아듣고, 여러분한테 전화를 하거나 근사한 데이트를 할 생각도 못한다. 여러분은 기분이 나쁘겠지만 텔레비전이 여러분보다 더 좋다거나, 늦게까지 회사에 남아 일하는 것이 더 좋다거나, 여러분이 관심을 가질 가치가 없는 여자라는 뜻은 결코 아니다. 단지 여러분이 관심의 레이더망에 나타나기 전에 먼저 그의 관심을 사로잡은 대상이 있었던 것뿐이다. 남자는 일단 빠져들면 주위의 모든 방해를 물리치고 한 가지 대상에 몰두하게 된다.

　남편이 자신에 대한 관심을 모두 잃었다고 생각한 여성이 있었다. 한때는 정말 좋은 친구이자 연인이었고 남편은 그 여성을 열렬히 사랑했고 그녀도 남편을 열렬히 사랑했는데 이제는 뜨겁던 열정도 모두 사라진 듯했다. 그러다 그 여성은 남녀 관계에서는 한 사람만 노력해도 변화를 줄 수 있다고 설명한 책을 읽게 되었고, 두 사람이 함께 쉬는 일요일에 프랑스 하녀풍의 복장으로 꺼진 열정을 되살리기로 결심했다. 그래서 그 여성은 섹시한 프랑스 하녀로 차려입고 남편이 미식축구 중계를 보는 서재로 갔다. 그리고 서가의 먼지를 털고 짧은 치마 속이 들여다보일 정도로 허리를 숙였다가 곧장 스트립 댄서 흉내를 내며 옷을 벗기 시작했다. 그러자 남편은 몸을 왼쪽으로 숙이고서 아내 뒤에 있는 텔레비전을 계속 뚫어져라 쳐다보았다. 결국 그 여성은 내가 진행하는 상담 프로그램에 "다 끝났어요. 우리 사이에 열정을 되살린다는 것은 불가능한 일이에요."라는 사연을 적어 보냈다.

　여기서도 문제가 되는 것은 '구획화'이다. 그 여성은 시카고에 살고 있었고, 그들 부부가 내가 진행하는 프로그램에 출연했을 때 나는 남편에게 그날 어느 팀이 시합을 했냐고 물어보았다.

남편　당연히 베어스죠, 베어스 말고 또 누가 있겠습니까?

나　부인이 언제쯤 서재에 들어왔나요?

남편　4쿼터 끝 무렵이었습니다. 3점이나 지고 있었다고요.

더 무슨 말을 하겠어요?

나 만약 부인이 시합이 끝난 다음에 들어왔다면 어땠을까요?

남편 같이 청소라도 했겠죠. 하지만 시합이 끝났을 때는
아내가 벌써 화가 나 있더라고요.

그러니까 그날 남편이 한창 미식축구 시합에 정신이 빠져 있을 때 아내가 나타나 20년 하고도 2시간 30분간 열렬히 사랑해 온 미식축구 시합을 포기하고 자신을 봐달라고 요구했던 것이다. 아내는 남편의 관심을 빼앗기 위해 15분간 스트립 댄서 흉내를 내는 방법을 선택했다. 하지만 그것은 그다지 현명한 방법이 아니었다. 남편의 관심을 차지하기 위해서는 스트립 댄서 흉내를 내지 말고 적당한 때를 찾았어야 했다. '타이밍'만 제대로 맞추면 해결될 문제였던 것이다. 그날 프로그램에서 나는 적절한 방법을 그들 부부에게 알려 주었고 그 뒤로 그 부부는 예전의 열정을 되찾아 잘 지내고 있다. 적당한 때를 골라 적당한 방법을 활용하면 문제는 해결될 수 있다.

어떻게 받아들이나? __ 다른 도시로 출장 갔을 때 절대 전화하는 법이 없는 남자와 사귀고 있다면 그 남자가 1번의 속성을 잘 보여 주는 대표적인 예라고 생각하면 된다. 그런데 휴가 때 만난 남자는 이런 부류에 속하는지 아닌지 선뜻 결론 내릴 수 없다. 왜냐하면 휴양지에서 만난 남자한테는 관심을 둘 상대가 여러분밖에 없기 때문이다. 휴양지에서 오로지 여러분 하나밖에 모르던 남자가 일상으로 돌아가면 언제 그랬냐 싶게 다른 일에 몰두하게 될 것이고, 여러분은 그 여름 바닷가에서는 4일 내내 내 곁에서 떠날 줄 모르던 남자가 갑자기 왜 이렇게

변했는지 생각할 것이다. '구획화'를 통해 여러분이 관심의 대상이 되었을 때는 한없이 행복하겠지만, 구획화가 무엇인지도 모르고 관심을 다른 대상에게 빼앗기면 한없이 마음이 아파질 수도 있다.

어떻게 이용하나?__타이밍이 좋지 않을 때는 남자의 무관심을 기분 나쁘게 받아들이지 않는 것이 최선의 방법이다. 남자가 여러분한테 관심을 보이지 않는 것은 여러분을 싫어해서가 아니다. '주의력결핍행동장애'이거나 나쁜 남자여서도 아니다. 남자가 잠시만 다른 일에 신경을 쓰거나, 일에 몰두하거나, 심지어 침대에서 반대편으로 돌아눕기만 해도 '이럴 줄 알았어, 이 남자는 날 사랑하지 않아. 이렇게 끝나는구나.'라고 생각하면서 기겁을 하는 여자들이 있다. 하지만 그 남자는 삶을 원활하게 유지하기 위해 잠시 다른 일에 혹은 수면에 집중하는 것뿐이다. 남자가 한 번에 한 가지 생각밖에 못한다는 정보를 유용하게 활용하고 싶다면 타이밍이 열쇠라는 것을 잊어서는 안 된다. 그리고 여러분이 남자의 첫 번째 관심 대상이 아니어도 절대 좌절하지 마라.

잠재적 슈퍼맨 클라크 켄트

구체적으로 어떤 모습?__남자들 마음속에는 세상을 구하고, 인류를 구하고 그리고 여러분을 구하는 위대한 영웅, 슈퍼맨이 되고 싶은 욕망이 숨어 있다. 남자는 선천적으로 문제가 있으면 무조건 해결하려고 든다. 그게 아니면 적어도 해결해야 한다는 생각이라도 한다. 그래서 남녀 관계에서는 남자가 스스로를 영웅이라고 느끼게 만들어 주어야 한다. 남자는 중요한 존재이고, 여자에게 뭔가 해줄 능력이 있고, 힘이 있는 존재가 되기를 원한다. 이는 남자가 여자보다 '윗사람'이 되어야 한다거나 여자가 아무것도 못하는 어린아이처럼 굴어야 한다는 게 아니다. 단지, 남자가 여자에게 뭔가를 해줄 수 있다고 느끼게만 만들어 주면 된다. 남자는 오디오를 고치거나, 무거운 가구를 옮기거나, 컴퓨터를 연결하거나, 더 나아가 여러분의 외로움을 몰아내고 여러분의 얼굴에 미소가 떠오르게 하는 것까지, 자신의 능력을 발휘할 수 있는 기회를 그 무엇보다도 소중하게 여긴다.

어떻게 받아들이나?__지금 여러분 곁에 있는 남자한테도 똑같은 논리가 적용된다. 그는 자신이 여러분에게 무엇을 해줄 수 있는가를 알고 싶어 한다. 그는 여러분을 바라보면서 '이 여자가 왜 나를 좋아할까? 학교도 좋은 데 나왔고, 돈도 잘 버는 이 여자한테 내가 해줄 수 있는 것은 무엇일까.'라고 생각할 것이다. 그때 만약 떠오른 답이 "아무것도 없다."라면 괜찮은 남자도 꽁무니를 뺄지 모른다. 남자들이 능력 있는 여자한테 겁을 먹는 것도 다 이런 이유 때문이다.

이 말을 들으면 여러분은 "그건 그 남자한테 문제가 있다는 뜻이잖아요. 남자의 기를 살려 주기 위해 바보 행세를 하고 싶진 않다고요."라고 말할 것이다. 옳은 이야기다. 하지만 여기서 문제가 되는 것은 대화의 단절이다. 사람은 누구나 필요한 존재가 되고 싶어 한다. 지금 그 남자는 여러분 인생에서 많은 부분이 순조롭게 흘러가도 여러분이 그것만으로는 행복하지 않다는 것을 확인하고 싶어 한다.

어떻게 이용하나?__여러분은 혼자서 일을 척척 잘 해내는 것이 결코 남자가 필요 없다는 뜻은 아니라는 점을 남자에게 분명히 알려 주어야 한다. 물론 바보나 약골처럼 굴라는 뜻은 절대 아니다. 남자 안에 잠재해 있는 슈퍼맨을 만족시켜 주려면 여러분한테 헌신적이고 낭만적인 연인만이 해줄 수 있는 바람과 욕망이 존재한다는 것을 알려주면 된다. 함께 있어 주는 것만으로도 여러분을 행복하게 만들 수 있다는 것을 알면 남자는 함께 행복해할 것이다.

경쟁심 강한 원시인

구체적으로 어떤 모습? ＿ 남자는 경쟁심이 대단하기 때문에 외적인 조건으로 인정받기를 바란다. 다른 남자들과의 경쟁(다른 남자가 가진 것, 다른 남자가 원하는 것, 다른 남자가 하는 일 등등)을 통해 인정받고자 하는 마음이 누구나 조금은 있다. 남자의 인생에서는 서로 도와주고 격려하고 이야기를 들어주는 것이 우선이 아니라, 경쟁하고 승리하는 것이 우선이다. 물론 남자도 어느 정도까지는 그런 것을 필요로하지만 말이다. 남자는 자신의 영역을 지키고, 남자다움을 과시하고, 경쟁에서 강한 모습을 보이는 것을 대단히 중요하게 여긴다.

만약 여러분의 남자가 정말로 능력이 있고 여러분이 그에게 보호받고 보살핌 받는 것을 좋아한다면 다행이다. 하지만 당신의 남자가 코흘리개 시절 친구들끼리 거시기의 크기를 비교했고, 자라서는 크고 비싼 차, 경제적으로 감당 못할 명품 시계, 울퉁불퉁한 근육질 몸매로 자신의 존재를 과시하는 사람이라면 그것은 문제다. 아이 있는 남자가 운동이나 학교 성적에서 아이를 통해 대리 만족을 얻고자 하는 것도 문제다. 이런 모습들은 경쟁심 강한 원시인 경향의 부정적인 면이지만 잘 이끌어 가기만 하면 생산적으로 바꿔 놓을 수도 있다.

남자에 대해 설명하면서 개를 비유 대상으로 드는 것이 껄끄럽긴 하지만, 우리는 주위에 다른 개들이 나타나면 개의 행동이 달라지는 것을 볼 수 있다. 개는 마당에 뼈가 굴러다녀도 모른척 하다가 다른 개가 그 뼈 냄새를 맡는 것을 보면 곧장 달려들어 죽을 듯이 짖어 대며 뼈를 빼앗기지 않으려고 한다. 이것이야말로 원시인의 정신세계를 가장 잘 보여 주는 사례다. 특히 남녀 관계에서는 그런 경향이 더 강하다. 여성 여러분은 남자들의 이런 특징을 명심하기 바란다.

어떻게 받아들이나? __ 남자가 여러분을 무시하기 시작한다 싶으면 가벼운 경쟁심을 유발시켜라. 그러면 여러분이 씹다 버린 껌이 아니라 대단한 여자라는 사실을, 여러분 자신은 물론이고 여러분 주위 사람들도 다 아는 그 사실을 새삼 깨닫게 만들 수 있다. 그 남자가 함부로 무시할 수 없는 사람이 여러분한테 관심을 보이고 여러분도 그 사람에게 관심을 보이면서 둘이 즐거운 시간을 보낸다면 그는 갑자기 여러분한테 부쩍 관심을 갖게 될 것이다. 아주 간단하고 쉬운 이치다. 이런 일이 섬세한 여러분에게 너무 작위적이고 불쾌하다고 느껴진다면 시도하지 마라. 그렇지만 남자의 마음을 차지하고 싶다면, 남자들이 겉으로 드러나는 경쟁에 대단히 민감하다는 사실을 알아 두는 것이 좋다. 자기가 원하는 대상을 다른 남자들도 원한다는 것을 보면, 그때부터 남자는 여러분을 대단히 소중한 보물로 여기게 될 것이다.

어떻게 이용하나? __ 남자는 선천적으로 다른 남자들과 경쟁하도록 되어 있으며, 경쟁심은 곧 소유욕을 불러일으킨다. '진지한' 관계로 발전하고 싶거나 청혼을 받을 작정이라면 원시인의 경쟁심을 이용하여 남자를 자극하고 남자가 여러분에게 모든 관심을 집중하도록 만들어라. 나름 섬세하고 치밀한 작전이 필요하다. 그리고 굳이 다른 남자를 끌어들이지 않아도 얼마든지 남자의 경쟁심을 부추길 수 있다. 예를 들어 남자가 어머니나 누나, 혹은 이성 친구를 무척 좋아하는데, 그 사람들이 여러분한테 관심을 보이고, 여러분과 어울리는 것을 좋아한다면 그런 모습은 남자에게 훌륭한 자극제가 된다. 자신이 좋아하는 사람이 여러분을 좋아한다는 것은 제대로 된 여자를 골랐다는 뜻으로 해석되기 때문이다.

다른 사람이 여러분에게 관심을 보이는 그 순간부터 남자는 꼬리를 바짝 세우고 자신의 것, 즉 여러분을 사수하려고 기를 쓸 것이다. 게다가 자신과 같은 남자들이 여러분에게 관심을 가지면 남자는 다른 사내들이 탐낼 만한 대단한 여자를 차지했다는 생각에 더욱 더 여러분을 빼앗기지 않으려 들 것이다.

> 마음과 관심이 온통 남자에게 향했는지 아닌지를 알 듯 모를 듯하게 만들자. 여러분 혼자서 즐기는 취미 활동을 만드는 것도 좋고, 일에 몰두하는 것도 좋다. 남자와의 관계 이외에 열정을 쏟는 대상이 필요하다. 그러면 남자는 관심을 독차지하기 위해 기를 쓰고 덤빌 것이다.

남자의 경쟁심을 유발하지 않으면, 즉 남자가 부단히 애써서 여러분의 마음을 조금씩 차지하고 있다는 느낌이 들게 만들지 않으면 장담하는데 결국 낭패를 보게 될 것이다. 여러분이 남자를 떠받들면 결국 남자는 여러분의 사랑을 당연한 것으로 여기고 관심을 잃는다. 그러니 여러분의 미래를 위해 여러분을 차지하기 위해서는 경쟁하고 노력해야 한다는 것을 남자에게 가르쳐라. 여러분이 5분 대기조라도 되는 듯 하루 종일 전화 옆에 붙어 앉아 기다리고 있다는 것을 알면 남자는 정말로 5분 전에 전화해서 데이트 약속을 정하게 될 것이다.

자신의 욕구를 전혀 파악 못하는 바보

구체적으로 어떤 모습?__ '원시인' 속성에서 설명한 것처럼, 남자는 서로가 서로를 잡아먹는 치열한 경쟁 속에 산다. 남자는 친구한테서, 동료한테서, 가족한테서 인정받고 싶어 하며, 그중에서도 특히 자신이 사랑하는 여자한테서 인정받기를 가장 절실히 원한다. 남자는 퇴근해서 집에 돌아오면 열렬히 환영받기를 바라고, 자신의 일이나 역할, 외모 등 모든 분야에서 여자한테 인정받고 여자가 자랑스러워해 주기를 바란다. 이토록 간절히 인정받기를 바라는 것이야말로 남자의 가장 취약한 약점이다. 그러면서도 남자는 칭찬해 달라고 요구하는 일도 거의 없고 칭찬받는 것이 자신의 자존심과 행복을 지키는 데 얼마나 중요한가를 제대로 알지도 못한다.

필요로 하는 것, 욕구가 있다는 것은 실제로 좋은 현상이며 부끄러워하거나 화낼 일이 아니다. 여러분이 남자가 가진 욕구의 우선순위를 아는 것은 그와의 관계를 발전시키는 데 대단히 중요한 요소이다. 문제는 남자 스스로 자신의 욕구를 모르는 일이 많다는 점이다. 그 때문에 자기가 어떤 욕구를 가지고 있는지 상대한테 알려 주지 못하는 것은 물론이고 자기가 어떤 욕구를 가지고 있는지조차 모를 때가 많다.

어떻게 받아들이나?__욕구를 가지고 있다는 것은 부끄러워할 일이 아니다. 하지만 남자한테는 그런 말을 하지 마라. 앞에서 말했다시피 남자는 나약하게 보이기 싫어서 자신의 욕구에 대해 말하지 않는다. 그리고 그런 이유로 여자는 남자가 어떤 욕구를 가지고 있는지 알기가 어렵다. 남자는 자신의 욕구에 대해 말할 수도 없고, 말할 의사도 없기 때문에 여러분은 남자가 가장 절실히 바라는 것이 무엇인지를 스스로 알아내야 한다. 일단 남자의 욕구를 파악했고, 그 욕구가 건전한 것이라면 다음 할 일은 욕구를 충족시켜 주는 것이다.

어떻게 이용하나?__욕구가 무엇인지 파악하고 충족시켜 주면 여러분에 대한 남자의 평가는 훨씬 더 좋아질 것이다. 그래서 여러분에게 더욱 더 끌리게 되고, 여러분을 찾게 되고, 여러분한테서 인정받고 싶어 하게 될 것이다. 남자는 여자를 사랑하는 마음이 깊어질수록 인정받는 것을 중요하게 여기고, 여자를 통해서 삶의 균형을 이루게 된다.
남자는 여자가 보호받고 있다고 느끼게 해주고 싶어 하고 자신을 능력 있는 인생의 동반자로 믿어 주기를 바란다. 그리고 여자가 자신을 매력적인 존재로 인식하고 자신과 함께 있는 모습을 남들한테 떳떳이 보여 주면서 자랑스럽게 여기기를 바란다. 물론 여자도 그렇다. 그런 느낌이 들지 않는다면 자기 짝이 아닌 남자와 함께 있다는 뜻이다.
남자의 욕구를 충족시켜 주기만 한다면 여러분은 남자의 인생과 미래에서 중요한 존재가 될 수 있다. 남자가 하는 일이 무엇이든 그 자신에게는 대단히 의미 있고 또 중요하다. 자신에게 그토록 중요한 일을 자신이 소중하게 여기는 여자가 존중해 주고 자랑스럽게 여긴다면 남자는 그 여자를 하늘처럼 떠받들 것이다.

정열의 화신

구체적으로 어떤 모습?＿ 남자에게 섹스가 정말로 중요하다는 것을 내가 말했던가? 다시 한 번 말하지만 남자에게는 섹스가 정말로, 대단히, 엄청나게 중요하다. 그리고 남자는 정력이 강하다는 것을 인정받고 싶어 한다. 특히 남자가 정말로 바라는 것은 끊임없이 섹스를 하는 것이 아니라 자신이 사랑하는 여자가 언제든 자신과 사랑을 나눌 마음이 있음을 확인하는 것(그리고 여자한테서 끊임없이 정력이 강하다는 말을 듣는 것!)이다. 남자는 기회만 주어진다면 하루 24시간 내내 섹스를 할 수 있다고 장담한다. 그렇게 큰소리 안 치는 남자는 거의 없다. 하루 종일, 밤을 새워서라도 할 수 있다. 여러분만 원한다면 일주일 내내, 하루 세 번씩도 할 수 있다. 그렇다, 남자는 짐승이다! 물론 남자도 저마다 성적 욕구의 정도가 다르다. 성적 욕구가 더 강한 남자도 있고 그렇지 않은 남자도 있지만 여러분이 기억해야 할 것은, 남자는 누구나 자신이 가진 성적 욕구와 능력을 과장되게 부풀려서 말한다는 점이다.

어떻게 받아들이나?＿ 남자는 정력적이고 매력적인 존재가 되고 싶은 욕구를 가지고 있다. 마음속으로는 낭만적인 남자가 되고 싶어 하는 남자들이 아예 없는 것은 아니다. 하지만 앞에서 이야기한 대로, 남자는 강한 남자로 인정받고 싶어 한다. 많은 여자들이 섹스를 할 때 거짓 오르가슴 흉내를 낸다고 말하는 것이 바로 그런 이유 때문이다. 남자가 불안해하고 좌절하는 것을 보느니 차라리 거짓으로 흥분한 척하는 것이 마음 편하다는 것이 여자들의 설명이다. 힘든 일을 마친 남자의 어깨를 두드려 주며 '그 정도 한 것도 대단한 일'이라고 위로하는 것은 남자의 마음만 무너뜨릴 뿐이다. 그것은 실력이 형편없으니 그만두라고 말하는 것과 같다. 목표 지향적인 성격 때문에 남자는 여자를 만족시켜 주지 못하면 자신을 실패자로 생각하게 된다.

어떻게 이용하나? __ 욕구를 충족시켜 주었을 때 여러분 스스로 만족스러울지 아닌지 판단했다면 이제는 '해야 할 일' 목록을 만들 차례다. 이미 진지한 관계가 이루어졌는데 둘 사이의 열정이 식은 듯한 느낌이 든다면 열정을 다시 불태울 수 있는 좋은 기회다. 남자와 사랑을 나누었는데 그 시간이 즐거웠다면 얼마나 즐겁고 좋았던가를 남자에게 알려 주어라. 그 이야기는 남자의 귀에 아름다운 음악처럼 들릴 것이다. 남자와 사랑을 나눈 것이 상당히 즐겁지 않았다면 남자에게 여러분이 무엇을 원하는지 정확히 알려 주어야 한다.

여러분의 욕구를 제대로 알려 주는 것도 관계에 도움이 될 수 있다. 여러분이 무엇을 원하는지 알려 주고 남자가 여러분의 욕구를 충족시켜 주기 위해 애쓰도록 이끌어 준다면 남자는 자신을 힘 있는 존재로 여기면서 여러분과의 관계를 당당하게 누리게 될 것이다. 이렇게 남자의 기를 살려 주고 남자 스스로 당당하게 느끼게 만드는 것이 핵심이다! 그렇게만 할 수 있다면 남자와의 관계를 여러분이 원하는 수준까지 끌어올릴 수 있다.

탐욕스러운 사기꾼

구체적으로 어떤 모습?__ '인간을 움직이는 것은 탐욕이다.' 라는 말은 속고 속이는 음모가 판치는 영화에만 적용되는 것이 아니다. 현실 그 자체다. 어떤 상황에 처하든 남자는 절대 보답 없는 일에 시간을 낭비하지 않는다. 남자는 끊임없이 자신의 능력을 평가받고 싶어 하고 언제나 대가를 바란다. 그 대가라는 것은 즐거운 시간일 수도 있고, 돈일 수도 있고, 죄책감 같은 불편한 감정에서 벗어나는 것일 수도 있다. 어떤 형태의 것이든 남자는 쉽게 알아볼 수 있는 대가를 원한다. 대가를 얻으면 더 많은 대가를 얻기 위해 같은 일에 다시 도전한다. 하지만 대가를 얻지 못하면 더 이상 같은 일을 하지 않는다. 아주 간단한 이치다.

어떻게 받아들이나?__ 남자의 탐욕을 욕하지만 말고 여러분한테 유리하게 활용할 생각을 하자. 탐욕을 동기 유발의 계기로 활용하는 방법만 알면 된다. 남자가 계속해서 여러분한테 관심을 가져 주기를 바란다면 남자가 관심을 보였을 때 어떤 식으로든 대가를 지불해야 한다. 만약 남자가 어떤 행동을 하든 여러분의 반응이 똑같다면 남자는 여러분이 자신에게 무엇을 바라는지 알 수가 없다.

어떻게 이용하나?__ 남자에게는 친절이나 이타주의, 공정함에 호소하는 것보다 탐욕에 호소하는 것이 가장 효과적이다. 남자 입장에서 남자가 무엇을 원하는지 이해하면 남자의 행동에 어떻게 반응해야 하는가를 알 수 있다. 남자가 모든 상황에 대해 '나한테 돌아오는 게 뭐지?' 라는 생각으로 임한다는 것을 이해하고, 그 질문에 명확한 답을 보여 줄 수 있는 반응만 제공한다면 여러분은 남자의 행동을 마음대로 조종할 수 있다. 그렇다고 여러분이나 남자에게 옳지 않은 행동까지 하라는 뜻은 아니다. 다만 남자가 바라는 것을 해주거나, 그렇게 할 의사가 있다는 것을 보이기만 하면 된다는 뜻이다. 남자의 어떤 행동에는 대가를, 다른 행동에는 대가를 주지 않는다면 남자의 태도와 감정, 우선순위를 여러분 마음대로 바꾸어 갈 수 있다. 그렇게 하는 방법에 대해서는 6장에서 좀 더 자세히 살펴보도록 하자.

모든 일을 다 하고 싶은 능률 대마왕

구체적으로 어떤 모습? __ 남자는 여러분이 생각하는 것만큼 무관심하지 않다. 내 말을 믿어라. 물론 생일이나 결혼기념일을 잊어버리는 무시무시한 짓을 서슴없이 저지를 때도 있지만 그것은 다만 우선순위가 여러분과 다르기 때문일 뿐이다. 남자는 자신이 가장 하고 싶은 일을 하게 되어 있다. 남자의 목표는 모든 일을 다 해내는 것이다. 그것도 가급적 빨리. 그래서 조금이라도 더 많은 일을 하고 싶어 한다. 이런 속성 때문에 남자들이 속도광이 되어 미친 듯 차를 몰고, 얼마나 빨리 고속도로를 질주했는지 허풍을 떨며 자랑하는 것이다.

남자는 기본적으로 바쁘게 움직일 때 가장 행복을 느낀다. 그것은 아마도 남자가 임신을 하지 않으며, 여자 백 명에 남자 하나만 있어도 종족 보존이 가능한 신체구조에, 중요하고 필요하며 의미 있는 존재가 되고자 하는 뿌리 깊은 욕구가 더해져 생산적이고 활동적인 존재로 발전해 온 것으로 보인다.

어떻게 받아들이나?__남자가 동시에 여러 가지 일을 한꺼번에 하느라 바빠지면 여러분과 스케줄이 어긋나기 쉽다. 그렇다고 내 말을 오해하지는 않기 바란다. 내가 아는 여성들 대부분이 굉장히 바쁘게 살고 있으며 남자가 상상도 못할 많은 일을 해내고 있다. 문제는 남자와 여자가 서로 일의 우선순위가 다르고 남자는 한 번에 한 가지 일밖에 못한다는 사실이다. 여자가 중요하다고 생각하는 일을 남자도 똑같이 중요하다고 생각하는 것은 아니다.

여자가 중요하다고 생각하는 몇몇 일을 남자는 하찮게 여길 수도 있다. 여자는 자기가 중요하게 여기는 일을 하찮게 여기면서, 자기가 보기에 전혀 중요해 보이지 않는 일에 정신을 팔고 있는 남자를 보면 화가 나고 기가 막힌다.

어떻게 이용하나?__화내지 말자. 대신 자신의 생각을 표현하자. 자신에게 무엇이 중요한지 생각하고 우선순위가 지켜지도록 적극적으로 행동하자. 남자에게 여러분이 무엇을 원하는지 자주 말해야 한다. 남자가 바보는 아니지만 가끔은 바보가 아닌가 싶은 생각이 들 때가 있다. 그런 마음을 모르는 바 아니다. 남자가 스스로 기억해 내지 못하는 것은, 여러분이 깨우쳐 주기 전에는 절대 기억 못하는 것은 남자가 중요하지 않다고 생각하는 일일 것이다. 그런 것을 굳이 왜 알려 주어야 하나? 꽃 선물 받는 것을 좋아한다거나 밸런타인데이에 낭만적인 데이트를 하고 싶다는 것을 일일이 알려 주는 것이 썩 유쾌하지 않을지 몰라도, 뭔가를 간절히 바란다면 남자에게 자신이 무엇을 바라는가를 알려 주어야 한다. 왜냐하면 남자는 스포츠 중계를 보면서 동시에 여러분 표정을 보고 여러분 머릿속에 무슨 생각이 들어 있는가를 파악할 능력을 타고나지 않았기 때문이다.

그러면 남자한테 끝도 없이 같은 이야기를 반복해야 하는 걸까? 그런 것은 아니다. 하지만 거의 비슷하게는 해야 한다. 이런 말을 하는 것은 남자를 변호하려는 것이 아니라 사실을 알려 주기 위해서다. 남자의 이런 속성을 알고 어떻게 이용할 것인가를 이해하고 나면 좌절감을 떨쳐 버리고 조화로운 관계를 만들어 가기가 한결 쉬워진다. 남자를 잘 훈련시키기만 하면 같은 이야기를 반복하지 않고도 원하는 것을 얻을 수 있지 않을까, 생각하는 여성들이 있을 텐데, 그렇게 할 수 있는 남자도 있지만, 특별한 기념일이 다가올 때까지 매일매일 알려 주어야만 간신히 기억하는 남자도 있다.

콤플렉스를 품고 있는 인간 지뢰밭

구체적으로 어떤 모습?__인간은 저마다 나름대로의 우선순위와 두려움, 욕구, 희망, 욕망, 약점이 있다. 남자도 마찬가지이다. 남자도 저마다 지나온 과거가 있고, 그 과거는 남녀 관계에 영향을 미치기 마련이다.

지금 여러분이 사랑하거나 관심을 갖고 있는 남자는 지나간 사랑으로 인해 상처를 입었을 수도 있다. 열심히 일했는데 다른 사람에게 승진 기회를 빼앗긴 아픔이 있을 수도 있다. 성 경험에서 나쁜 기억이 있어서 자신의 성적 능력에 자신이 없을 수도 있다. 아니면 남들은 그렇게 말 안 하는데도 스스로를 바보라고 생각하고 있을 수도 있다. 이런 과거들이 건드려서는 안 되는 콤플렉스가 된다. 남자가 가진 콤플렉스를 알고 그것이 남자에게 어떤 영향을 미치는가를 이해하는 것은 관계를 발전시키는 데 대단히 중요하다.

연애를 하거나 결혼 생활을 하는 사람이라면 누구나 매순간 자신의 관계를 발전시키거나 해치는 행동을 한다. 여러분이 사랑하는 남자가 괴롭고 힘든 과거를 짊어지고 있는데 과거의 상처를 치유하기 위한 노력을 전혀 하지 않는다면 그는 관계를 해칠 가능성이 다분한 남자다.

어떻게 받아들이나?＿남자가 어떤 콤플렉스를 가지고 있고 어떤 것에 민감하게 반응하는지 안다는 것은 힘과 동시에 책임감도 생긴다는 뜻이다. 상대의 마음을 읽고 어떻게 하면 상대를 움직일 수 있는지 알면 사람들의 인기를 독차지할 수 있다. 인기 있는 사람이 되고 싶다면 상대에게 관심을 가지고 귀를 기울이기만 하면 된다. 상대를 바라보면서 이야기를 들어주고 마음을 헤아려 주면 상대는 자신에게 중요한 모든 것을 털어놓을 것이다. 자신이 어떤 상황인지를 행동이나 태도로 보여 줄 수도 있다. 여러분이 목표로 삼은 남자가 어떤 욕구, 두려움, 바람을 가지고 있는지만 알아낸다면 엄청난 힘을 얻은 셈이다. 그 힘을 이용해 남자와 발전적인 관계를 만들어 갈 수도 있고, 남자를 괴롭힐 수도 있다. 힘을 얻으면 그 힘을 어떻게 사용할 것인가에 대한 책임도 따르는 법이다.

어떻게 이용하나?__남자의 콤플렉스를 악용하면 역효과만 불러 일으킬 수 있다는 것을 잊지 말자. 남자는 자신의 콤플렉스를 악용당한 것을 배신으로 느끼고 용서하지 않을 수도 있다. 지뢰처럼 여기저기 숨어 있는 콤플렉스에 대한 정보를 최대한 효과적으로 활용하려면 그런 콤플렉스로 인해 남자가 어떤 욕구를 갖게 되었는지 파악하고 그 욕구를 건전하게 충족시켜 주어야 한다. 남자의 민감한 부분을 잘 어루만져 주면 여러분을 향한 남자의 사랑은 하늘을 찌를 것이다. 남자를 진심으로 대하고 있다면 여러분은 똑똑한 사랑을 하고 있는 것이다. 하지만 남자를 진심으로 대하지 않는다면 여러분의 관계는 머지않아 진흙탕 속으로 빠지고 말 것이다.

평생 배움이 필요한 학생

구체적으로 어떤 모습?__여러분은 남자가 절대 변하지 않는다는 말을 많이 들었을 텐데, 그 말은 절대 사실이 아니다. 남자도 얼마든지 변할 수 있다. 다만 변하기가 쉽지 않고 또 많은 노력이 필요한 것뿐이다. 수차례 말했다시피 평범한 남자라면, 손에 텔레비전 리모콘을 쥐고 편안한 소파에 앉은 채로 잠에서 깼다면 죽어서 천당에 와 있는 거라고 생각할 것이다.

하고자 하는 말은, 남자는 꼭 필요한 이상으로는 노력을 기울이려 하지 않는다는 것이다. 특히 남녀 관계에서는 더욱 더 그렇다. 여자와 마찬가지로 남자도 자신이 잘하는 일을 하는 것은 좋아한다. 하지만 대부분의 경우 남녀 관계는 남자가 잘하는 일에 포함되지 않는다. 여자한테는 남의 감정을 이해하는 것이 쉽고 자연스럽게 이루어지지만 남자는 그렇지 않다. 그래서 그것이 힘들고 무시무시한 '노동'처럼 느껴진다. 그렇기 때문에 하기도 싫어진다.

어떻게 받아들이나?＿남자를 길들이기가 어렵지만 불가능한 것은 아니다. 그것은 남자들이 똑똑하지 않아서가 아니라 단지 변화가 그들의 우선순위에 들어 있지도 않고, 그들이 추구하는 덕목도 아니기 때문이다. 그럼에도 여러분은 꾸준히 남자를 길들이고 가르쳐야 한다. 남자와 함께하는 인생은 길고 긴 교육의 과정이라고 봐도 무방하다. 여러분을 사랑하는 남자라면 여러분이 행복하기를 바랄 것이다. 그렇다면 남자의 행동에 적절한 반응을 보여서 어떤 행동을 해야 여러분이 행복해하고 만족하는지를 가르쳐 줄 수 있다.

남자가 여러분의 마음에 드는 행동을 하면 분명히 알아볼 수 있는 긍정적인 피드백을 주자. 그저 입만 삐죽이 내밀면 그것이 무엇을 의미하는지 아는 남자는 별로 없다. 감정 문제에서 남자는 말로 일일이 설명해 주기 전까지는 제대로 이해 못한다고 보면 된다. 여자는 다르다. 대부분의 여자들은 남자에 비해 남의 감정을 쉽게 이해하고, 어떻게 대응해야 하는지도 잘 알고, 감정을 표현할 줄 안다. 그래서 남자가 다른 사람의 감정을 이해하도록 도와줄 수도 있다. 단 많은 노력이 필요할 것이다.

어떻게 이용하나?＿많은 여자들이 남자가 감정에 무디다는 이유로 좌절하고 이별을 결심한다. 그런 마음은 충분히 이해할 수 있다. 다른 남자들보다 훨씬 더 많은 가르침이 필요한 남자도 있으니 말이다. 만약 감정을 잘 이해하고 표현할 줄 아는 남자를 고집한다면 부디 그 바람이 이루어지길 빈다. 하지만 감정을 능수능란하게 다룰 줄 아는 남자를 찾는 것보다는 지금 곁에 있는 남자를 길들이는 편이 훨씬 더 빠를 것이다. 만약 지금 곁에 있는 남자가 감정 문제를 제외하고 다른 장점을 많이 가지고 있다면 신중히 생각해 보기 바란다.

패배를 인정하지 않고 불평만 일삼는 불평꾼

구체적으로 어떤 모습?__패배를 좋아하는 사람은 없다. 특히 남자는 패배를 절대, 절대 참지 못한다. 선천적인 경쟁심 때문에 남자한테는 힘과 주도권이 그 무엇보다도 중요하다. 남자들은 힘, 주도권, 돈, 인지도, 심지어 가지고 있는 물건들을 통해 능력을 겨루려는 경향이 있다. 얼마나 감수성이 예민한지, 타인의 감정을 얼마나 잘 이해하고 보듬어 주는지는 남자의 능력을 측정하는 기준이 아니다.

남자는 일단 경쟁에서 지면 자신에게 큰 결함이 있다고 생각한다. 패배했다는 것은 의지, 남성다움, 가치가 남보다 낮다는 뜻이기 때문이다. 여자는 운동 경기나 게임에서 져도 단지 그 한 가지 일에서 진 것일 뿐, 자신의 가치가 떨어진다고는 생각하지 않는다. 하지만 남자는 자존심에 엄청난 상처를 입는다. 약한 모습을 들켰다고 생각하는 것이다.

어떻게 받아들이나?__문제는 여러분과 남자의 자존심이다. 남자는 자존심에 상처를 입으면 며칠씩(혹은 그보다 훨씬 더 오래) 뚱하니 화를 낸다. 그러니 무슨 수를 써서라도 남자가 스스로를 패배자라고 느끼게 만드는 일은 피해야 한다. 그러려면 그와의 관계에서 승자도 패자도 있어서는 안 된다. 남자의 기분을 거스르지 않기 위해 조심하라는 뜻은 아니다. 다만 사람들을 대할 때, 특히 남자를 대할 때, 상대의 의견을 무시하고 성격을 비난하는 것을 피하라는 뜻이다. 모든 것은 '페어플레이'로 귀결된다. 인신공격은 페어플레이 원칙에 어긋나며 어떤 남자와의 관계도 위험으로 몰아넣을 수밖에 없다.

어떻게 이용하나?___ 남자에게 힘과 자존심, 주도권이 얼마나 중요한가를 이해하고 경쟁이나 싸움이 벌어졌을 때 슬기롭게 대처하자. 남자의 욕구를 무시한 채 언제나 자신이 옳다고 우겨서는 안 된다. 똑똑한 여자는 자신의 욕구를 포기하지 않으면서 힘과 주도권에 대한 남자의 욕구를 충족시켜 줄 줄 안다. 여자는 남자의 기를 죽이지 않으면서도 승자가 될 수 있고 남자가 틀린 것을 뻔히 알면서도 가슴을 내밀고 의기양양하게 돌아다니도록 배려할 줄도 안다. 나무 하나가 아니라 숲 전체를 볼 때 한 발 물러나는 것은 결코 패배가 아님을 아는 것이야말로 여자가 지닌 최고의 지혜다.

짐승 같은 남자의 천성,
이해하고 받아들여라

지금까지 남자의 속마음과 행동들을 낱낱이 분석해 보았으니 이제 스스로에게 솔직하게 물어보자. 지금 그대로 내 남자가 나를 사랑하기를 바라고 있나? 혹은 '내가 남자라면 여자를 이렇게 사랑하겠다.' 라는 생각으로 사랑해 주기를 바라고 있지 않나?

잘 생각해 보아야 한다. 왜냐하면 둘 사이에는 엄청난 차이가 있기 때문이다. 답이 후자라면 자신이 드라마에나 나올 법한 이상적인 남자가 아니라 현실 속의 남자를 사귀고 있다는 사실을 깨닫자. 남자의 성격을 여러분 마음대로 바꿀 수는 없다. 성격은 그 남자가 여러분을 만나기 오래전부터 만들어 온 것이다. 여러분의 인생을 피곤하게 만들기 위해 남자가 일부러 지금 모습을 하고 있는 것은 아니다. 오랜 세월 그런 모습으로 살아왔기 때문에 지금 모습을 하고 있는 것이다. 앞서 말한 것처럼 남자도 변할 수 있다. 하지만 그는 여러분과는 전혀 다른 개성을 지닌 독립적인 존재이다. 남자가 여러분과 똑같이 생각하고 행동하면서 여러분의 마음과 감정을 자신처럼 이해해 주기를 바란다면 남자와의 관계는 더 이상 발전할 수 없다.

스스로에게 다음을 물어보자.

- 내가 잘못된 것을 바라거나 기대하는 것은 아닐까?
- 내가 원하는 것을 해줬을 때 제대로 고마움을 표시하지 못한 것은 아닐까?
- 그가 해줄 수 없는 것을 요구하고 있지는 않나?
- 만나는 남자와 긍정적인 방향으로 나아갈 수 있도록 노력하고 있나? 아니면 그 반대로 행동하고 있지는 않나?
- 남자를 있는 그대로 받아들이지 않고 내 입맛대로 바꾸려 하고 있지는 않나?

위의 질문에 대해 '네'라는 대답이 하나 이상 있다면 갈등이 생길 때 여러분 마음대로 해결하려는 성향이 강하다는 뜻이다. 이제는 새로운 질문을 해보자. 남자들에 대해 알게 된 것들을 어떻게 활용해서 최고의 관계를 만들어 갈 수 있을까? 남자의 행동을 어떻게 해석해야 상처를 입는 것을 피할 수 있을까?

여러분이 원하는 관계를 만들어 가기 위해서는 여러분이 상대하는 '짐승'의 천성을 이해하는 것이 우선이다. 그들의 천성, 습관, 특징, 경향을 이해해야 그들의 행동을 오해하고 그 때문에 속상해하는 일 없이 가볍게 보아 넘길 수 있다. '아, 원래 남자란 저런 존재이지.'라고 생각하면서 말이다.

그렇다고 남자의 천성을 무조건 좋아하라거나 합리적인 범위 내에서 남자의 성격을 변화시키려는 노력조차 하지 말라는 뜻은 아니다.

그저 그들의 천성을 이해하기만 해도 괜히 마음에 상처 입는 일은 피할 수 있다는 말이다. 좀 더 정확히 말하면 남자들이 하는 행동의 원인이 항상 여러분에게서 비롯된 것은 아니다. 남자의 모든 행동이 여러분을 중심으로 이루어지는 것은 아니다.

남자를 또 개와 비유해서 좀 그렇지만, 개의 천성을 모르는 상태에서는 개가 하는 행동 때문에 속상할 수도 있다. 먹이를 주면 개는 먹이를 물고 돌아서 버린다. 그것은 먹이를 준 사람을 싫어하거나 그 사람과 함께 있기 싫어서가 아니라 소중한 먹이를 지키려는 본능적인 행동일 뿐이다. 이런 개의 행동을 오해하면 개를 사랑하고 기르기가 힘들어진다. 남자가 단지 조물주가 부여한 천성에 따라 행동하는 것뿐이라는 사실을 이해하기만 한다면 혹은 유전적으로 물려받은 행동을 하는 것뿐이라는 사실을 이해하기만 한다면 여러분은 괜히 흥분하거나 마음 아파하지 않으면서 자신이 원하는 것을 얻어 낼 수 있다.

반드시 조심해야 할 남자의 유형 5가지

남자들에 대해 많은 이야기를 했지만 하지 않은 말도 있다. 나는 정말 나쁜 남자들을 몇 명 알고 있다. 세상에는 '나쁜 놈'이라는 말이 딱 어울리는 남자들이 분명히 존재한다. 다음 유형은 반드시 조심해야 한다.

1. 잠자리만 원하는 남자

이런 남자들은 여자를 사랑하지도 않으면서 기회가 있을 때마다 여자를 이용한다. 섹스는 원하지만 일단 침대 밖으로 나가면 여자에 대해서는 까맣게 잊어버린다. 여자를 품에 안기 위해서는 양심의 가책도 없이 온갖 미사여구와 거짓말을 늘어놓으며 마치 사랑에 빠진 듯 군다. 잠자리를 함께하자고 조르고 그 요구를 거절할 때 화를 내는 남자는 조심해야 한다.

2. 동네방네 소문 내는 남자

이런 남자들은 여자를 차지했다고 자랑하는 것이 목적이다. 여러분을 데리고 여기저기 돌아다니고는 쉽게 관계를 끝낸다. 그 정도면 '연애 전적'을 자랑하기에 충분하기 때문이다. 남자들은 여자를 몇 명이나 사귀었는지를 과시하려는 경향이 있다. 지금껏 사귄 여자의 수를 자랑스럽게 떠드는 남자와는 뒤도 돌아보지 말고 헤어져라.

3. 숨 막히게 하는 남자

이런 남자들은 통제권을 쥐고 싶어서 안달한다. 그냥 내버려 두면 여러분의 인생 전체를 마음대로 쥐고 흔들려고 들 것이다. 옷은 이렇게 입어라, 어디는 가도 되고 어디는 가면 안 된다 등등 일일이 간섭하는 남자들이 있다. 처음에는 모든 관심이 여러분한테만 쏠려 그런 행동을 한다는 생각에 행복할 수도 있다. 하지만 곧 여러분을 사랑해서가 아니라 통제하기 위해서라는 것을 깨닫게 될 것이다. 사랑과 간섭을 혼동하지 말자.

4. 멋진 애인 역할만 좋아하는 남자

이런 남자들은 시나리오에 따라 움직일 뿐이다. 상대가 누구든 상관없다. 그저 낭만적인 연인의 모습을 보여 주는 것이 좋아서 금방 결혼이라도 할 듯 온갖 멋있고 달콤한 행동과 말을 아끼지 않는다. 하지만 정말로 결혼을 할 생각은 눈곱만큼도 없다. 일단 여러분의 마음을 사로잡았다 싶으면 게임 오버! 여러분과 계속 사귀는 것이 지겹거나 혹은 더 깊은 관계로 이어지는 것이 두려워서 새로운 희생자를 찾아 떠난다.

5. 마마보이

감정적으로, 경제적으로 자신을 돌봐 줄 여자를 찾아다니는 마마보이. 이런 남자들은 남녀 관계를 성숙의 과정으로 보지 않고 엄마처럼 먹여 주고, 입혀 주고, 청소해 줄 여자를 찾는 과정으로 본다. 돈 한 푼 없이 밥값도 내주기를 바라고 빚도 갚아 주기를 바라는 남자는 주의해야 한다.

남자를 유혹하기 위해
새 자동차 냄새가 나는 향수를 뿌렸어요.
리타 러드너(미국의 여자 코미디언)

6 최고의 애인을 만드는 6단계 전략

꿈에 그리는 그 남자가 느닷없이 여러분의 집을 찾아오거나 광고처럼 지붕을 뚫고 침대 위로 뚝 떨어지는 일은 절대 없다. 사랑은 피자가 아니다. 집으로 배달되지 않는다. 그러니 방구석에 처박혀 있지 말고 연애 시장으로 뛰어들어야 한다. 꿈에 그리는 남자를 만날 확률을 높이기 위해서는 집 밖으로 나가서 괜찮은 남자들을 많이 만나고 더 많은 남자들에게 여러분을 보여 주어야 한다. 연애는 양으로 승부하는 게임이다. 남자를 많이 만날수록 특별한 남자를 찾아낼 가능성이 높아진다. 그러니 얼른 일어나 밖으로 나가자.

남자 만들기 1단계
적당한 때와 장소 찾기

이쯤에서 자신의 속마음을 한번 들여다보자. 우리는 앞에서 미래의 남편이 어떤 사람이기를 바라는지 생각해 보았다. 또, 친구와 친척들은 노아의 방주를 타는 동물들처럼 척척 짝짓기도 잘하는데 자신은 어째서 여태 싱글인지 어느 정도의 실마리도 찾아냈을 것이다. 그렇다면 이제는 여러분의 반쪽을 찾아 나설 때다. 그렇다고 해서 꿈에 그리는 남자의 목을 잡아 끌고 오겠다는 무시무시한 사냥꾼 같은 마음으로 나서지 말고 '나는 꿈에 그리는 남자를 끌어들이는 자석이다.' 라는 마음가짐으로 임해 보자. 세상 다른 일도 그렇지만 남자를 찾는 일도 전략을 잘 세워야 좋은 결과를 얻을 수 있다. 인생의 반쪽을 찾는 것은 단숨에 끝나는 일이 아니다. 수많은 과정이 필요한 일이다. 그러면 지금부터 여러분이 꿈꾸는 '남자를 차지하기 위한 전략' 을 단계별로 살펴보도록 하자.

뻔한 말이지만 집에 가만히 앉아 있다고 해서 꿈에 그리는 남자가 찾아와 초인종을 누르지는 않는다. 탑에 갇혀 있던 라푼첼을 왕자님이 찾아와 구해주는 일은 동화에나 나오는 이야기이다. 현실에서는 절대 있을 수 없는 일이다. 즉, 꿈에 그리는 반쪽을 찾기 위한 제1단계는 집을 나서는 것이다. 우선은 질보다 양이다. 성공은 마법이 아니라 확률에 달렸다. 옛말에도 있듯이 바다에 가야 고기를 낚을 수 있고, 방망이를 휘둘러야 안타를 칠 수 있고, 물에 뛰어들어야 수영을 할 수 있다. 꿈에 그리는 그 남자가 느닷없이 여러분의 집을 찾아오거나 광고처럼 지붕을 뚫고 침대 위로 뚝 떨어지는 일은 절대 없다. 사랑은 피자가 아니다. 집으로 배달되지 않는다.

그러니 방구석에 처박혀 있지 말고 연애 시장으로 뛰어들어야 한다. 꿈에 그리는 남자를 만날 확률을 높이기 위해서는 집 밖으로 나가서 괜찮은 남자들을 많이 만나고 더 많은 남자들에게 여러분을 보여주어야 한다. 연애는 양으로 승부하는 게임이다. 남자를 많이 만날수록 특별한 남자를 찾아낼 가능성이 높아진다. 그러니 얼른 일어나 밖으로 나가자. 만약 '그런데 어디로 가야 되지?'라는 생각이 들면 다음을 참조하기 바란다.

적당한 때와 장소__1장을 통해 꿈에 그리는 남자의 조건에 대해 대충 생각해 보았으니 이제는 그런 조건을 갖춘 남자가 어디에 있을까를 생각해 볼 차례다. 그런 장소를 나는 '목표물이 풍성한 환경'이라고 부른다. 다른 말로 하자면 여러분이 만나고자 하는 부류의 남자들이 우글거리는 장소다. 호랑이를 잡으려면 호랑이 굴로 가야 하는 법. 은행원인 남자를 만나고 싶어 하면서 건설 현장 주위를 맴돌아서는 안 된다. 대재벌의 후계자나 사교계 명사는 아니더라도 여러분과 가족을 부양할 수 있는 성공한 남자는 얼마든지 만날 수 있다. 적당한 때와 장소를 찾기만 하면 된다.

　　자주 가던 곳을 벗어나라＿자주 가던 곳에서 벗어나 활동 영역을 넓혀라. 여자들이 데이트나 연애를 많이 못하는 이유는 늘 가던 곳만 가기 때문이다. 늘 가던 곳에 가면 마음도 편안하고 여유도 생기지만 낯선 곳에 가면 불안하거나 두려워진다. 하지만 지금과 달라지기 위해서는 지금 가는 곳이 아닌 새로운 곳에 가서 새로운 사람들을 만나야 한다. 그렇다고 해서 안전을 무시하라는 말은 아니다. 안전은 중요하다. 다만 시야를 넓히라는 것뿐이다.

　　물론 늘 가던 곳에 발길을 끊으라는 말도 아니다. 늘 가던 곳도 가되 행동 반경을 조금 넓혀 보자. 늘 가던 곳과는 다른 종류의 장소에 가 보자. 같은 장소에만 간다면(예를 들어 술집이나 서점) 같은 부류의 사람들만 만나기 마련이다. 다양한 종류의 장소를 찾아다니면서 선택의 범위를 넓혀 보자. 토요일에는 개를 데리고 공원에 산책을 가고 일요일에는 헬스클럽에 가자. 교회나 다른 종교 모임에도 가보자. 하루는 볼링을 치러 가고 다른 날은 와인 시음회에 가보자. 인터넷 동호회에 가입해서 정기 모임에도 나가보자. 이렇게 다양한 곳을 찾아다니면 새로운 부류의 남자들을 볼 수 있고 또 그 남자들에게 여러분을 보여줄 수도 있다.

　　남자들이 있는 곳으로 가라고 해서 여러분의 즐거운 시간을 희생하면서까지 남자들을 찾아다니라는 말은 아니다. 여러분도 즐거울 수 있는 곳으로 가야 한다. 꿈에 그리는 남자를 만날 수 없더라도 여러분이 즐겁게 지낼 수 있는 곳으로 가라. 스포츠를 싫어한다면 야구장에 가서는 안 된다. 문학에 취미가 없다면 시 낭독회는 피하자. 여러분이 정말로 좋아하는 것을 할 수 있는 곳에 가면 공통 관심사를 가진 남자를 만날 수 있다.

불편한 곳에 가서도 안 된다. 자신의 모습을 속이는 것은 남녀 관계를 시작하는 데 결코 좋은 방법이 아니기 때문이다. 오로지 남자를 만나기 위해 관심도 없는 것을 좋아하는 척하기보다는 자신이 정말로 무엇을 좋아하는지 찾아내서 그 일을 즐겨라. 무엇에 관심이 있는지, 무엇을 중요하게 여기는지 생각한 다음 관심사에 맞는 활동을 하자. 요리 강습이나 도자기 강습을 들을 수도 있고, 정치 활동이나 어린이 행사에 자원 봉사자로, 연극이나 스포츠 동호회 등에 들 수도 있다. 이런 활동을 하면 최소한 여러분의 취미를 함께 좋아하는 사람들을 만날 수 있다. 직장이나 주거 지역 내의 동호회도 '목표물이 풍성한 환경'이 될 수 있다. 남동생이나 오빠, 남자 동료, 이성 친구들이 여가 시간에 무엇을 하는지 생각해 보자. 그 일에 관심이 있다면 여러분도 그 일을 하면 된다.

한 가지 덧붙이자면, 좋아하는 일을 열심히 하는 사람은 매력적으로 보이는 법이다. 여러분이 좋아하는 일을 열정적으로 하면 남자들은 여러분을 분명 멋지다고 생각할 것이다.

어떤 일이든 간에 그것을 열정적이고 신나게 즐기는 여자처럼 매력적인 여자는 없다.

남자 만들기 2단계
남녀 친구 활용하기

다양한 곳을 찾아가는 것뿐만 아니라 어울리는 사람들도 다양해야 한다. 언제나 여자 친구 여섯 명하고 함께 다녔다면 그 틀에서 벗어나자. 물론 여러 명이 함께 다니면 안심이 되고 안전하겠지만 농구 팀과 단체 미팅을 할 게 아니라면 너무 많은 친구들과 함께 다니는 것은 도움이 안 된다.

남자는 친구들과 우르르 몰려다니는 여자한테는 쉽게 접근하지 않는다. 네다섯 명이나 되는 여자 앞에서 퇴짜 맞는 것을 좋아할 남자는 없다. 그리고 여러 명의 친구들과 함께 다니면 친구들한테만 정신이 팔려 주위의 다른 사람을 살필 여유도 없다. 친구들과 어울리는 것은 물론 좋은 일이고 즐거운 일이다. 하지만 친구들뿐만 아니라 연애 사업을 위해서도 시간을 할애하자. 함께 다니는 친구의 수도 한두 명(이 정도가 남자의 접근을 유도하는 데 딱 맞는 숫자다)으로 줄이자.

한두 친구라도 같은 친구와 계속 어울리지 말고 다양한 친구들과 어울리자. 어울리는 친구가 달라지면 여러분의 모습도 달라지기 마련이다. 말을 많이 하게 만드는 친구가 있는가 하면, 대담하고 적극적으로 나서게 만들어서 댄스 플로어로 뛰어나가거나 괜찮은 남자한테 먼저 다가가도록 부추기는 친구도 있다. 늘 결혼한 친구들 혹은 이성 친구들하고만 어울려 다니면 이미 결혼을 했거나 남자의 접근을 원치 않는 것으로 볼 수 있다. 그런 인상을 풍기는 것은 남자를 만나는 데 아주 치명적이다.

물론 이성 친구와 어울리는 것이 무조건 나쁘다는 뜻은 아니다. 내가 아는 한 여성은 단짝인 이성 친구를 일종의 '미끼'로 활용한다. 괜찮은 남자가 눈에 띄어 이성 친구한테 그 사실을 알려 주면 그 이성 친구는 몇 분 안에 그 남자를 이 여성한테 소개시켜 준다. 그리고 귀찮게 하는 남자가 있으면 이성 친구가 쫓아 버리기도 한다. 이런 사람이야말로 진정한 친구가 아닌가 싶다.

남자 만들기 3단계
준비된 대화로 접근하기

어디로 갈 것인지, 그리고 누구와 함께 갈 것인지 정했다면 여러분이 선택한 장소에서 남자를 찾아 어떻게 행동할 것인가에 대한 전략을 짜야 한다. 준비가 철저하면 괜찮은 남자를 만났을 때 당황하거나 말을 더듬는 실수를 피할 수 있다. 자신의 어떤 모습을 보여 줄지 혹은 어떤 말로 대화를 시작할지 미리 생각해 두면 자신감 있고 당당하게 행동할 수 있다. 새로운 사람을 만나고 대화를 하는 데 대한 두려움도 줄일 수 있다. 나는 비행 기술을 배우면서 비행을 할 때 제일 위험한 순간이 이륙할 때와 착륙할 때라는 것을 배웠다. 고도 3천 미터나 1만 2천 미터 상공에서는 큰일이 일어나는 경우가 드문데 지상에 근접해 있을 때는 문제가 발생할 가능성이 아주 높다. 그래서 지상과 가까울 때는 추락을 대비하는 데만 온 신경을 집중해야 한다고 배웠다. 이때 사전 준비보다 더 중요한 것은 없다. 미팅이나 소개팅을 할 때도 마찬가지이다. 미리 계획만 잘 세우면 당황하지 않고 생각대로 행동할 수 있다. 그래서 준비를 철저히 하라는 것이다.

처음 만나는 남자와 대화를 잘 이끌어 가기 위해서는 다음과 같은 원칙들이 필요하다.

상대를 파악한다 __ 앞으로 만나게 될 사람이 무엇에 관심이 있는지 미리 파악해야 한다. 그래야 상대방이 무슨 말을 하는지 몰라서 어리둥절한 채 멍하니 있는 일을 피할 수 있다. 그와 함께 야구장에 갈 예정이라면 야구에 대한 기본 상식과 최신 정보를 수집한다. 그렇다고 해서 야구광이 되라는 말은 아니다. 그날 경기를 하는 팀의 투수가 누구인지 성적은 어떤지 정도는 알아야 한다는 말이다. 지난해 챔피언이 누구인지도 알아 두면 더 좋지 않을까. 관련된 정보는 신문이나 인터넷에서 얼마든지 구할 수 있다.

하지만 싫어하는 것을 억지로 좋아하는 척하라거나, 그때그때 좋아하는 것을 갈아치우라는 말은 아니다. 축구나 야구, 농구가 너무도 싫은데 오로지 남자를 만나기 위해 억지로 좋아할 필요는 없다(그리고 좋아하는 척해서도 안 된다. 관심이 없는데도 억지로 좋아하는 척하면 결국은 들키기 마련이다). 그렇다고 해도 목표로 하는 남자가 좋아할 만한 것들에 대해 미리 알아 두는 건 중요한 일이다. (남자들은 골인과 홈런이 다르다는 것을 모르는 여자를 귀엽다고 생각한다. 복잡한 외국 요리에 대해 잘 모르는 남자를 여자들이 귀엽다고 생각하는 것처럼 말이다.) 그들이 좋아하는 것을 조금만 알아도 대화를 시작하고 질문을 할 수 있다. 이 정도는 억지로 좋아하는 척 거짓말을 하는 것이 아니다. 대화를 시작하거나 함께 어울리기 위한 준비 작업일 뿐이다. 이것이 제일 힘든 부분인데, 이런 사전 준비만 잘한다면 그다음은 걱정할 것이 없다.

대화를 시작할 질문을 준비한다 __ 새로운 사람을 만났을 때 가장 어려운 일은 대화를 이어 가는 것이다. 그 때문에 미리 약간의 숙제를 하고 다섯 가지에서 열 가지 정도의 질문을 준비해야 한다. 사람들은 관심의 대상이 되기를 좋아한다. 누구나 스타가 되고 싶어 한다. 여러분이 쉴 새 없이 자기 이야기만 하면 상대가 지루해할 뿐만 아니라 여러분이 좋은 인상을 심어 주려고 지나치게 애쓴다는 인상을 주기 쉽다. 그보다는 남자가 기분 좋아할 만큼 그에 대해 질문해 보자. 그러면 그는 기분이 좋아지고 여러분에 대해서도 호감을 갖게 될 것이다.

> 대화에서 자신이 이야기하는 것은 25퍼센트면 족하다. 나머지 75퍼센트는 상대의 이야기를 듣는 것이다.

위의 말은 정말 중요한 핵심이다. 그냥 질문을 던지고 남자가 대답을 하건 말건 가만히 있다가 다시 다음 질문으로 넘어가는 식은 안 된다. 그것은 설문 조사 요원들이나 하는 짓이다. 남자의 대답에 귀를 기울이고, 그 대답과 관련된 질문을 다시 던지면서 그 사람에 대해 더 자세히 알고 싶어 한다는 모습을 보여야 한다. 다섯 가지에서 열 가지 정도 질문을 미리 준비해 두면 부담을 느끼거나 당황한 상태에서 무슨 질문을 해야 할지 고민할 필요가 없어진다.

대화가 자연스럽게 흘러가기를 바란다면 준비가 필요하다. 바버라 월터스, 오프라 윈프리 같은 유명 방송인들은 다양한 분야의 사람들과 인터뷰를 하기에 앞서 미리 준비를 한다. 조금만 준비하면 계획을 세워 두었기 때문에 걱정을 덜 수 있다. 화술책을 읽었거나 화술 강연을 들었다면 내가 무슨 이야기를 하는지 이해할 것이다. 대화할 내용 전체를 달달 외울 필요는 없지만 자신을 소개할 말 정도는 외워야 한다. 상대의 이야기에 적절한 반응을 보이고, 그 이야기에 대한 질문을 하면서 그때그때 상황에 맞는 행동을 하는 것도 좋으나, 일단 대화를 시작할 적절한 말을 생각해 두어야 이 모든 것을 시작할 수 있다. 대화를 시작할 준비가 끝났다면 한 걸음 앞선 셈이다. 다음은 처음 만나 10분 안에 할 수 있는 질문들이다.

> ⌐ 지금 하는 일의 어떤 점이 가장 마음에 드세요?
> ⌐ 지금 하는 일은 정말로 좋아서 하는 건가요?
>   아니면 그냥 돈을 위해 한다고 생각하세요?
> ⌐ 좋아하는 책이 뭐예요?
> ⌐ 여가 시간에는 뭘 하세요?
> ⌐ 힘든 하루를 보내고 나면 제일 먼저 하고 싶은 일이 뭐죠?
> ⌐ 가족 중에 누구와 제일 친해요?
> ⌐ 지금까지 갔던 중에 제일 기억에 남는 공연은 누구의 공연이에요?
>   (혹은 제일 처음 갔던 공연은 뭐예요?)
> ⌐ 제일 좋아하는 영화는 뭐죠?
> ⌐ 애완동물을 기르세요?
> ⌐ 제일 기억에 남고 즐거웠던 휴가는 언제인가요?
>   (산이 더 좋아요 아니면 바다가 더 좋아요?)

스타성을 길러라＿여기서 말하는 스타성이란 혼자서 관심을 독차지하는 것이 아니라 주위 사람들이 스타라고 느끼게 만드는 능력을 뜻한다. 질문을 하고 대답에 귀를 기울이기만 해도 상대는 특별한 사람이 되었다고 느끼며 여러분과 함께한 순간을 좋은 기억으로 간직할 것이다.

다음은 미국 상원의원의 보좌관이었던 한 여성의 이야기이다. 이 여성이 프로젝트를 맡아 열심히 일을 하던 중에 주 정부에서 만찬회가 열렸는데 상원의원이 참석할 수 없게 되어 이 여성이 대신 참석하게 되었다. 엄청난 기회를 잡은 그녀를 위해 친구들은 보석을 빌려 주었다. 이 여성은 드레스도 새로 사고 머리도 새로 했다. 그리고 제일 먼저 만찬회에 도착해서 제일 늦게 떠났다. 그다음 날 동료들이 몰려와 만찬회에 대해 질문을 퍼부었다. "한쪽 옆에는 유명한 외교관이 앉았어. 그분은 지난 20년간 각국의 지도자들과 가깝게 지냈다면서 재미있는 이야기를 많이 들려주었어. 그리고 다른 쪽 옆에도 어떤 남자가 앉았는데, 그 사람한테는 너희들에 대한 이야기를 해주었어." 이 말에 동료들이 물었다. "그래서 그 외교관이 제일 마음에 들었어?" 그러자 여성 보좌관이 대답했다. "아니, 그 사람 말고 다른 쪽에 앉아 있던 남자가 더 마음에 들었어. 그 남자하고 이야기를 하고 났더니 내가 마치 이야기를 아주 재미있게 잘하는 사람이 된 듯한 기분이 들었거든. 그 남자는 나에 대해 이것저것 질문을 했어. 내가 무슨 일을 하는지, 우리 부모가 내 일에 대해 어떻게 생각하는지 그리고 어디서 자랐는지에 대해서도 물어봤어. 그 사람하고 이야기하니까 마치 내가 대단한 사람이라도 된 것 같은 기분이 들었어."

이 이야기에서 하고자 하는 말이 무엇인지 짐작하겠는가? 스타가 되고 싶다면 남을 먼저 배려해야 한다. 모든 사람이 자신의 이야기를 할 때 여러분은 상대방의 이야기를 들어주자. 그러면 모든 사람들의 주목을 받을 수 있다.

　예상되는 질문에 대답할 말을 미리 생각해 두자 — 새로운 사람을 만나면 흔히 "어떤 일을 하세요?"라거나 "어디 출신이세요?"와 같은 질문을 하게 되어 있다. 이렇게 쉽게 예상되는 질문에 미리 답을 생각해 두면 질문을 받고 당황하는 일을 피할 수 있다. 그리고 답은 긍정적이고 즐거운 분위기를 유지할 수 있는 것으로 준비하자. 만약 "아, 내가 하는 일은 정말 지겨워요. 싫어서 미칠 지경이에요."라고 대답한다면 여러분은 불평불만이 많고 부정적인 사람으로 보일 것이다. 그래서 사람들이 여러분을 불쌍하게 여길지는 몰라도 가까이 하지는 않을 것이다. 하지만 희망적이고, 긍정적이고, 자부심과 열정을 보여 줄 수 있는 대답을 하면 사람들은 여러분한테 끌리고 다가올 것이다.

　예를 들어 지금 여러분은 비서 일을 하는데 그 일이 너무너무 싫다. 하지만 "저는 은행에서 비서로 근무하는데 같이 일하는 사람들이 참 좋아요."라고 얼마든지 긍정적으로 대답할 수 있다. 만약 하는 일도 재미있냐는 질문을 받는다면 "일이 재미있는지 어쩐지는 잘 모르겠지만 같이 일하는 사람들만큼은 정말 최고예요."라고 대답할 수 있다. 그러니까 거짓말을 할 필요는 없다. 긍정적인 부분에 대해서만 말하면 된다. 그리고 자신이 하는 일을 좋아한다면 왜 좋아하는지를 말한다. 어디 출신이냐는 질문을 받았을 때는 옛날 일은 기억하기도 싫다는 듯 표정 짓지 말고 고향이 지루한 시골이라도 그곳에서 어떻게 자랐는지를 이야기하자. 그리고 어린 시절이나 고향에 대한 재미있는 일화도 한두 가지 준비하자.

　예상되는 질문에 대한 답을 미리 준비하려면 남들이 자신에 대해 꼭 알아야 한다고 생각되는 것 네다섯 가지 정도를 생각해 보아야 한다. 직업도 괜찮고, 취미, 종교, 정치관, 독특한 취향도 괜찮다. 누군가가 여러분에게 관심을 가질 때 이런 것들이 그의 관심을 더욱 부추기고 끌어당기는 자석 같은 역할을 하게 된다. 상황에 따라 여러분한테서 멀어지게 만들 수도 있지만, 어쨌든 초반에 상대가 여러분한테 맞는 남자인지 아닌지 알 수 있게 해주니 도움이 되는 것은 확실하다.

언제든 이야기할 수 있는 소재를 준비하라__언제 누구한테든 이야기할 수 있는 소재를 서너 가지 정도 준비하자. 그런 다음 그 소재에 대해 소상히 파악해서 자신 있고 편하게 이야기할 수 있도록 한다. 이런 이야깃거리를 준비해 두면 무슨 이야기를 할지 생각이 나지 않거나 대화가 중단되었을 때 요긴하게 활용할 수 있다. 자주 가는 휴가 장소나 자신의 취미, 자신이 하는 일의 흥미로운 요소 등이 모두 좋은 이야기 소재가 될 수 있다. 특히 최근의 시사 문제는 최고의 이야기 소재가 될 수 있으니 세상이나 자신이 사는 지역의 돌아가는 상황에 관심을 갖는 자세가 필요하다.

외출하기 전에 신문을 읽거나 인터넷 뉴스 사이트에 접속해 그날의 주요 뉴스를 살펴보자. 아니면 텔레비전 뉴스 프로그램을 틀어 외출 준비를 하면서 귀로 뉴스를 듣는 것도 한 방법이다. 언론과 사람들이 부동산 거품에 대해 떠든다면 그 소식에 대해 알고 있는 것이 좋다. 선거철이라면 역시 자기가 사는 지역에 누가 후보로 나오는지, 어느 후보가 인기가 있는지 정도는 알아 두자. 세상 돌아가는 상황에 관심을 갖자. 그러면 최신 뉴스에 해박한 지적이고 똑똑한 사람으로 보일 뿐만 아니라 쉽게 대화를 시작할 수 있는 소재도 얻을 수 있다. 누구나 최신 뉴스에 대해 어느 정도는 알고 있으니 즉시 대화가 이어진다.

이처럼 뉴스가 대화거리가 될 수는 있지만 그것에 대해 자신의 주장을 고집하거나 토론을 시작할 필요는 없다. 그냥 "부동산 시장이 그 정도로 과열된 게 믿어지세요?"라는 식으로 일반적인 이야기를 하면 된다. 그때 상대가 부동산 뉴스에 대해 들었다면 자신의 생각이나 주장을 이야기할 것이고, 뉴스를 듣지 못했다면 여러분을 자신에게 최신 소식을 알려 준 지적인 사람이라고 생각할 것이다.

물론 이런 이야기를 마친 후에는 상대 남자에 대한 사적인 질문으로 돌아가는 것이 좋다. 그런 질문이 상대 남자가 제일 좋아하는 질문일 테니까 말이다.

남자 만들기 4단계
호감 주는 연기하기

사람들을 끌어들이는 데 여러분이 하는 말이 차지하는 비중은 일부분에 지나지 않는다. 그 나머지는 행동과 태도가 차지한다. 데이트를 비롯해 남자의 마음을 사로잡는 일에 성공하기 위해서는 자신감 넘치는 모습이 필요하다. 자신감을 가지려면 자기와의 대화(생각이나 스스로에게 하는 말), 옷, 몸짓, 시선 교환, 호흡, 서 있는 위치 등에 주의해야 한다. 건강하고 건설적인 자기와의 대화에 대해서는 2장에서 살펴보았으니 여기서는 그 외에 비언어적인 행동과 태도에 대해 살펴보도록 하자.

스타일__남자는 눈으로 받아들이는 시각 정보를 통해 사랑에 빠진다. 따라서 최고의 모습을 보여 주는 것이 중요하다. 다시 말해서 여러분한테 어울리지 않는 것은 몸에 걸치지도 말고 행동으로 옮기지도 말라는 뜻이다. 예를 들어, 섹시해 보이고 싶어도 숨도 제대로 쉴 수 없을 만큼 딱 달라붙는 드레스는 입어서는 안 된다. 그 드레스를 입어서 콜라병처럼 완벽한 S라인을 자랑할 수 있더라도 숨도 제대로 못 쉬어 불편해하는 것이 드러나면 보는 상대도 불편할 수밖에 없다. 양모 스웨터 때문에 벼룩 있는 개처럼 온몸을 긁어 대야 한다거나 높은 하이힐 때문에 막 걸음마를 배우는 아기처럼 뒤뚱거리고 걸어야 한다면 옆에 있는 남자에게 관심을 집중할 수 없어서 자칫 잘못하면 편안한 셔츠 차림의 여자한테 남자를 빼앗길지 모른다!

몸짓 _ 여러분에 대한 첫인상의 90퍼센트는 상대의 눈을 통해 결정된다. 그러니 아무리 말재주가 좋다 해도 행동을 통해 여러분이 불안해한다는 것이 드러나면 상대는 그런 사실을 간파할 것이다. 대화를 할 때는 머리카락을 만지작거리거나, 앞뒤로 몸을 흔들거나 불안해 보이는 버릇을 조심해야 한다. 상대한테 너무 가까이 혹은 너무 멀리 떨어져 서 있지 말고, 서로 편안한 거리를 유지하는 것이 좋다. 상대와 너무 멀리 떨어져 있으면 쌀쌀맞고 자신이 없어 보일 수 있다. 내 말이 우습게 들릴지 모르지만 상대와 적당한 거리를 두는 요령도 연습해야 한다. 거울 앞에서도 해보고 친구들 앞에서도 해보자. 그래서 적당한 거리를 찾아냈다면 실전에서 활용해 보자. 아마 뭔가 달라진 것을 느낄 수 있을 것이다.

상대에게 보여 주고 싶은 모습과 부합하는 몸짓, 즉 차분하고 침착한 모습 등이 드러나는 행동이 자연스럽게 나오도록 노력해야 한다.

위치 _ 친구의 집이든, 술집이든 여러분이 있는 위치는 여러분에게 접근해도 되는지 안 되는지에 대해 많은 것을 알려 주는 정보 역할을 한다. 서부 영화의 총잡이처럼 구석진 벽에 기대앉아 인상을 쓰고 사람들을 노려보아서는 좋은 이미지를 주기 힘들다. 다음은 사람들의 접근을 막는 좋지 않은 위치들이다.

- 구석 자리에 처박혀 있다.
- 사람들을 등진 채 서 있다.
- 사람들 눈을 피해 칸막이 자리에 있다.
- 모두들 서 있는 모임에서 혼자 의자에 앉아 있다.
- 팔짱을 끼고 시선은 아래를 향한 채 있다.

다음은 금세 사람들의 관심을 끌 수 있는 위치다.

- 사람들이 분주히 돌아다니는 장소의 한가운데.
- 바 좌석.
- 사람들을 향해 서서 대화 상대를 찾는 듯 주위를 둘러본다.
- 돌아다니면서 사람들한테 자신을 보여 준다.
- 편안한 자세로 어깨를 부드럽게 하고 양팔은 옆으로 늘어뜨린다.

물론 끊임없이 자세와 위치를 신경 쓸 필요는 없다. 그러면 주위 사람들한테 신경을 쓰기가 힘들어지니까 말이다. 자신을 잊고 자연스럽게 행동하려면 주변 환경에 관심을 기울이면 된다. 주위에 있는 사람들을 둘러보자. 그리고 그들의 대화에 귀를 기울이고 즐겨 보자.

교감 능력 __ 대화에 빠져들기 위해서는 상대와 눈을 맞추면서 이야기에 집중하는 것 이상으로 좋은 방법이 없다. 여자가 눈을 똑바로

데이트할 때 이런 행동은 NO!!

미국의 데이트 주선 업체에서 남성과 여성이 상대의 어떤 점을 불쾌하게 여기는지 알아보았다. 1천4백여 명의 독신남녀가 응답한 내용은 다음과 같다.

- 46퍼센트가 상대가 식사 도중에 휴대전화로 통화하는 행동이 가장 '밥맛' 이라고 응답했다.
- 41퍼센트는 데이트 상대가 식당 종업원한테 무례하게 구는 것이 가장 '밥맛' 이라고 응답했다.
- 남성의 26퍼센트와 여성의 37퍼센트는 데이트 상대가 자신에 대해서만 이야기하는 것을 도저히 견딜 수 없다고 응답했다.
- 30퍼센트의 남녀 응답자는 첫 데이트에서 과거의 연인이나 배우자에 대해 이야기하는 상대와는 절대로 다시 만나고 싶지 않다고 응답했다.
- 45퍼센트의 남성 응답자가 몸무게나 최신 다이어트 비법에 대해 이야기하는 것이 싫다고 답했고, 56퍼센트의 여성 응답자가 자신보다 여종업원한테 관심을 보이는 것이 불쾌하다고 답했다.
- 남성 응답자의 71퍼센트는 데이트 상대가 불쾌한 행동을 해도 다시 만날 용의가 있다고 답한 반면, 여성 응답자는 42퍼센트만이 데이트 상대가 불쾌한 행동을 해도 다시 만날 용의가 있다고 답했다.

쳐다보고, 남들보다 약간 오래 악수를 하고 강조해야 할 부분을 이야기할 때는 팔을 슬쩍 만지거나, 대화 중간에 자신의 이름을 불러 주면 남자들은 꼼짝 못한다. 이런 식으로 대화를 하면 남자를 기분 좋게 만들 수 있고 여러분을 좀 더 확실히 기억하게 만들 수 있다.

일반적으로 사람은 마음에 드는 사람의 말을 믿고 자신을 좋아하는 것처럼 보이는 사람을 마음에 들어 한다. 우리는 누구나 상대의 마음에 들고 싶어 한다. 증인이 법정에 서기 싫어서 화를 내거나 입을 꾹 다물고 있으면 배심원은 그런 태도를 자신에 대한 거부감으로 받아들여서 그 증인에게 벽을 쌓고 냉정하게 군다. 증인이 자신을 싫어한다고 생각하기 때문에 그들 역시 증인을 싫어하게 되고 그로 인해 증인이 하는 말을 믿지 않게 된다. 여러분의 경우도 이와 같다. 여러분은 지금 남자와 대화를 하고 있다. 이 남자가 여러분이 자신에게 호감을 갖고 자신의 말을 귀담아 들어준다고 느끼면, 그는 그에 대한 보답으로 여러분에게 더 많은 호감을 갖고 여러분을 마음에 들어 할 것이다.

'상대 흉내 내기'도 상대와 교감하고 호감을 얻을 수 있는 한 방법이다. 이야기 상대의 대화 수단을 잘 살펴서 그의 행동이나 자세, 목소리 높이 등을 따라하면 즉각적인 교감을 형성할 수 있다. 만약 남자가 쌀쌀맞게 군다면 여러분도 똑같이 쌀쌀맞게 굴어라. 그러면 무의식적으로 상대가 여러분한테 관심을 갖게 된다. 사람은 자신과 비슷하게 행동하는 사람을 보면 자신을 이해하고 자신에게 호감을 갖고 있는 것으로 여기게 된다. 남자가 말하는 것을 잘 듣고 말과 행동을 흉내 내보자. 남자가 쓰는 단어도 그대로 따라해 보자.

목소리와 말하는 속도에도 신경을 써야 한다. 긴장하면 목소리가 쉬거나 높낮이가 단조로워지기 쉬우므로, 분명하고 맑은 목소리를 내도록 주의를 기울이고, 관심이나 실망, 즐거움 등 목소리에 자신의 감정을 솔직히 표현하자. 그러면 상대 남자는 여러분에 대해 점점 더 많이 알고 싶어지게 될 것이다. 감정을 솔직하고 풍부하게 표현하면 상대는 여러분과 가까워졌다는 생각에 형식적인 대화가 아닌 좀 더 친밀하고 가까운 대화를 원하게 된다. 서로 교감이 형성된 것이다.

남자 만들기 5단계
애 타게 만들기

신중히 계획을 세우고 조심스럽게 실천한 결과 가능성 있는 남자를 만났다. 두세 번 데이트도 했고 그 남자가 여러분한테 호감이 있다는 것도 확인했다. 그러면 확실한 사랑 게임 전략을 본격적으로 적용할 때다. 뚜렷한 목적을 가지고 신중하게 임해야 원하는 반응을 좀 더 많이 끌어낼 수 있다.

　　우선 커뮤니케이션에 대해 이야기해 보자. 여러분은 여자 친구들과 거의 정기적으로, 아마 하루에도 한 번에서 두세 번씩은 연락을 주고받을 것이다(그렇게 자주 연락을 하는데도 무슨 할 말이 그리 많은지 나로서는 도무지 이해가 안 가지만 말이다). 하지만 남자들은 그렇지 않다. 예를 들어, 나는 언젠가 약혼한 지 얼마 안 되는 동성 친구와 이야기를 하다가 멀리 사는 그의 친구와 가족이 약혼 소식을 들으면 놀라지 않겠냐고 물었다. 그랬더니 그 친구는 "내가 연애를 하는지도 모르는 사람이 많았으니 아마 그럴 거야."라고 대답했다. 다소 극단적인 예인지는 몰라도 남자들한테 이 정도는 별로 놀랄 일이 아니다. 다시 한 번 말하지만 커뮤니케이션은 남자들이 즐기는 일이 아니다. 따라서 지나치게 자주 커뮤니케이션을 시도하면 남자는 부담을 느끼고 뒷걸음질치게 된다. 특히 요즘처럼 의사소통 방법이 다양하게 발달한 시대에 남자들에게 커뮤니케이션은 더 큰 부담으로 작용할 수 있다. 우선 전화부터 시작해 보자.

전화__ 남자의 회사 전화나 휴대 전화로 하루에 몇 번씩 혹은 전화하기에 적당하지 않은 때에 전화해서는 그냥 인사나 하려고 또는 뭐 하는지 궁금해서 전화했다고 하면 남자는 단순히 여러분이 자신을 그리워해서 전화했다고 받아들이지 않는다. 남자는 여러분을 텔레마케터쯤으로 여기게 되고 데이트하고 남자한테 전화하는 것 말고는 할 일이 없는 사람으로 생각한다. 그래서 남자는 전화벨이 울릴 때마다 발신자 번호를 확인하고 만약 여러분의 번호가 뜨면 자동 응답기를 작동시킨 다음 여러분의 메시지를 삭제해 버릴 것이다.

그러니 만나기 시작하고 처음 한 달 정도는 먼저 연락하는 것의 절반 정도는 남자한테 맡기도록 하자. 그렇게 해야 남자를 숨 막히게 만들어서 부담감을 주는 것도 피할 수 있고 그가 여러분한테 얼마나 관심이 있는지(혹은 관심이 없는지)도 확인할 수 있다. 남자한테 전화를 자꾸 하고 싶으면 다이어트를 할 때 먹고 싶은 욕구를 참는 것처럼 전화하고 싶은 욕구가 사라질 때까지 30분 정도 다른 일에 몰두해 보자. 남자 대신 친구한테 전화를 하거나, 달리기를 하거나(그렇다고 해서 남자 집이나 직장으로 달려가지는 말고), 손톱에 매니큐어를 발라서 아예 전화를 걸 수 없도록 하는 방법도 있다.

남자에게 전화를 걸 때 가장 안 좋은 것은 중요한 고객과 회의를 하거나 교회에 있을 때와 같이 적절하지 않은 때에 전화를 하는 것이다. 그런 때 전화벨이 울리면 남자는 당황하게 되고 자신을 당황하게 만든 여러분에 대해 좋지 않은 인상을 갖게 될 것이다. 그런 경우를 대비해 서로 어색하지 않게 전화를 끊을 수 있는 전략이 필요하다. 그럴 때는 여러분이 먼저 전화를 끊겠다는 뜻을 알리는 것이 좋다. 적당하지 않은 때 전화를 걸었다 싶으면 "참, 나 지금 어디 가야 할 곳이 있어요. 그럼 이야기는 나중에 시간 있을 때 해요."라고 말해 보자.

　이메일, 메신저, 문자 __ 이메일이나 메신저, 휴대 전화 문자 메시지는 상대한테 매달리고 안달한다는 느낌을 주지 않으면서 연락을 계속할 수 있는 좋은 방법이다. 가끔 컴퓨터로 한두 줄 연락을 보내거나 휴대 전화 문자를 보내는 것은 좋다. 하지만 농담으로 내용을 채우거나 하루에 다섯 번 이상 보내지는 말자. "당신 생각을 하지 않고 5분을 넘긴 적이 없어요!"라는 말은 여러분한테는 달콤하게 들릴지 몰라도 남자한테는 절대 그렇지 않다. 남자는 그런 문자나 이메일을 받으면 여러분이 스토커는 아닌지 집이나 회사 주위를 수시로 살필 것이다. 그리고 인터넷에 접속했다가도 여러분의 메신저 연락이 올까 봐 금세 꺼버릴 것이다. 또한 남자가 문자를 보내거나 이메일을 보낸다고 해서 즉시 답장을 보내지도 마라. 남자로 하여금 여러분이 무엇을 하느라 답을 보내지 않는지 궁금해하도록 만들자. 장담하건대 기다리는 시간이 길어질수록 답장을 받았을 때 더 즐거워할 것이다.

이제 여러분은 남자와 제대로 된 데이트를 하는 단계에 접어들었다. 그렇다면 이제부터는 본격적인 게임을 시작해야 한다. 이런 것을 가리켜 '밀고 당기기'라고 부르는 사람들도 있다.

초반의 관심 끌기에 성공하고 데이트를 하고는 있지만 아직도 여러분은 신비로운 존재로 남아 있어야 한다. 남자가 얼마나 열정적으로 사랑을 호소하든, 그리고 여러분도 똑같이 열정적으로 사랑한다는 사실을 보여 주고 싶든 말든 상관없이 아직까지는 경계를 늦춰서는 안 되며 마음을 모두 다 보여 주어서도 안 된다. 상대한테 지나치게 열중하는 모습을 보이지 말라는 뜻이다. 그리고 남자가 연락할 때마다 시간 있다고 말하지 말라는 뜻이기도 하다(빨래밖에 할 일이 없다고 하더라도 말이다). 토요일 오후 5시에 남자가 갑자기 전화해서 그날 저녁에 만나자고 했을 때도 그 자리에서 '오케이'라고 해서도 안 된다. 여러분이 항상 만나자고 할 때마다 기꺼이 만나 주고, 늘 먼저 남자한테 전화하고 이메일을 보내면 남자는 여러분에 대한 신비감을 잃어버릴 것이다.

그리고 여러분을 차지하는 데 들이는 재미도 잃어버릴 것이다. 여러분을 만나는 것이 쉬워지면 남자는 여러분에 대한 흥미를 잃게 된다. 저속하게 들릴지 모르지만 남자는 한 번 잡은 물고기한테는 먹이를 주지 않는다. 이미 여러분의 마음을 차지했으니 더 이상 관심을 쏟을 이유가 없는 것이다. 그런 불상사를 막으려면 손에 잡힐 듯하면서도 잡히지 않도록 적당한 거리를 유지해야 한다. 남자가 자신을 만만하게 생각할까 봐 걱정하는 여성들이 많은데, 적당한 거리를 유지하고 신비감만 유지한다면 그런 걱정은 하지 않아도 된다.

남자는 힘들여서 얻은 것을 소중히 여기는 경향이 있다. 데이트를 할 때도 마찬가지이다. 남자는 아무 노력 없이 얻은 여자는 소중하게 여기지 않는다. 그래서 관심도 두지 않던 여자한테 다른 남자들이 관심을 보이면 갑자기 그 여자를 차지하려고 덤벼드는 것이다.

여러분에 대해 기대감과 신비감을 갖게 만들면 남자는 애가 탄다. 감질나게 만들어야 한다. 소설을 읽을 때 결말을 미리 읽어 버리면 더 이상 읽고 싶은 생각이 들지 않는 법이다. 여러분은 결말까지 계속해서 읽고 싶은 책이 되어야 한다. 남자로 하여금 여러분에 대해 더 많이 더 깊이 알고 싶게 만들어야 한다. 여러분을 차지하기 위해 많은 시간과 노력을 들이면 들일수록 남자는 여러분을 소중하게 여기고 여러분을 차지하고 싶어서 더욱 더 안달하게 될 것이다.

내가 아는 한 남자는 배심원단에 선발되었다가 한 여자를 만났다. 사실 그 여자한테 썩 끌리지는 않았지만 데이트 신청을 했다. 그러자 여자가 다이어리를 꺼내들었고 그때부터 두 사람은 첫 만남의 날짜를 정하느라 한참 끙끙거려야 했다. 여자가 하도 약속과 할 일이 많아서 데이트 약속은 2주일 후로 겨우 잡았다. 쉽게 만날 수 있는 여자가 아니라는 사실을 알고 나자 남자는 그 여자에 대한 관심이 갑자기 부쩍 커졌다. 여러분도 남자를 기다리게 만들자. 만나자고 할 때마다 만나 주는 여자는 남자가 금세 싫증을 낸다. 하지만 쉽게 만나 주지 않는 여자(그리고 혹시 다른 남자를 만나는 것은 아닐까, 하는 불안감을 조성하는 여자)는 남자의 경쟁심을 부추기게 되어 있다.

이런 심리는 섹스에서도 마찬가지이다. 만나자마자 잠자리를 함께 하는 여자는 신비감도 호기심도 불러일으키지 않는다. 물론 사람이나 커플마다 다르겠지만 너무 빨리 한꺼번에 모든 것을 보여 주기보다는 언제 어디서 어떻게 해야 모든 것을 알 수 있는지 남자로 하여금 궁금 해하도록 만드는 편이 여러분한테 훨씬 유리하다. 기다림은 남자로 하여금 여러분을 더욱 더 간절히 원하게 만들 것이다. 남자들은 여자가 빨리 자신과 사랑에 빠질 것이라고 예상하기 쉽다. 그럴수록 여러분은 천천히 다가가야 한다. 단거리 육상 선수처럼 눈 깜짝 할 사이에 남자 품에 뛰어들고 싶은 마음이 아무리 간절하더라도 말이다.

'사랑'이라는 단어도 한동안은 입에 올려서는 안 된다. 섣불리 '사랑'이라는 단어를 사용하면 남자는 자신도 그 말을 해야 하거나 두 사람이 함께하는 미래를 설계해야 한다는 부담감을 느껴서 뒤로 물러 나게 된다. 남자가 아무리 여러분을 좋아하더라도 여러분이 너무 빨리 한꺼번에 모든 것을 보여 주고 안달하듯 매달리면 남자는 일이 너무 빨리 진행된다는 생각이 들면서 여러분한테서 벗어나고 싶어 한다. 게임을 즐기되 여러분의 카드를 모두 다 보여 주지는 말자.

첫 번째 데이트에서
해야 할 것과 하지 말아야 할 것

해야 할 것

- 말을 잘해야 할 뿐만 아니라 상대의 말을 잘 들을 줄도 알아야 한다. 남자에게 질문을 한 다음에는 그의 대답에 귀를 기울여라. 그리고 상대가 여러분에게 질문을 할 여유를 주었다가 그다음에 다시 여러분의 이야기를 하라.

- 만나서 인사를 할 때는 미소를 짓고 남자가 농담을 할 때는 웃어라. 그러면 남자는 여러분이 즐거운 시간을 보내고 있다는 생각에 안심하게 될 것이다.

- 눈을 맞추자. 상대의 눈을 적절히 쳐다보면 매력 있는 여성으로 보일 가능성이 높아진다.

- 대화가 중단될 때는 미리 준비해 둔 질문을 이용하라. 그러면 어색한 침묵도 깰 수 있고 남자는 자기가 하는 말에 여러분이 관심을 가지고 있다고 생각한다.

- 안전에 주의하라. 상대 남자에 대해 좀 더 확실히 알기 전까지는 공공 장소에서 만나자.

하지 말아야 할 것

- 술에 취하지 마라. 제대로 된 생각을 하기가 힘들고 엉뚱한 판단을 내리기 쉽다.

- 차림새에 무신경해서는 안 된다. 상대가 꿈에 그리던 이상형이 아니라고 해도 무조건 마음에 들지 않으리라는 법은 없다. 그리고 만약 상대 남자가 마음에 들었을 때 '좀 더 예쁘게 꾸미고 나올 걸.' 이라는 후회가 들어서는 곤란하다.

- 사적인 이야기를 너무 많이 하지 말자. 대화는 긍정적인 분위기로 가벼운 수준을 유지한다.

- 과거의 애인이나 전남편에 대해서 많이 이야기하지 마라. 그랬다가는 상대는 여러분이 아직도 과거의 남자를 잊지 못하고 있다고 생각하기 쉽다.

- 약속 시간에 늦지 마라. 짜증이 난 남자와 데이트를 시작하는 것은 즐겁지 않은 일이다.

젤리빈(과자의 일종) 먹는 모습 하나만 봐도
그 사람에 대해 많은 걸 알 수 있다.
로널드 레이건

7 남자의 사람됨을 판단하라

여러분이 정말로 알고자 하는 것이 무엇인지를 질문에 드러내서는 안 된다. 그래야 여러분이 정말로 알고자 하는 것을 알아낼 수 있고, 그의 속마음을 알 수 있는 확실한 행동을 하게만들 수 있다. 미묘한 점에 주의를 기울이고, 간단한 추리를 하고, 반복되는 패턴을 살펴야한다. 그런데 이런 것들이 좋은 예측 자료가 되기는 하지만 100퍼센트 완벽하다고 할 수는없기 때문에 목소리의 높낮이, 음색, 몸짓, 행동 등 확보할 수 있는 다른 정보들도 모두 활용해야 한다. 여러분의 본능을 믿자. 여자는 뭔가에 정말로 집중하면 그 대상에 대한 안목이 대단히 높아진다. 그러므로 남자에게 관심을 기울일 때는 자기 생각과 판단에 귀를 기울여라.

여자의 본능적인 안목으로
남자를 보자

단도직입적으로 말하겠다. 데이트 상대와 함께 앉아서 텔레비전 리얼리티 쇼 출연자들 중 누구한테 표를 줄 것인가에 대해 이야기할 때 여러분이 정말로 알고 싶은 것은 남자가 프로그램 출연자들을 어떻게 생각하느냐가 아니다. 여러분이 정말로 알고 싶은 것은 "내가 이 남자를 정말로 좋아하나? 그리고 이 남자는 나와 결혼할 생각이 있을까?"일 것이다. 내 말이 틀린가? 그 남자가 아무리 재미있고, 잘생기고, 친절하고, 편하다고 해도 그의 입에서 "나는 결혼 같은 건 생각 안 하고 있습니다. 지금도 그렇고 10년 후에도 마찬가지일 겁니다."라는 말이 나온다면 여러분은 절대 그 남자와 낭만적인 관계를 만들어 가기 위해 많은 시간과 노력과 열정을 쏟지 않을 것이다.

지금 여러분이 관심을 가지고 있는 남자한테 "잡담은 그만해요. 당신이 어느 팀을 좋아하는지 비 오는 날 무슨 생각을 하는지는 관심 없어요. 내가 알고 싶은 건 당신이 나하고 결혼할 생각이 있는지 없는지예요."라고 직접적으로 묻지 않고도 그가 좋은 남편감인지 아닌지를 알아내려면 어떻게 해야 하나? 지금부터 여러분이 정말로 알고 싶은 것을 알아낼 수 있는 가장 빠르고 또 가장 좋은 방법을 알려 주고자 한다. 이 장에서는 현실적이고 알찬 대화를 통해 남자와의 관계가 어디까지 발전할지 그리고 어디로 가고 있는지 정확히 알아낼 수 있는 정보 수집 방법에 대해 살펴보도록 하자.

나는 남자가 결혼, 자녀, 가치관, 여러분을 존중하는 마음 등 정말로 중요한 문제들을 어떻게 생각하는지 알아낼 수 있는 일련의 질문들을 개발해 냈다. "자주 가는 웹사이트가 어디예요?" "어떤 음악을 좋아하세요?" "가지고 있는 차는 뭐예요?"와 같이 피상적인 질문과 내가 개발한 질문들의 차이는 후자가 보다 짧은 시간에 다음의 두 가지 중요한 임무를 완수할 수 있다는 것이다. 첫째, 여러분 앞에 앉아 있는 남자가 장기적인 관계로 발전할 가능성이 있는 남자인지 아니면 곧 물러설 남자인지를 확인할 수 있는 대답과 행동을 끌어낼 수 있다. 그리고 둘째, 남자에게 중대한 결격 사유가 있는지, 여러분을 존중하고 좋은 아버지가 될 수 있는지에 대한 대화와 관찰을 가능하게 한다.

> 쉬운 일은 아니겠지만 내가 하는 일 중에서 여러분이 비교적 쉽게 배울 수 있는 것이 상대가 입으로 말하지 않은 속마음을 파악해 내는 것이다. 그러기 위해서는 상대가 하는 행동 또는 하지 않는 행동을 관찰해서 그것이 상대가 하는 말과 일치하는지 혹은 말과는 다른 행동을 하지는 않는지 알아내야 한다.

여러분의 호기심을 충족하고 남자가 정직하다는 판단이 섰다면 자신은 과연 이 남자에 대해 어떻게 생각하는지, '내 남자의 조건'에 어느 정도 부합하는지 그리고 시선이 마주칠 때마다 느껴지는 설레임에 어떤 의미를 두어야 하는지를 확실한 정보에 근거해서 판단할 수 있다. 즉 시간과 노력을 기울여서 이 남자와의 관계를 계속 발전시켜 나갈 것인지 아니면 이 남자를 과거 속에 묻어야 하는지를 결정할 수 있다.

정확히 무엇을 알아내야 하는지에 대해 말하기 전에 몇 가지 주의해야 할 점이 있다. 우선 여러분이 정말로 알고자 하는 것이 무엇인지를 질문에 드러내서는 안 된다. 그래야 여러분이 정말로 알고자 하는 것을 알아낼 수 있고, 그의 속마음을 알 수 있는 확실한 행동을 하게 만들 수 있다. 또한, 내가 알려 주는 질문들과 경고들이 사소해 보인다고 해서 무시하지 말자. 미묘한 점에 주의를 기울이고, 간단한 추리를 하고, 반복되는 패턴을 살펴야 한다. 그런데 이런 것들이 좋은 예측 자료가 되기는 하지만 100퍼센트 완벽하다고 할 수는 없기 때문에 목소리의 높낮이, 음색, 몸짓, 행동 등 확보할 수 있는 다른 정보들도 모두 활용해야 한다. 여러분의 본능을 믿자. 여자는 뭔가에 정말로 집중하면 그 대상에 대한 안목이 대단히 높아진다. 그러므로 남자에게 관심을 기울일 때는 자기 생각과 판단에 귀를 기울여라.

재판정에서 피고를 몰아세우듯 상대를 몰아세우지 않으면서도 필요한 정보를 얻을 수 있는 질문법에 대해서는 뒤에서 살펴볼 예정이다. 그 전에 여러분이 관심을 갖는 중요한 분야에 대해 하나씩 살펴보자.

내가 만난 이 남자,
나와 결혼은 할까?

남자를 앞에 앉혀 놓고 "당신이 원하는 게 정확히 뭐예요?"라고 물었다가는 기겁을 하고 도망칠 것이다. 그래서 어쩔 수 없이 간접적이고 에두른 질문을 통해 남자를 공황 상태로 몰아넣지 않으면서 그가 결혼에 대해 어떻게 생각하는가를 파악하게 된다. 남자의 가치관을 더 정확히, 그리고 더 빨리 알아내서 쓸데없이 시간 낭비, 힘 낭비를 하고 싶지 않다면 다음의 지침을 참고해서 요령 껏 질문하는 것이 좋다.

남자의 사회생활__친구와 사회생활에 대해 이야기하도록 유도하는 것은 문제될 것이 없다. 남자는 재미없다고 생각하는 활동은 안할 것이다. 남자에게 "지난 주말에는 뭘 했어요?"라거나 "여가 시간에는 주로 뭘 해요?"라고 물어본 다음 그 대답에 귀를 기울이자. 남자가 대답을 하면서 '우리'라는 말을 자주 쓰는지 안 쓰는지, 살펴볼 필요가 있다(여기서 '우리'란 그 남자와 그 남자의 친구들을 뜻한다). 만약 남자가 취미 등의 활동에 대해 이야기할 때 '나'라는 단어를 거의 사용하지 않는다면 그것은 이 남자가 특정한 집단이나 단체와 강하게 결속하고 있다는 뜻이기 쉽다. "롭과 함께 경기를 보러 갔어요. 그다음에는 친구 두 명하고 낚시를 갔죠."라고 대답하는 남자와 "우리는 시내로 나갔는데 가려던 술집을 못 찾았어요. 그래서 결국 여기저기 돌아다니면서 술을 마신 다음에 우리는 다시 토니 네 집으로 돌아가서 끝장을 봤죠."라고 말하는 남자는 머릿속 구조가 완전히 다르다. 후자는 아직 철이 덜 들었다. 함께 몰려다니는 친구들을 통해 자신의 가치를 평가하며, 결혼이나 진지한 관계를 추구할 준비가 되지 않은 사람일 가능성이 높다. 그렇게 무리 지어 다니는 남자는 고등학교나 대학교 때 많이 보았을 것이다. 사소한 문제 같지만 분명 무시해 버릴 수만은 없는 점이다.

'우리'라는 단어를 자주 사용하는 남자는 결혼이나 진지한 관계로 이어질 가능성이 높지 않다. 그런 남자에게는 여자가 필요 없다. 왜냐하면 그는 함께 어울리는 무리가 자신을 받아 주는 것으로 자신을 평가하기 때문이다. 함께 어울리는 무리가 그가 원하는 것을 주기 때문에 여러분이 해줄 수 있는 것은 없다. 간단한 이치다. 그는 이미 누군가에게 속해 있다. 또 충분한 소속감을 누리고 있으며 친구들을 통해 감정적인 욕구도 이미 해결했다. 친구 무리를 자신과 동일시하기 때문에 여러분을 자신의 현재 상태를 와해시키려는 일종의 위협으로 받아들일 가능성도 있다. '우리'라는 단어를 자주 사용하는 남자는 친구들에게 크게 영향을 받는다. 그러므로 자신의 삶을 여러분 한 사람한테만 바칠 남자를 찾고 있다면 이런 남자를 만났을 때 머리에서 비상벨이 울려야 한다.

같은 이치로 남자가 인생의 다음 단계로 넘어갈 준비가 되어 있는지도 파악할 수 있다. 같은 친구들과 하도 오래 어울려서 슬슬 싫증이

나기 시작하는 남자도 있다. 친구들이 이해해 주고 인정해 주는 것도 더 이상 즐겁지 않다. 이런 남자들은 '우리'라는 단어를 자주 쓰지도 않고 친구들과의 유대감을 대단한 듯 이야기하지도 않기 때문에 쉽게 알아볼 수 있다. 이들은 지쳤다거나, 사는 게 지겹다, 외롭다, 옆구리가 시리다고 느끼기 시작한다. 그리고 슬슬 정착하고 싶어 한다. 특히 같은 무리의 친구들이 결혼하고 약혼을 하면서 하나 둘씩 떨어져 나가면 그런 심정은 더 강해진다. '우리'라는 단어를 즐겨 쓰는 남자가 점점 더 친구들 무리 속으로 빠져드는 과정에 있다면, '나'라는 단어를 즐겨 쓰는 남자는 달이 차면 기울 듯 친구들과 어울리는 재미에 싫증을 느끼면서 무리에서 빠져나오려는 과정에 있다고 보면 된다. 만약 이 남자가 여러분한테 딱 맞는 남자라면 지금이야말로 최적의 시기다. 앞에서 말했듯이 남자는 한 번에 한 가지밖에 못하는 속성을 가지고 있기 때문에 타이밍이 모든 것을 좌우한다.

남자의 과거 __ '과거는 미래를 예측할 수 있는 최고의 척도이다.' 비슷한 상황의 과거는 남자의 미래 행동을 점치는 데 그 어떤 심리 테스트보다 정확한 자료가 될 수 있다. 남자가 여러분과 진지한 관계를 맺을 수 있는 사람인지 아닌지는 그가 살아오면서 맺은 헌신적인 관계들을 살펴보면 짐작이 가능하다. 따라서 여러분은 남자가 어떤 대상에 헌신했거나 진지한 관계를 맺었던 과거를 알아내야 한다. 남자에게 다음과 같은 질문을 해보자.

⌣ 지금 있는 직장에는 얼마나 오래 있었어요?
⌣ 지금 하는 일은 시작한 지 얼마나 됐어요?

- 애완동물 길러요?
- 지금 사는 집에서 얼마나 오래 살았어요?
- 지금 모는 차는 산 지 얼마나 됐죠?
- 단짝 친구와 서로 알고 지낸 지는 얼마나 됐어요?
- 예전에 진지하게 사귀었던 여자가 있어요? 얼마나 사귀었나요?
- 그 사람과는 어쩌다 헤어지게 됐어요?
- 보험은 들고 있어요?

한 가지 기억할 것은 지금 여러분은 범인 심문을 하는 것이 아니라는 점이다. 남자가 숨 돌릴 틈도 주지 않고 질문을 퍼부어서는 안 된다. 대화 중간에 자연스럽게 위의 질문을 하나씩 끼워 넣고 남자의 대답에 귀를 기울이자. 만약 남자가 이 회사, 저 회사를 전전했고, 지금껏 직업을 3번 이상 바꿨고, 식물을 못 가꾸는 것은 물론이고 애완동물도 오래 기르지 못하고 걸핏하면 이사를 다닌다면, 내가 굳이 이 남자가 영원한 동반자를 찾는 건 아닌 것 같다고 말할 필요도 없을 것이다. 설령 이 남자가 평생을 함께할 동반자를 찾고 있다고 하더라도 장기적인 관계를 맺는 데 딱 맞는 상대는 아닐 가능성이 높다. 물론 사람이 변할 수도 있지만, 이 정도 질문에 대한 정보라면 한 여자한테 헌신할 가능성이 있는지를 판단하는 데 든든한 근거가 되어 줄 것이다.

이처럼 관련 있는 과거를 보면 미래의 행동을 예측할 수 있다. 물론 아무 근거 없이 여러분 마음대로 남자의 과거를 분석하고 해석하고 정당화할 수도 있다. 하지만 남자가 내년에 어떻게 행동할지 알고 싶다면 작년에 어떻게 행동했는가를 알아내는 것이 가장 좋은 방법이다.

남자가 중요하게 여기는 사람들 __ 남자에게 부모나 그 밖의 존경하는 어른, 형제, 단짝 친구 등 그가 중요하게 여기는 사람들에 대해 물어보자. 이런 질문은 형제나 친구에 대한 이야기가 나왔을 때 "그분은 뭘 하세요? 결혼하셨어요?"와 같이 가볍게 물어보면 된다. 이런 정보가 중요한 것은 그런 주위 사람들이 남자의 사고방식에 영향을 미치기 때문이다. 그런 사람들은 남자의 역할 모델이 되기 때문에 진지한 남녀 관계에 대한 남자의 가치관과 사고방식에 영향을 미칠 가능성이 높다. 사람은 살면서 보고들은 것에 크게 영향을 받기 때문에 남자의 주위 사람들이 헌신적이고 진지한 관계를 맺는 데 익숙한가를 확인하는 것이 좋다.

부모가 행복한 결혼 생활을 누렸다면 남자는 결혼에 대해 좋은 인상을 가지고 있을 가능성이 높다. 만약 남자의 부모가 시도 때도 없이 싸우다가 이혼했다면 그것은 좋은 징조가 아니다. 왜냐하면 남자가 결혼은 불행한 것이고 영원히 지속되지 않는 것이라는 생각을 가지고 있을 가능성이 높기 때문이다. 그리고 남자의 단짝 친구들이 결혼했는지 아니면 독신인지도 확인해야 한다. 남자가 자주 어울리는 사람들이 결혼을 중요하게 여긴다면 그들은 대놓고 부담을 주지는 않더라도 남자에게 결혼하라고 권할 가능성이 높다. 그것은 여러분에게 좋은 징조이다.

사랑이 넘치는 자상한
아버지가 될 수 있을까?

단순한 결혼 상대자가 아니라 함께 아이를 낳고 가족을 이룰 상대를 찾는다면 그와 관련해서 몇 가지 정보가 더 필요하다. 여러분한테 이미 자녀가 있다면 현재 만나고 있는 남자가 그 아이들한테 좋은 아버지가 될 수 있는지 알고 싶을 것이다. 혹 여러분은 아이를 가질 생각이 없는데 그는 아빠가 되고 싶은 마음이 굴뚝같을 수도 있다. 아이 문제에 대해 너무 일찍 물으면 겁을 먹고 도망치는 남자도 있다. 하지만 다음과 같은 점에 주의하면 몇 달씩 데이트하는 데 시간과 노력을 들이지 않고도 몇 주 안에 꼭 필요한 정보를 알아낼 수 있다.

남자의 가족 _ 남자의 가족이 어떤 생활을 했는지 그리고 부모와의 관계, 특히 아버지와의 관계가 어떤지 알아야 한다. 남자는 자신의 아버지를 가장의 역할 모델이라고 생각하기 마련이다.

남자에게 어떤 가정에서 자랐는지 물어보자. 그는 자신의 부모에 대해 얼마나 자주 말하는가? 가족을 얼마나 자주 만나는가? 이런 것을 알면 남자가 가족을 얼마나 중요하게 여기는지, 가정적인 남자가 될 가능성이 있는지 없는지 알 수 있다. 그리고 가족에게 위기가 닥쳤을 때 어떤 역할을 수행했는지도 알아야 한다. 아버지가 심장마비로 쓰러졌을 때 회사를 비우고 아버지 곁으로 달려갔나? 어머니가 심한 스트레스를 겪을 때 하던 일을 멈추고 어머니의 이야기에 귀를 기울였나? 그는 가족에게 일어난 일을 최우선으로 여기는가 아니면 귀찮게 여기고 화를 냈었나?

대화를 이어 가면서 남자에게 "아버지는 어떤 분이세요?"라거나 "어렸을 때 아버지하고 뭘 하고 놀았어요?"와 같은 질문을 한 다음 남자가 아버지에 대해 어떻게 이야기하는지 잘 살펴보자. 그리고 아래와 같은 정보를 찾아내자.

- 그는 자신의 아버지가 부모 역할을 즐겁게 여겼다고 생각하는가? 그의 아버지는 부모의 책임을 진지하게 수행했나? 이 정보를 통해 남자가 부모가 되고 싶어 하는지 그리고 아버지의 역할을 긍정적이고 행복한 일이라고 생각하는지 아닌지를 짐작할 수 있다.

- 남자의 아버지는 아이들이 하는 일을 자랑스러워하고 아이들이 필요로 할 때 곁에 있어 주었나? 그랬다면 이 남자 역시 아이들이 필요로 할 때 곁에 있어 줄 것이다. 아이들의 시합이나 발표회 때 참석할 것이고, 아이들의 숙제를 도와주어야 할 때나 공 던지기를 할 때도 함께할 것이다.

- 남자의 아버지가 폭력적이었나? 가부장적이었나? 비판적이었나? 체벌을 가했나? 이 질문의 답에 따라 남자가 아이를 어떤 식으로 훈육할 것인지를 짐작할 수 있다.

⌐ 남자의 아버지는 두려움의 대상이었나? 존경의 대상이었나? 둘 다 인가? 둘 다 아닌가? 남자는 자식들한테서 존경받고 싶어 한다. 그리고 자식들이 자신의 말을 잘 듣기를 바란다. 자신의 말을 들으라고 아이들을 겁줄까 아니면 아이들이 존경할 만한 사람이 되어서 말을 듣게 할까?

⌐ 전반적으로 남자의 아버지는 부모 노릇을 하는 데 좋은 역할 모델인가? 남자가 자기 아버지의 양육 방식을 어떻게 판단하느냐에 따라 아버지를 자신의 역할 모델로 삼을지 말지가 결정된다.

남자가 자신의 아버지를 어떻게 생각하느냐는 부모가 되고자 하는 욕구와 부모로서의 능력에 크게 영향을 미치기 때문에 반드시 알아내야 할 정보이다.

> 자기 아버지를 닮고 싶어 하지 않는 남자는 자기 아버지와는 정반대의 새로운 아버지상을 만들게 된다. 그런데 자기가 겪어 보지 않은 아버지의 모습을 만들어 간다는 것은 대단한 노력이 필요한 과정이다. 때문에 닮고 싶은 아버지 밑에서 자란 남자보다 아버지가 되는 데 훨씬 큰 어려움을 겪게 된다.

남자는 여러분과 가족을 이뤘을 때 자신의 부모가 이루었던 것과 흡사한 관계를 이루려고 할 것이다. 그러므로 그의 부모가 서로 어떻게 지냈는가를 알아야 한다. 그의 부모가 의견 차이를 아이들 앞에서 해결했는지, 아이들의 눈을 피해서 해결했는지, 아니면 절대 해결하지 못했는지 알아야 한다. 우리는 자라면서 보고들은 것을 자연스럽고 당연한 것으로 받아들이기 마련이다. 자신이 보고들은 것을 잊고 새로운 행동을 받아들이기란 쉬운 일이 아니다. 남자가 조화롭고 평화로운 가정에서 자라지 않았다면 그가 하는 말 속에서 그런 가정을 꾸릴 의지와 능력이 있는가를 살펴야 한다.

남자의 반응 _ 가족들과 아이들이 떠들썩한 식당으로 남자를 데려가서 아이들한테 어떤 반응을 보이는지 살펴보자. 또는 자녀를 둔 친구들한테 남자를 소개시켜서 그가 어떤 반응을 보이는지 살펴보자. 남자가 아이들한테 무뚝뚝하게 굴고 짜증을 내는지, 아니면 아이들의 귀여운 모습에 좋아서 어쩔 줄 모르는지에 따라 그가 전반적으로 아이들을 좋아하는지 아닌지를 짐작할 수 있다.

그리고 남자가 애완동물을 어떻게 다루는지도 주의 깊게 살펴보자. 개나 고양이를 기르는 남자라면 책임감 있게 동물을 보살피는지 알아보자. 남자가 개 산책시키기를 꺼려하나? 만약 개 산책시키기를 좋아한다면 참을성 있게 개와 보조를 맞추는지 아니면 억지로 목줄을 잡아당겨 끌고 가는지 살펴보자.

양육에 대한 전반적인 생각 _ 다음의 질문들을 하거나 그에 대한 대답을 유도할 수 있는 이야기나 상황에 대해 대화를 나눠서 그가 어떤 부모가 되고 싶어 하는지 알아보자.

˘ 아이의 잘못된 행동에 대해 부모는 어떤 책임을 져야 할까(최근 일

어난 아이들 관련 사건을 예로 들면서 이 질문을 할 수도 있다)? 아이가 다른 아이들한테 못된 짓을 할 때 부모가 책임을 져야 할까? 이 질문을 통해 부모의 역할이 아이의 행동에 얼마나 중요한 영향을 미치는지에 대한 남자의 생각을 상당 부분 짐작할 수 있다.

˘ 못된 아이들한테 괴롭힘을 당해 본 적 있는가? 남자가 아이들 문제를 전반적으로 어떻게 다룰 것인가를 짐작할 수 있기 때문에 아주 중요한 질문이다.

˘ 나쁜 행실을 보이는 아이를 어떻게 대할 것인가? 엄한 사랑을 보여 줄 것인가 아니면 무조건 너그럽게 봐주고 응석을 받아 줄 것인가? 이 질문의 대답에 따라 남자가 사춘기에 이르기 전 아이들을 무조건 응석받이로 기를 것인지 아니면 회초리를 들고 엄하게 기를 것인지 아니면 그 중간일지를 짐작할 수 있다.

위의 질문에 '옳은' 답이나 '틀린' 답은 없다. 하지만 남자의 대답을 통해 그가 어떤 양육 방식을 선호하고 따를 것인가는 짐작할 수 있다. 다시 한 번 강조하지만, 여러분 앞에 있는 남자를 범인 대하듯 몰아세워서는 안 된다. 신경 써서 섬세하게 접근해도 얼마든지 많은 정보를 알아낼 수 있다.

항상 나를 존중하고
소중하게 대할까?

자녀에게는 좋은 아버지 노릇을 하면서도 아내는 궁지로 몰아넣고 괴롭히는 남자들이 있다. 그러므로 결혼식장으로 달려가기 전에 상대방이 여러분을 존중하고 소중하게 대할 것인지 아닌지를 미리 알아야 한다. 이 남자가 나를 존중할까? 내가 바라는 방식으로 나를 사랑해 줄까? 내가 하는 말을 귀담아 들어줄까? 독점욕이 강하고 질투가 심하고 열정적일까, 아니면 냉정하고 독립적일까? 다행히 지금까지의 관찰을 통해 여러분이 데이트하는 남자가 어떤 남편이 될 것인지 짐작해 볼 수 있다. 그러면 지금까지 알아낸 정보들을 분석해 보자.

가족 문제 ＿ 남자의 가족에 대해 이미 알아낸 정보들을 활용하자. 먼저 생각해 보아야 할 것은 남자의 아버지가 어머니를 어떻게 대했고 현재는 어떻게 대하고 있느냐이다. 앞에서 말했다시피 우리는 부모를 역할 모델로 삼아 미래의 행동을 배우게 된다. 만약 남자의 아버지가 남자의 어머니를 존중하고 자녀들한테 어머니를 존중하라고 가르쳤다면 남자 역시 그런 아버지의 태도를 따라하게 될 것이다. 만약 남자의 아버지가 아내를 무시하고 아내의 감정을 무시했다면 남자 역시 결혼해서 아버지와 똑같이 행동할 수도 있다.

일단 남자의 부모가 서로 사이가 좋은지 나쁜지에 관심을 기울이자.

˘ 부모가 갈등을 어떻게 해소했는가? 사람들은 여러 가지 방법으로 갈등을 해소한다. 전쟁을 치르듯 싸움해서 누가 옳고 그른지를 따질 때도 있고, 정면대결을 피하기 위해 아예 모든 문제와 갈등을 외면하기도 하며, 건설적인 방법으로 갈등을 해소하기도 한다. 남자와 결혼해서 갈등 해소 과정을 겪을 때 그의 부모가 남자에게 가장 주요한 역할 모델이 된다는 점을 잊지 말기 바란다.

˘ 남자의 부모는 서로 대화가 잘 이루어졌는가 아니면 걸핏하면 집에서 서로에서 소리를 질렀는가? 이 질문을 통해 남자가 성장하면서 어떤 의사소통 방식을 자주 접했는가를 알 수 있다. 부모가 걸핏하면 서로에게 소리를 질러 댔다면 남자 역시 소리를 질러서 의사소통을 하려고 들 것이다. 이것은 의사소통에 대한 교육이 부족하다는 뜻. 여러분이 잘 가르치면 나아질 수도 있다.

˘ 남자의 부모는 서로에게 힘이 되어 주었는가 아니면 서로를 깎아내렸는가? 부부나 연인도 서로 경쟁을 할 때가 있기 때문에 이런 질문도 필요하다. 남자가 자신의 자존심을 조금 꺾더라도 여러분을 지지해 줄 것인지 알아보자.

˘ 남자의 아버지는 아내를 자랑스럽게 여겼는가 아니면 비판하고 빈정댔는가? 다시 말하지만 남자는 여러분을 대할 때 그의 아버지가 어머니를 대하던 방식을 그대로 따라할 것이다.

서로에게 목소리를 높이지 않는 가정에서 자란 남자는 집에 불이 나거나 도둑이 들지 않는 이상은 목소리를 높이지 않는다. 반대로 서로 소리 지르는 것을 예사로 여기는 가정에서 자란 남자는 자기주장을 내세울 때 어린 시절에 보고들은 대로 소리부터 질러 댈 것이다. 위의 질문들을 통해 알아낸 정보들은 특히 주의를 기울이기 바란다.

대인 관계 기술 _ 이것은 남자가 여러분을 어떻게 대하는가에 관한 것이다. 그는 여러분이 이야기할 때 귀를 기울이는가? 걸핏하면 "나한테 그런 말 한 적 없잖아?"라는 말을 하는가? 그가 여러분의 느낌과 생각을 중요하게 여긴다고 생각하는가? 내가 아는 어느 독신 여성은 두 번째 데이트에서 슬픈 영화를 보면서 우는 자신을 보고 남자가 바보 같다며 웃자 더 이상 만나 볼 것도 없다면서 헤어졌다. 슬픈 영화를 보면서 우는 자신을 비웃는 남자를 본 순간 그녀는 남자가 자신의 의견을 중요하게 여기지 않으며 감정을 이해하거나 받아 주지도 못하리라는 것을 알아차렸다.

그는 여러분이 괴로워하거나 행복해할 때 여러분의 마음을 이해하려고 노력하는가? 여자가 행복해할 때 왜 그러는지 이해 못하는 남자들이 많다. 그러니 여러분이 슬퍼하거나 행복해할 때 남자가 공감하는지 아닌지 주의 깊게 살펴보아야 한다. 그는 여러분이 기뻐할 때뿐만 아니라 힘들어 할 때도 함께할까? 남자에 대한 호감을 키워 가는 중이라면 이런 질문에 정직하게 답하기가 힘들 수도 있다. 하지만 그럴수록 솔직하게 대답해야 한다.

남자가 여러분이 중요하게 생각하는 문제를 쉽게 잊어버리는지도 잘 살펴야 한다. 여러분이 같은 이야기를 몇 번씩 반복해야 한다면 그

것은 문제가 있다는 뜻이다. 남자 스스로에게 문제가 많아서 여러분의 문제에 집중하기 어려울 수도 있지만 그런 것은 남자가 노력하기만 하면 얼마든지 극복할 수 있다. 만약 남자가 전화해서 "참, 당신 지금 병원에 입원했다고 했지, 내가 깜빡 잊었네."라고 말한다면 그것은 그가 여러분을 중요하게 여기지 않는다는 신호다. 지금 여러분을 중요하게 여기지 않는다면 결혼한 후에도 중요하게 여길 리 없다. 반대로 만약 남자가 여러분이 좋아하는 아이스크림부터 정말로 가고 싶은 휴가 여행지까지, 속속들이 기억하고 있다면 그것은 그의 마음이 온통 여러분으로 가득 차 있다는 뜻이다.

남자가 여러분을 정말로 중요하게 여기는지 아닌지 확인할 수 있는 질문 몇 가지를 더 살펴보자.

- "굉장한 스카우트 제의가 들어왔는데 내가 살고 있는 곳에서 아주 많이 멀리 떨어진 곳이라면 당신은 어떻게 할 거예요?" 이 질문에 대한 남자의 반응을 보면 그가 여러분의 존재를 어떻게 생각하는지 그리고 여러분을 동등한 동반자로 보는지 아닌지를 확인할 수 있다.
- "당신 어머니께서 당신과 내가 가족 문제를 처리하는 방식을 불만스럽게 여긴다면 당신은 어떻게 대처할 거예요?" 남자가 누구의 생각을 더 중요하게 여기는지 살피자. 남자가 자신의 어머니를 존경하는 것은 좋지만 어머니를 무서워하는 것은 바람직하지 못하다.
- 상대방 남자가 여러분이 우울할 때 마음을 달래 주기 위해 "당신 오늘 정말 예쁜데."라거나 "요즘 살 빠졌어?"와 같은 '하얀 거짓말'을 하는가? 앞으로 여러분이 자신감을 잃었을 때 남자가 어떻게 위로해줄 것인가를 미리 알 수 있다.

여자들과의 관계 __ 남자 주위의 여자들을 살펴보자. 이성 친구, 직장의 여자 동료, 누나, 여동생 등과의 관계를 보면 그가 여자들과 편한 사이를 유지할 수 있는지 아닌지를 알 수 있다. 남자한테 누나나 여동생이 한 명 이상 있다면 그것은 그가 여자들과 어울리고 함께 문제를 해결해 낸 경험이 있다는 뜻이다. 남자는 한 집에서 여자와 함께 살면서 부모의 관심을 차지하기 위해 경쟁하는 법을 배웠을 것이다. 이는 여러분과의 관계를 유지하는 데 도움이 되면 되었지 해가 되지는 않는다.

그는 자신의 어머니를 어떻게 대하는가? 그가 자신의 어머니와 통화할 때 주의 깊게 관찰하자. 그는 어머니의 전화를 잘 받는 편인가 아니면 피하는 편인가? 어머니와는 얼마나 자주 통화하나? 사랑과 정이 듬뿍 담긴 목소리로 통화하는가, 아니면 냉랭한 목소리로 통화하는가? 남자가 어머니를 대하는 태도를 보면 그가 결혼 후에 여러분을 대하는 태도를 짐작할 수 있다.

남자에게 이성 친구는 있는가? 만약 이성 친구가 한 사람도 없다면 그것은 여자를 신뢰하지 않는다는 뜻일 수 있다. 그런 경우에 남자는 여러분을 두려워해서 결국은 도망치거나 여러분과 경쟁하려고 들 가능성이 높다. 만약 남자가 여자 동료들과 함께 일한다면 그가 그 동료들에 대해 어떻게 말하는지 그리고 그들과 잘 어울리는지를 살펴라. 남자가 여자 동료들을 팀의 다른 남자 동료들과 똑같이 대우하고 어울리는지, 아니면 무시하고 잘 어울리지 않는지를 살펴보자.

이 남자한테 심각한
문제가 있는 건 아닐까?

문제 있는 남자와 데이트하는 것은 다른 세상 사람들한테만 일어나는 일이 아니다. 여자가 듣기 좋아하는 말만 골라 하는 사기꾼은 여러분 생각보다 훨씬 더 많다. 자신이 원하는 것을 손에 넣는 그 순간까지 여자들이 좋아할 말만 하고, 좋아할 행동만 하는 남자한테 많은 여성들이 속고, 돈을 빼앗기고, 버림받는다. 아래에 나오는 질문들은 지금 여러분이 만나는 남자가 진실한 사람인지 아니면 석 달 안에 여자를 등쳐 먹는 사기꾼으로 돌변할 사람인지 알아내는 데 큰 도움이 될 것이다.

주변 사람들에 대한 태도＿ 남자가 주변 사람들과의 안 좋은 과거를 계속 마음에 품고 있는지 살펴보자. 그가 만약 가족이나 과거의 연인한테 부당한 취급을 당했다고 생각한다면 똑같이 앙갚음을 하려고 들 것이다. 남들 때문에 손해를 봤다고 생각하는 사람은 손해를 만회하기 위해 남한테 함부로 대해도 된다고 생각하기 쉽다. 심지어 돈이든 관심이든 인정이든, 자신이 원하는 것을 갖지 못하는 것이 세상 탓이라고 생각하면서 악착같이 보상받으려고 덤벼들기도 한다.

이렇게 자신에게 없는 것이나 손해 본 것을 보상받으려고 드는 남자는 문제를 일으킬 가능성이 거의 100퍼센트다. 이런 가능성은 남자가 친구들과 가족들을 어떻게 대하는가를 보면 알 수 있다. 그가 친구나 가족을 질투하는가? 그들에게서 돈을 빌리는가? 친구나 가족에게 원한을 품고 있는 것처럼 보이는가? 남들이나 세상 때문에 손해를 봤다고 생각하는 남자는 여러분한테 대신 보상을 요구할지도 모른다.

자기 파괴적인 습관 __ 남자가 술을 지나치게 많이 마시거나, 줄담배를 피우거나, 약물을 복용한다면 조심해야 한다. 그것은 책임 있는 행동을 할 수 없다는 신호다. 일반적으로 자기 파괴적인 습관이 있는 사람들은 파괴적인 행동의 대상이 자신에게 국한되지 않는다. 그런 남자는 여러분한테도 무책임하게 행동할 가능성이 높다. 무책임한 행동이라는 것이 거짓말이든, 속임수든, 도둑질이든, 폭력을 휘두르는 짓이든 간에, 파괴적인 행동에 대한 충동을 자제하지 못하는 사람은 피해야 한다. 굳이 문제 많은 남자의 보호자 역할을 자처하면서 사서 고생할 필요는 없다. 남자에게 다음과 같은 질문을 해보자.

"힘든 하루를 보내고 나면 기분을 풀 때 어떻게 하세요? 맛있는 것을 먹나요? 술을 마시나요? 운동을 하나요? 쇼핑을 하나요? 아니면 담배를 피우나요?" 스트레스 해소법이 건설적인지 자기 파괴적인지를 알 수 있다. 예를 들어 남자가 밤마다 아이스크림을 한 통씩 먹는다고 대답한다면 그것은 자제를 못하는 성격이라는 뜻.

> "자신에게 손해가 가거나 내 마음을 아프게 하는 한이 있어도 사실은 솔직하게 말해야 한다고 생각해요?" 어려워도 진실하고 자신의 가치관을 지키는 사람인지 아닌지 알 수 있다.

도덕성 _ 어떤 남자를 사귀든 남자의 도덕성을 확인할 기회가 오기 마련이다. 가족 모임에 갈 것인지 아니면 거짓말을 하고 불참할 것인지, 가게 점원한테 무례하게 굴 것인지 아니면 화를 참을 것인지를 선택하는 사소한 상황에서도 남자의 도덕성을 확인할 수 있다. 그런 경우에 남자가 일관된 행동을 하는지 살펴보자. 예를 들어, 남자가 자신이 원하는 대로 하기 위해 늘 진실을 왜곡하나? 아니면 여러분과의 관계에 손해가 가더라도 옳은 행동을 하려고 애를 쓰나? 그리고 자기 뜻대로 되지 않을 때는 어떻게 반응하는가? 당장 떠나겠다고 협박하거나, 험한 말을 쓰거나, 애원하고 칭얼거리는 등 공격적이거나 유치한 방법을 동원해서 자기 뜻을 고집하지는 않나?

남자가 도덕성이 의심스러워 보이는 행동을 시작한다면 앞으로도 계속 그런 행동을 할 것이라고 생각하는 것이 옳다. 성격상의 결함은 내버려 둔다고 해서 절대 저절로 좋아지지 않는다. 나빠지기만 할 뿐이다. 그러므로 더 이상 참고 견딜 수 없는 한계점을 분명히 정해 두는 것이 좋다. 그런 남자는 여러분과 사귀기 시작할 때는 두 사람의 관계가 가장 중요하기 때문에 조심하기 마련이다. 하지만 여러분과의 사이가 깊어지면서 서로 편해지면 미숙하고 자기 파괴적인 성격이 점차 나타나기 시작한다. 이때 심리 치료나 의식적이고 집중적인 노력이 없으면 그런 행동은 절대 사라지지 않는다.

내가 바라는 남자의
조건에 얼마나 맞을까?

우리는 1장에서 여러분이 필요로 하고 원하는 남자의 조건들을 생각해 보았다. 그때 우리는 성격, 사회성, 나와의 관계, 정신적인 면, 육체적인 조건 등 다섯 가지의 중요한 분야에 걸쳐 '완벽에 가까운,' '80퍼센트 완벽남'의 조건을 정리해 보았다.

　여러분이 원하는 남자의 조건을 정리해 본 데는 다 이유가 있다. 남자를 찾을 때 여러분이 원하는 조건이 있고, 여러분한테 꼭 필요한 조건이 있다는 사실을 인식해야 "내가 이것저것 가릴 때가 아닌데."라는 부정적인 태도에서 벗어날 수 있다. 그럼 이제는 남자가 여러분 앞에 있다는 상황에서 다시 여러분이 바라는 남자의 조건에 대해 생각해 보자. 지금 이 남자와 인생을 함께할 것인지 아닌지는 그와 함께 있으면 기분이 어떤지 그리고 그가 '내 남자의 조건'에 얼마나 부합하는지에 달렸다. 전반적으로 여러분은 이 남자가 이상적인 인생 동반자의 모습에는 가깝고 원치 않는 동반자의 모습과는 거리가 멀다는 느낌이 들기를 바랄 것이다. 그런 느낌과 생각을 얻기 위해서는 남자의 장점을 근거로 그를 평가해 보아야 한다. 그러니 지금부터 앞장에서 살펴보았던 다섯 가지 분야를 떠올리고, 80퍼센트의 법칙을 떠올리면서 남자를 좀 더 자세히 관찰해 보자.

여러분이 곁에 없을 때 남자의 모습 _ 다른 사람들이 남자를 보았을 때의 느낌이나 생각도 중요한 판단 근거가 된다. 그는 여러분이 곁에 있을 때는 최고의 모습만 보여 주려고 애쓰기 때문에 한 걸음 물러나서 보아야 사랑이라는 콩깍지에 눈이 가려 판단이 흐려지는 것을 피할 수 있다. 남자의 성격과 사회성에 대해 좀 더 자세히 알아보려면 그를 데리고 친구들 모임이나 가족 모임에 가면 된다. 그리고 한 걸음 물러나 그가 다른 사람들과 어울리는 모습을 살펴본다. 그곳에 모인 사람들은 여러분과 가까운 사람들이기 때문에 시간이 흐르면서 그들이 그 남자한테 호감을 느끼는지 아닌지는 여러분이 보면 알 수 있을 것이다. 그리고 모임이 끝난 후에는 그곳에 모인 사람들한테 남자가 마음에 드는지 아닌지를 물어보는 것도 잊지 말자.

남자의 이력서 _ 남자들은 자신이 여러분 주위에 있는 남자들 중에 가장 똑똑한 남자라고 장담할 것이다. 그 말이 사실이든 아니든 남자의 자격이나 능력을 확인할 수 있는 증거를 수집해야 한다.

학력을 확인한다. 고등학교 중퇴자는 아닌가? 남자가 졸업도 안 하고 고등학교를 중퇴했다면 그 이유를 알아보자. 경제적인 이유에서 인가? 책임을 지키기 위해서였는가 아니면 책임을 피하기 위해서였는가? 나쁜 친구들과 몰려다니고 비행을 일삼느라 학교를 중퇴했다면, 거기다 그런 사실을 전혀 후회하지 않는다면 철이 들었다는 객관적이고 확실한 증거가 없는 한 남자의 동기 의식과 자기 절제에 대해 이미 결론은 났다.

- 자기 일에서 얼마나 성공했는가? 그는 현재 하는 일을 얼마나 잘하고 있는가? 자기 일에 만족하는가 아니면 불만이 많은가? 자기 일에 한계를 느끼는가? 자기 일에 대한 생각과 미래에 대한 계획을 보면 남자의 가능성에 대해 상당 부분을 알 수 있다.

- 자신이 이루고자 하는 목표를 얼마나 이루고 있는가? 목표를 설정하고 그것을 얼마나 이루었는지를 보면 강한 사람인지 아닌지 알 수 있다. 이룰 수 없는 허황한 꿈만 꾼다면 늘 되지도 않는 일을 바라는 사람이다. 그런 사람은 언젠가 크게 '한탕' 한다는 터무니없는 생각만 하고 있다. 그래서 지금 현재 하는 일도 열심히 하지 않는다. 남자를 선택하려면 어떤 분야든 자신이 하는 일에 열심인 남자를 골라야 한다. 그런 사람은 여러분과의 관계에도 열심히 최선을 다하기 마련이다.

믿어지지 않겠지만 나는 정말 수많은 여성들로부터 "처음 그 남자를 만났을 때는 정말 똑똑한 사람인 줄 알았어요. 늘 옳은 말만 했거든요. 그런데 그렇게 어리석은 남자였다니 정말 믿어지지 않아요."라는 말을 들었다. 하지만 자신이 그런 처지라고 해도 자신을 탓할 필요는 없다. 사람은 누구나 믿고 싶은 대로 믿게 되어 있으니까. 자신이 사랑하는 남자가 세상에서 제일 훌륭한 남자라고 믿고 싶어 하지 않는 여자는 아마 없을 것이다. 사랑이라는 콩깍지가 눈에 씌면 무슨 방법을 써도 상대의 결점이 눈에 들어오지 않는 법이다. 사랑에 빠지면 누구나 바보가 된다. 그러니 확실한 증거를 찾아야 한다. 현실적이고 객관적인 명백한 증거가 필요하다.

남자의 가치관 ___ 다음의 정보를 찾아내서 남자가 여러분이 바라는 남자의 조건에 부합하는가를 좀 더 깊이 관찰해 보자.

- 살아오면서 한 일 중에 바꿀 수 있는 일이 있다면 무엇을 바꾸고 싶은가? 남자로서는 과거의 실수를 고백할 수 있는 기회이며 여러분에게는 그가 과거의 실수로부터 얼마나 많은 교훈을 얻었는가를 알 수 있는 기회다.
- 특정한 종교나 신념이 있는가? 아니면 철저히 따르는 행동 강령이 있는가? 남자가 감정에 흔들리지 않고 나름대로의 기준과 진지한 목적 의식을 가지고 매일의 생활에 임하는지를 알 수 있다.
- 약속을 지키고, 제시간에 나타나고, 도움이 필요할 때 헌신적으로 돕는 등 친구와 가족을 존중하는가? 오랜 세월을 함께한 가족과 친구를 위해 당장의 할 일을 포기할 수 있는 남자는 여러분을 위해서도 그렇게 할 것이다.

남자의 기분 ___ 사람은 기분이 좋을 때는 얼마든지 즐겁고 여유롭고 자상하게 행동할 수 있다. 하지만 진짜 성격은 기분이 나쁠 때 드러나는 법이다. 여러분이 우울하고 속상하고 기분이 나쁜 날, 남자는 어떻게 반응하나? 인내심을 가지고 여러분이 웃을 때까지 곁에서 함께하나? 그러면 그가 기분이 나쁠 때는 어떻게 행동하나? 자신이 기분이 나쁠 때 그는 여러분을 어떻게 대하나? 입을 꾹 다물고 혼자 있나?

여러분이 속상할 말만 골라하면서 여러분까지 덩달아 화가 나고 기분이 나빠지게 만드나? 아니면 자신이 아무리 기분이 나빠도 여러분이 자신에게 소중한 사람이라는 것은 보여 주려고 애를 쓰는가?

서로 갈등을 겪어 둘 다 기분이 나쁠 때는 남자가 어떻게 행동하는지도 신경 써서 관찰하자. 두 사람은 어떻게 말다툼을 하고 어떻게 의견 차이를 해소하는가? 이를 통해 두 사람의 관계가 더 깊어질 수 있는지 아니면 그 반대인지를 짐작할 수 있다. 잘 관찰하기만 하면 남자의 모습, 여러분의 모습, 그리고 두 사람 관계의 참모습을 파악할 수 있다. 그러니 생리전증후군이나 회사에서 안 좋은 일이 있어서 기분이 나쁘고 우울한 날, 남자를 피하지 말고 만나서 기분이 좋은 날이 아닐 때 둘의 관계가 어떤지 확인해 보자.

그를 파악하는 지름길은
진실한 대화다

좀 더 빨리 남자의 속마음과 정체를 파악하고 싶다면 지금까지 살펴본 질문과 관찰 방법이 도움이 될 것이다. 어떤 것을 묻고 무엇을 관찰해야 하는지 알고 나면 시간 낭비 없이 정확히 상대를 파악하고 관계를 지속시킬 것인지를 판단할 수 있다.

상대의 기분을 맞추기 위한 의미 없는 말들이나 잡담은 상대를 파악하는 데 아무 도움도 안 된다. 물론 그런 잡담을 전혀 안 할 수는 없지만 최소한으로 줄여야 한다.

잡담이 아닌 진지하고 중요한 이야기를 하면 관계를 더 빨리 진척시킬 수 있을 뿐만 아니라 남자한테 여러분을 진지하고 신중한 사람으로 보이게 만들 수도 있다. 남자와의 관계에 시간과 힘을 낭비하는 데 지쳤다면 이제부터는 좀 더 깊이 있는 질문과 관찰을 통해 관계 발전의 속도를 높이자. 앞에서 살펴본 질문들은 의미 있는 이야기를 시작하고 남자가 여러분이 바라는 이상형에 얼마나 부합하는가를 알아내는 단서가 될 것이다. 남자가 자신의 어린 시절에 대해 이

남자에게 자연스럽게 질문하는 방법

남자에게 해야 할 질문도 준비했고 무엇을 관찰해야 하는지도 준비했다고 해서 데이트나 미팅을 하러 갈 때 방대한 설문지를 가지고 가라는 말은 아니다. 지금 우리가 하려는 것은 유명인 인터뷰가 아니다. 다 큰 남자를 옴짝달싹 못하게 몰아붙여 당황하게 만들고 울음보까지 터뜨리게 만들자는 게 아니다. 자신이 시험당하고 있다는 것을 눈치 채면 남자는 여러분이 듣고 싶어 할 말만 골라서 할 것이다. 그러니 여러분이 무엇을 하는지 눈치 채지 못하도록 최대한 교묘하게 그리고 자연스럽게 질문하고 관찰하자.

질문 자체도 자연스러워야 하지만 질문하는 태도도 자연스러워야 한다. 여러분이 듣고 싶어 하는 말만 골라하게 내버려 두지 말고 진실을 알아내고 싶다면 다음의 요령들을 숙지하자.

❤ **여러분 자신에 대해 이야기한다.**
남자에게 여러분의 직장이나 가족에 대한 가벼운 이야기를 한다. 그런 다음 "너무 내 이야기만 한 것 같네요. 당신이 하는 일은 요즘 어때요?"라거나 "당신 가족에 대해서도 이야기해 주세요."라고 말한다. 그러면 남자는 자신의 차례가 왔다는 생각에 기꺼이 이야기를 시작할 것이다.

❤ 약한 면을 보여 준다.

여러분이 인생에서 저지른 실수를 고백하면 상대 역시 자신의 실수에 대해 고백할 가능성이 크다.

❤ 상황이 허락하는 한 자연스럽게 질문한다.

남자를 만나서 처음부터 끝까지 질문만 퍼붓지 말고 대화 중간 중간에 양념처럼 질문을 끼워 넣는다.

❤ 질문을 한 다음에는 입을 다물고 남자의 이야기에 귀를 기울인다.

많은 사람들이 데이트나 미팅을 할 때 침묵을 불편하게 여겨 불필요한 이야기를 하곤 한다. 심지어 자신이 질문을 하고 상대의 대답을 기다리는 그 짧은 순간의 침묵조차 어색하게 여긴다. 침묵이 이어질 때 입을 열고 싶은 욕구는 무슨 수를 써서라도 참아라.

야기한다면 두 사람의 관계가 어느 정도까지 친밀해졌는가를 파악할 수 있다. 그리고 그의 삶에서 사소한 것도 알아낼 수 있다. 그런 이야기를 하다보면 남자는 자기 차나 옷, 골드 카드를 자랑해야 한다고 생각하는 대신 여러분이 자신의 진짜 모습을 알고 싶어 한다는 생각이 들어 더 솔직하게 행동하게 되고, 여러분의 진짜 모습도 알고 싶어하게 된다. 그리고 질문과 관찰을 통해 알게 된 정보를 어떻게 활용할 것인가는 여러분한테 달렸다.

여러분을 포함해서 사람들은 누구나 자신에 대해 이야기하고 싶어 한다. 하지만 한동안은 여러분 자신의 이야기를 하기보다는 남자의 이야기를 듣는 데 치중하도록 하자. 그리고 남자의 이야기를 조용히 귀 기울여 듣자. 그러면 남자가 두 사람의 관계를 계속 이어 갈 생각인지 아닌지를 짐작할 수 있고 여러분 역시 두 사람의 관계를 계속 이어가고 싶은지 아닌지도 더 빨리 판단 내릴 수 있다.

여자들이 세상을 다스린다면 전쟁은 사라질 것이다.
대신 28일에 한 번씩 짜증으로 점철된 격렬한 협상을 하게 될 것이다.

로빈 윌리엄스

8 평생 후회 없는 남자 선택하기

알고 싶은 조건들을 목록으로 적고 남자가 그런 조건을 갖추고 있는지 관찰할 수 있는 상황을 만들어 보자. 남자가 충족시켜 주기를 바라는 80퍼센트 조건은 여러분의 취향을 반영한 지극히 개인적인 것이기 때문에 옳고 그름을 판단할 수 없다. 여러분 생각에 중요하다 싶으면 목록에 넣으면 된다. 그렇지만 최소한 가족, 자녀, 여러분의 가족, 성, 직업, 돈, 가사 노동과 같이 중요한 문제는 반드시 목록에 포함시키라고 권하는 바이다. 남자가 여러분이 원하는 대로 반응하지 않을 수도 있고 여러분이 원하는 대로 반응하되 썩 내키지 않은 듯 행동할 수도 있다. 그래도 괜찮다. 어쨌든 그를 파악할 수 있는 근거는 마련해 주었으니까 말이다.

결혼 후 후회하지 않는
최선의 남자 고르기

이제부터는 본격적으로 낚싯줄을 당길 차례다. 자, 여러분은 바로 이 사람이다 싶은 남자를 찾았다. 아니 최소한 1위에서 5위 사이에는 들 만한 남자를 찾았다. 전화기 단축 번호나 휴대 전화 전화번호 목록에서, 주소록에서, 기억 속에서 지워 버리기 아까운 남자다. '이번에는 잘될지도 몰라. 좀 더 만나 봐도 될 것 같아. 공을 들여도 될 만한 남자가 분명해.' 라는 생각이 든다. 또는 제법 오래 만나서 이제는 더 이상 다른 사람을 만나지 말고 본격적으로 연애를 시작하자고 제안할 생각을 하고 있을 수도 있다. 어쩌면 벌써 그 단계도 지나서 그의 집 욕실에 여러분의 칫솔을 가져다 놓았을 수도 있다. 그렇다면 이제는 낚싯줄을 잡아당기든, 매듭을 짓든, 식장으로 가든, 여러분이 마음에 드는 표현을 골라 '결론' 을 지을 때다. 결론은 지금 어떤 단계에 와 있든 여러분은 이 남자와 다음 단계로 넘어가고 싶어 한다는 것이다. 지금 여러분은 더 많은 시간과 노력을 투자해서 이 남자와 깊은 관계로 발전하고 싶다.

정말로 관계가 진지하고 심각해져서 '완전히 내 사람으로 만들고' 싶은 단계에 도달했다면 일단 그 자리에 멈춰 서서 용기를 내어 스스로한테 물어야 한다. "이 남자가 정말로 내게 맞는 남자인가? 지금 이 순간에만 내게 맞는 남자처럼 보이는 걸까?" 지금 당장은 눈에 콩깍지가 씌어 이 남자가 세상에서 제일 완벽한 남자로 보일 것이다. 하지만 정말로 그런지 확인이 필요하다. 안 그랬다가는 근사한 신혼여행을 마치고 집에 돌아온 뒤 환상에서 벗어나 남자를 본 순간 "정말 이 남자가 내가 선택한 그 남자 맞아? 혹시 공항에서 다른 남자랑 바뀐 거 아냐? 어떻게 그 멋있던 남자가 이런 끔찍한 괴물로 바뀔 수 있지?"라고 할지도 모른다. 두 눈 똑바로 뜨고 남자를 보지 않으면 그런 일을 당할 수 있다. 혹은 하루 빨리 결혼해야 한다는 조급증에 빠졌을 때도 그럴 수 있다. 정말로 마음이 끌리고 매력을 느껴서 남자를 선택하는 것이 아니라 주위 상황에 휘둘려 남자를 선택할 때도 최악의 선택을 하기 쉽다. 정말로 좋아서가 아니라 무언가로부터 도망치기 위해 결혼하거나 연애하는 것은 여러분 누구도 바라지 않는 일일 것이다. 나는 여러분이 그런 잘못된 선택이나 판단을 하지 않길 바라며 몇 가지 충고를 하고자 한다.

연애를 하면서 가끔 눈에 띄는 단점이나 근본적인 문제점이 관계를 지속시킬수록 더 자주, 지속적으로 나타날 것 같다고 생각되면 남자와의 관계를 더 깊이 발전시키거나 결혼으로 이어 가지 마라. 식장으로 걸어 들어가 결혼식을 올리고, 혼인 신고를 한다고 해서 그런 문제가 사라지지는 않는다. 연애를 하면서 가끔 눈에 띄는 문제는 결혼을 해서 함께 살면 1년 365일 눈에 띄게 되어 있다. 이미 결혼을 해서 그런 문제를 겪고 있다면 해결할 방법을 찾아야겠지만 아직 결혼을 하지 않았다면 굳이 그런 위험 속으로 뛰어들 필요 없다.

- 문제가 있더라도 다른 면에서 보상을 받을 수 있으니(예를 들면 결혼을 하게 된다거나, 아이가 생기고, 집을 살 수 있다고 해서) 얼마든지 참고 견딜 수 있다는 안일한 생각은 하지 마라.

- 결혼을 연애의 연장이라고 생각하지 마라. 지금은 남자가 늘 완벽하고 멋지게 보일 것이다. 여러분을 만날 때면 머리도 늘 단정하고 옷도 깨끗한 것만 입을 것이다. 하지만 결혼해서 어느 정도 시간이 지난 후 일요일 아침에도 남자가 그렇게 깔끔하고 멋진 모습을 하리라고는 기대하지 마라. 사랑에 '빠지는 것'과 사랑을 '하는 것'은 엄연히 다르다. 그리고 사랑을 하는 것과 상상한 모습과 전혀 다른 남자와 함께 사는 것은 그야말로 천지차이다.

다시 말하지만, 지금 문제가 있다면 결혼하고 혼인 신고를 한 후에는 더 큰 문제가 생긴다. 그러니 절대 자신을 속이지 말자.

큰마음 먹고 현실을 정확하게 고려한 후에도 관계를 좀 더 깊이 발전시키기로 결심했다면 이제는 남자도 여러분과 같은 마음인지를 알아야 한다. 우선 현실을 직시해야 한다. 남자들은 진지한 관계나 결혼에 대해 그다지 심각하게 생각하지 않는다. 고작해야 주말 내내 함께 보내는 것을 진지한 관계라고 생각하는 남자도 있다. 여러분이 진지하고 장기적인 관계에 대해 이야기하기 시작하면 남자는 뭐 마려운 강아지처럼 안절부절 못하기 시작할 것이다. 남자들의 그런 겁많은 모습에 놀라지 않으려면 연애를 하는 동안 여러분이 하는 행동이나 관계의 발전에 대해 남자가 어떻게 반응하는지 잘 살펴야 한다. 남자들은 진지한 관계로 발전하고 싶다거나 혹은 발전하기 싫다는 생각을 전혀 뜻하지 않은 형태로 표현한다.

지금껏 여러분이 책 내용을 여기저기 건너뛰어 결론으로 넘어가지 않았기를 바란다. 왜냐하면 지금까지 살펴본 많은 것들 하나하나 모두 중요하며 이제부터 본격적으로 그 내용들을 실전에 적용할 차례이기 때문이다. 1장에서는 80퍼센트의 법칙에 대해 이야기했는데 지금부터는 이 남자가 여러분이 원하는 관계를 이루는 데 필요한 조건의 80퍼센트를 갖추고 있는지 확인할 차례다.

우선 여러분 스스로에게 "내가 원하는 조건의 80퍼센트를 가지고 있는지 확인할 만큼 이 남자에 대해 충분히 알고 있는가?"라고 물어보자. 그 답을 알기 위해서는 다음의 주요 분야들에 대해 살펴보면서 남자가 어떤 조건을 갖추고 있는지 생각해 보면 된다. 다시 한 번 말하지만 남자가 여러분이 원하는 조건을 100퍼센트 완벽하게 갖추지 않아도 된다. 앞서 이야기했듯 100퍼센트 완벽하게 마음에 드는 남자는 없다. 완벽한 남자를 바라는 것은 어리석은 꿈이다. 그런 어리석은 꿈을 꾸고 있다면 다시 1장으로 돌아가 솔직하게 질문에 답하기 바란다.

자, 질문을 통해 남자가 80퍼센트에도 미치지 못한다는 것을 알게 되었다면? 그렇다고 해서 날짜 지난 신문처럼 그 자리에서 뒤도 돌아보지 않고 남자를 버릴 필요는 없다. 우선은 결점을 바로잡을 수 있는 가능성이 남자한테 있는지 확인하자. 지금 당장 80퍼센트를 충족하지 않아도 된다. 그렇게 될 가능성만 있으면 된다. 7장에서 우리는 데이트 초기에 남자를 평가할 수 있는 여러 가지 질문에 대해 살펴보았다. 그래서 이 남자를 인생의 동반자로 삼을 것인가에 대한 결정을 내렸다면 이제는 그 남자를 좀 더 심각하게 살펴보아야 할 때다. 갑자기 현실에 눈을 뜬 기분이 들 것이다. 새로운 단계로 접어들었으니 남자를 지금까지와는 다르게 평가해야 한다. 우선 남자에게 자신을 보여 줄 기회를 주자. 말보다는 행동이 중요하다. 여러분은 어떤 정보를 알아낼 것인지를 염두에 두고 아무리 사소한 것이라도 빼놓지 말고 관찰할 마음의 자세를 갖추면 된다.

예를 들어 남자의 종교나 정신적인 면을 가장 중요한 조건이라고 생각한다고 치자. 그렇다면 그런 조건과 관련된 직접적인 질문은 하지 말고 남자한테 함께 교회나 절에 가자고 하자. 그때 남자가 눈을 부라리며 싫다고 하거나 함께 가되 언제 돌아갈 거냐고 계속 묻는다면 남자가 종교에 대해 어떤 생각을 하는지, 최소한 종교적인 면에서 두 사람이 얼마나 의견일치를 볼 수 있는지 짐작할 수 있다. 종교에 대한 이야기를 하지 말고 함께 기도만 하자고 한 후에 남자의 행동을 지켜볼 수도 있다.

남자가 감정 표현을 잘하고 상대의 감정을 잘 받아 주는 것을 중요하게 여긴다면 감정에 대처하는 모습을 볼 수 있는 상황을 만들자. 상사와 싸워서 잔뜩 속이 상한 날 남자한테 전화해서 어떻게 반응하는지 살펴보자. 그는 여러분이 화를 내면서 이야기하는 것을 들어주고 화를 풀어 주려고 애를 쓰나? 전화를 받는 즉시 여러분을 만나러 달려오나(이때 여러분이 좋아하는 음식까지 챙겨온다면 보너스 점수를 추가하자)? 두 사람이 같은 것에 재미를 느껴야 한다고 생각한다면 여러분이 좋아하는 코미디 영화 비디오를 빌려 보면서 남자가 함께 웃는지 살펴보자. 아이를 낳아 기르는 것을 중요한 조건으로 생각한다면 남자와 함께 친구의 아이나 조카를 돌볼 기회를 마련하자. 남자는 마룻바닥에 앉아 아이와 함께 노는가 아니면 아이 부모가 언제 아이를 데려가는지 계속 묻는가? 사교성이 좋은 남자를 바란다면 가족 모임에 남자를 데려가자. 그가 여러분의 가족과 스스럼없이 이야기도 잘하고 잘 어울리려고 노력하나? 아니면 꿔다 놓은 보릿자루처럼 아무 말도 못하고 가만히 있는가?

지금쯤 내가 무슨 이야기를 하고 싶은지 감을 잡았을 것이다. 지금까지 나는 남자의 80퍼센트 조건을 충족시키는지 확인할 수 있는 예를 소개했다. 이런 예를 참고하면 여러분은 아직 정확히 알지 못하는 남자의 여러 조건에 대해 살펴볼 수 있다. 알고 싶은 조건들을 목록으로 적고 남자가 그런 조건을 갖추고 있는지 관찰할 수 있는 상황을 만들어 보자. 남자가 충족시켜 주기를 바라는 80퍼센트 조건은 여러분의 취향을 반영한 지극히 개인적인 것이기 때문에 옳고 그름을 판단할 수 없다. 여러분 생각에 중요하다 싶으면 목록에 넣으면 된다. 그렇지만 최소한 가족, 자녀, 여러분의 가족, 성, 직업, 돈, 가사 노동과 같이 중요한 문제는 반드시 목록에 포함시키라고 권하는 바이다.

남자가 여러분이 원하는 대로 반응하지 않을 수도 있고 여러분이 원하는 대로 반응하되 썩 내키지 않은 듯 행동할 수도 있다. 그래도 괜찮다. 어쨌든 그를 파악할 수 있는 근거는 마련해 주었으니까 말이다. 중요한 것은 의지다. 남자가 하는 말보다 행동에 주목하자. 그가 여러분을 편안하게 해주려고 애쓰는가? 여러분을 즐겁게 해주려고 노력하는가? 여러분이 원하는 그대로 반응하지는 않았지만 대충 비슷하게 반응하기는 하는가? (남자가 여러분이 머릿속에 그리는 그대로 반응하기를 기다리고 있다면 포기하자. 아무리 기다려도 뜻대로 되지 않을 것이다. 여러분의 머릿속을 들여다볼 수 있는 사람은 없으니까 말이다.) 다시 한 번 말하지만 말보다는 행동이 먼저다.

그러면 모자라는 20퍼센트는 어떻게 해야 할까? 좋은 질문이다. 채워지지 않은 20퍼센트의 조건들도 자세히 살펴서 남자를 계속 만날 것인지 아닌지를 결정하는 근거로 활용해야 한다. 앞에서 말한 대로 용서 안 되는 조건이라는 것이 몇 가지 있다. 20퍼센트의 법칙에서 벗어나는 이 조건들에는 약물, 알코올, 도박 등의 중독, 외도, 난폭한 성격, 육체 및 언어 폭력 등이 포함된다.

모자라는 20퍼센트의 조건은 나중에 여러분이 보완해 줄 수도 있다. 사소한 것 정도는 참고 지낼 수 있다. 상대의 모든 것이 100퍼센트 완벽하게 마음에 들어 사랑한다는 것은 불가능한 일이다.

남자가 좋아하는 것을 여러분이 똑같이 좋아할 필요도 없다. 그랬다가는 머지않아 사는 게 재미없어질 테니까. 자신과 똑같이 생각하고, 느끼고, 꾸미고 다니는 사람, 즉 자기 자신과 결혼하고 싶은 사람은 없을 것이다. 결혼은 나와는 다른 개성을 가지고 있고, 나와 다른 것에 관심이 있고, 사는 방식도 나와 다른 사람과 하기 마련이다. 그런데 앞에서 나온 방법대로 철저하게 남자를 살펴본 후에 그가 여러분의 기준을 충족시키지 못한다면 그때는 어떻게 해야 할까? 헤어져야 한다. 자신에게 솔직해지자. 지금 아니다 싶으면 하루 빨리 결단을 내려야 한다. 마음에 안 드는 사람과 반년 동안 연애하는 것보다 더 나쁜 것은 마음에 안 드는 사람과 반년하고 하루를 더 연애하는 것이다.

남녀 관계, 경고 신호를 감지할 것!

다음과 같은 신호가 나타나면 더 이상 관계를 발전시켜서는 안 된다. 다음과 같은 신호는 용서 안 되는 조건이다. 경고음이 울렸다. 탈출 버튼을 누르고 낙하산을 메고 비행기에서 뛰어내려야 한다.

❤ 술을 지나치게 많이 마시거나 알코올 중독자이거나 약물 중독자이다.

❤ 언어 폭력이나 육체적인 폭력을 가한다.

❤ 성격이 지나치게 급하고 난폭하다.

❤ 질투가 너무 심하다.

❤ 거짓말을 일삼는다.

❤ 어떤 옷을 입을지 어떤 사람들과 어울릴지 일일이 지시한다.

❤ 도박 중독이다.

❤ 겨우 두 번 만나고 나서 "당신 없이는 못 살아."라고 한다.

❤ 35살이 넘었는데도 여태 부모와 함께 산다.

❤ "법적으로는 아직 혼인 상태지만 별거한 지 한참 되었다."라고 말한다.

❤ 이야기할 때 시선을 피한다.

❤ 함께 외출할 때 아는 사람을 만나도 여러분을 소개하지 않는다.

❤ 여러분이 힘든 일이나 위기 상황에 처했을 때 곁에 있어 주지 않는다.

확실한 내 남자로 만드는
마지막 협상의 기술

제대로 활용하기만 하면 남자의 행동에 엄청난 영향을 미칠 수 있는 기술이 있다. 이 기술이 여러분 마음에 들 수도 있고 들지 않을 수도 있다. 어쩌면 상대를 멋대로 휘두르는 교활한 수작이라는 생각이 들 수도 있다. 만약 그런 생각이 든다면 이 기술을 쓰지 마라. 하지만 그 기술이 옳든 옳지 않든, 혹은 그 기술에 관심이 있든 없든, 남자의 행동에 막대한 영향을 미치는 강력한 수단인 것만은 확실하다. 그 기술이란 바로 협상 기술을 말하며, 이 기술을 이용하면 확실히 내 남자로 만들 수 있다.

베풀고자 하는 마음으로 협상을 시작하라 __ 좋은 협상가가 되기 위해서는 상대가 무엇을 원하는지 알아내고 여러분 자신이 원하는 것에 신경 쓰는 만큼 상대가 원하는 것에도 신경 써야 한다. 인간관계에서 나의 첫 번째 협상 원칙은 자신에게 "상대가 가장 원하는 것을 주려면 어떻게 해야 할까?"라고 묻는 것이다. 이것은 부모와 통금 시간 협상을 하는 것과 비슷하다. 부모가 정말로 원하는 것은 자녀가 밤 12시까지 집에 들어오는 것이 아니다. 부모가 정말로 원하는 것은 자녀가 안전하게 잘 있는지를 확인하는 것이다. 많은 아이들이 집에 들어오는 시간만 놓고 부모와 싸웠다. 하지만 나는 집 밖에 있을 때 안전하게 잘 있다는 것을 부모님이 믿게 만들려고 애썼다. 부모님한테는 그것이 제일 중요한 문제라는 것을 나는 진작부터 잘 알고 있었다.

남자의 욕구를 파악하라__그가 정말로 원하는 것이 무엇인지 정확히 파악해야 한다. 그런 다음 그 욕구들이 여러분이 들어줄 수 있는 것인지 판단한다. 예를 들어 남자가 예전에 사귀던 여자가 바람을 피우는 데 하도 질려서 여자는 정직하지도 않고 믿을 수 없는 존재라고 생각한다면 그가 제일 중요하게 여기는 것은 매일 만나거나 뜨거운 밤을 보내는 것이 아니라 믿음일 것이다. 이 남자에게는 믿음이 가장 중요하다. 따라서 자신에게 있어 믿음이 얼마나 중요한지를 이해하는 여자를 원한다. 그러니 여러분도 이 남자한테 믿음을 최고의 가치로 여긴다는 것을 보여 주어야 한다. 그는 배신당할지 모른다는 엄청난 두려움을 안고 있다. 그 점을 여러분이 이해한다고 보여 주고, 또 말로 들려주지 않는 이상 그는 두려움을 극복하지 못할 것이다. 따라서 그에게는 "더 이상 당신과 사귀고 싶지 않다면 당신을 속이지 않을게요. 우리 사이가 더 이상 계속되기 힘들 거라고 솔직하게 말할게요. 당신과 사귀는 동안 해서는 안 되는 짓은 절대 안 할 테니 걱정하지 마요. 약속해요. 정말이에요."와 같이 말해야 한다. 여러분의 마음을 알고 나면 그도 마음을 열 것이다.
이것은 하나의 예에 불과하지만 다른 상황도 크게 다를 바 없다.

남자는 여러분이 자신을 이해해 준다는 것을 확인하고 싶어 한다. 자신이 무엇을 중요하게 여기는지를 알아주기를 바란다. 그런데 경우에 따라서는 남자가 원하는 것을 이해해 주어서는 안 될 때도 있다. 새벽 2시에 집에 돌아와도 여태 어디 있었는지 무엇을 했는지 묻지도 않고 무조건 남자의 말에 복종하는 여자를 원하는 사람이라면 그가 가치관을 바꾸지 않는 이상 더 이상 만날 필요 없다.

남자의 두려움을 달래 주어라 ─ 여자가 남자를 자기 사람으로 만들려고 하면 남자는 스스로 장애물을 만든다. 이 중 가장 큰 장애물은 미지의 삶에 대한 두려움이나 불편함이다. 남자들은 주도권과 통제력을 쥐고 싶어 하고, 그중에서도 특히 경제적인 면이 예측 가능하기를 바란다. 모호하고 잘 알지 못하는 상황은 주도권이나 통제력을 약화시키고 앞날에 대한 예측을 힘들게 만든다. 결혼이나 장기적이고 진지한 관계에 대해 이야기하면 남자들의 머릿속에는 "어떻게 해야 그 관계를 유지시킬 수 있을까? 어디서 살아야 하고, 돈은 얼마나 필요할까? 차는 어떤 것을 마련해서 어떻게 유지하고, 휴가 때는 뭘 하고, 아이들은 어떻게 키워야 하지?"와 같은 의문을 떠올린다. 온통 모르는 것 투성이다. 이럴 때 여러분은 남자의 두려움을 달래 주어야 한다. 남자가 두려워하고 있다는 것을 알아주고 그 두려움에 대해 이야기를 나누자.

타협해야 하는 부분을 정확히 밝혀라 ─ 남자는 여러분에 대한 사랑의 대가, 즉 여러분과 함께 있음으로써 무엇을 희생하고 타협해야 하는지를 궁금해한다. 쉽게 말해서 이런 것이다. "나는 이 여자와 함께

남자의 기본적인 욕구 7가지

우리는 누구나 욕구를 가지고 있다. 누군가를 사귀고 그 사람과 가까워 지고 싶은 것도 그런 욕구를 충족시키기 위한 과정의 일부이다. 기본적 인 7가지 욕구를 통해 남자가 무엇을 원하는지 살펴보자.

1. **생존 욕구** 내가 아는 한 남성은 아내의 가정적인 면에 반했다고 말한 다. 파티에서 신나게 노는 것을 좋아하는 그는 대신 파티 준비를 해줄 수 있는 아내가 자신의 삶에 큰 도움이 된다고 판단했다.

2. **안전 욕구** 남자는 여러분이 속이지 않고 자신에게 충실하기를 바라며 언제든 자신이 기댈 수 있는 피신처가 되어 주기를 바란다.

3. **애정 욕구** 남자는 가볍게 등을 어루만져 주는 것부터 잠자리까지, 다 양한 형태로 여러분이 사랑을 표현해 주기를 바란다.

4. **자존심 욕구** 남자는 여러분이 자신을 자랑스럽게 여기길 바란다.

5. **인정받고 싶은 욕구** 남자는 여러분이 자신의 의견을 존중하고 소중하 게 여겨 주기를 바란다.

6. **똑똑해지고 싶은 욕구** 남자는 여러분이 자신의 생각을 믿어 주기 바란다.

7. **인생의 목표에 대한 욕구** 남자는 세상에 기여하는 일을 하는 데 여러 분이 도움을 주기를 바란다.

하고 싶다. 하지만 그러기 위해 무엇을 희생해야 하나? 무엇을 포기해야 하나? 나는 스포츠카를 좋아하고, 야구 동호회 활동을 하고 일요일에 낚시하러 가는 것을 좋아한다. 그리고 친구들과 어울리는 것도 좋아한다. 이 여자를 얻기 위해 그 모든 것을 다 포기해야 하는 걸까?' 이를 포기하는 것은 남자로서는 엄청난 희생이다. 남자가 이를 자연스럽게 받아들이도록 하기 위해서는 여러분의 욕구를 충족시키기 위해 남자가 무엇을 포기해야 하는지 미리 분명히 밝혀야 한다. 이때는 솔직해야 한다. 기껏 내 남자로 만들어 결혼까지 해놓고 그제야 이건 내가 원하던 삶이 아니라고 후회해 봤자 소용없다.

급하다는 것을 알려라 __ 로켓이 날아가려면 연료가 필요하다. 지금 우리가 하는 이 협상이 날아가는 데 필요한 연료는 '다급함'이다. 모든 남자가 진지하고 장기적인 관계를 두려워하는 것은 아니다. 다만 여자들처럼 다급함을 느끼지 않는 것뿐이다. 말하자면 진지한 관계를 오랫동안 유지하는 것을 싫어하는 것이 아니라 그렇게 해야 하는 이유를 모르는 것뿐이다. '공짜로 우유를 얻을 수 있는데 젖소를 왜 사느냐?'라는 속담과 같은 심정인 것이다.

> 미국 롯거 대학 결혼 보고서에 따르면, 미국 남성들이 진지한 관계를 추구하지 않는 첫 번째 이유는 결혼하지 않고도 얼마든지 섹스할 수 있기 때문이라는 것이다.

지금부터는 카드 게임을 해야 한다. 카드 패를 쥐고 있을 때와 내

놓을 때를 알아야 한다는 뜻이다. 이 게임에서는 남자가 원하는 것을 일부러 주지 않고 버틸 때를 알아야 한다. 이 말을 들으면 여러분은 "그가 원하는 것을 내가 주지 않겠다고 버티면 다른 여자들이 주겠다고 나설지도 모른다. 그럴 때 어떻게 해야 남자를 잡을 수 있는가?"라는 의문이 생길 것이다. 하지만 그런 걱정은 가벼운 데이트 상대를 고르는 남자를 만날 때나 할 만한 것이다. 결혼 상대나 진지한 관계를 맺을 상대를 고르는 남자를 만나는 중이라면 그런 걱정은 하지 않아도 된다. 여러분도 그런 상대를 찾는 중이라면 카드 패를 내놓는 것보다 쥐고 있는 것이 더 중요하다. 장기적인 관계일수록 카드 패를 쥐고 있을 때 위험 부담은 낮아지고 보상의 가능성은 높아진다.

나는 앞에서 모든 것을 다 보여 주어서는 안 되며 남자의 호기심을 불러일으켜야 한다는 이야기를 한 바 있다. 애정 표현을 하고, 다정하게 대하고, 때로는 과감한 스킨십을 해도 되지만 남자의 상상력을 자극할 만한 것을 남겨 두지 않고 모두 것을 다 보여 주면, 그래서 두 사람의 관계를 다음 단계로 이어 갈 자극제가 없어지면 남자는 급할 게 없어진다. 남자로서는 원하는 것을 다 가졌으니 서두를 이유가 없다. 두 사람의 관계를 마지막까지 발전시키는 데 자극이 될 뭔가를 남겨 두지 않으면 남자는 마지막 단계까지 가고자 하는 의욕과 동기를 상실하게 된다. 남자와 관계를 발전시켜 나가기 위해 여러분이 지키고 있을 만한 것은 여러 가지가 있는데, 섹스도 그중 하나이다. 남자는 여러분에 대해 속속들이 알아서 더 이상 여러분에 대해 알고 여러분과 나눌 것이 없으면 진지한 관계를 맺을 의욕과 동기를 상실한다.

그밖에 남자에게 허락하지 않고 쥐고 있을 만한 것이 또 뭐가 있을까? 여러분에 대한 접근 특권을 들 수 있겠다. 이것은 앞에서 이야기한 원시인 속성과 관계가 있다. 남자는 경쟁심이 발동하면 태도가 달라진다. 여러분이 만날 사람이 이 남자 말고도 많이 있다는 것을 보여 주면 상당한 효과를 얻을 수 있다. 그렇다고 해서 새로운 애인을 만들라는 뜻은 아니고 그가 쉽게 만날 수 없게 만들라는 것뿐이다.

그러면 어떻게 해야 남자가 여러분한테 쉽게 연락도 못하고 여러분을 쉽게 만나지도 못하게 만들 수 있을까? 방법은 간단하다. 바쁘게 살면 된다. 늘 하고 싶었지만 할 기회가 없었던 일에 시간을 투자하자. 일주일에 한 번 봉사 활동을 하거나, 취미 활동 강좌를 듣거나, 야근을 해서 승진을 노려 보자. 하루 종일 전화기 옆에 앉아 그의 연락만 기다리지 말고 그가 쉽게 연락하지 못하도록 바쁘게 살자. 그러면 생각지도 못했던 힘을 얻게 된다. 말로만 바쁘다고 하지 말고 정말로 바쁘게 살아야 한다. 여러분은 바쁜 사람이다. 남자를 쫓아다닐 것이 아니라 남자가 쫓아오도록 만들어야 한다. 아무 때나 여러분을 만날 수 있다고 생각하면 남자는 다급하게 여러분을 쫓아다니지 않을 것이다. 여러분과 만나는 것을 당연하게 여기도록 해서는 절대 안 된다.

두 사람의 관계에 대한 여러분의 생각을 알려라__ 남자가 진지한 관계를 추구하게 만드는 또 다른 방법은 여러분이 두 사람의 관계를 어떻게 생각하는지를 말하는 것이다. 둘의 관계에서 여러분은 어떤 단계에 있다고 생각하는지 알리고 남자도 그 단계까지 올 의향이 있는지 생각할 여유를 준다. 그렇게 하면 남자를 다급하게 만들 수 있다(남자가 다급해하지 않는다면 답은 나왔다. 그는 여러분한테 맞는 남자가 아니다). 그렇다고 해서 최후통첩을 내리라는 말은 아니다. 최후통첩을 즐겁게 받아들일 사람은 없다. 그저 여러분이 어떤 단계에 와 있는지 알려 주기만 하면 된다. 그 둘 사이에는 분명한 차이가 있다. 최후통첩은 "당신이 A를 안 하면 나는 B를 하겠다."라고 말하는 것이다. 둘의 관계에서 여러분이 어느 단계에 와 있는지를 알리는 것은 "나는 앞으로 B를 할 생각이다."라고 말하는 것이다. 이때 남자도 같은 생각이라면 뭔가 행동을 할 것이다. 이런 말을 할 때 그저 말뿐이어서는 안 된다. 남자의 반응에 따라 둘 사이를 계속 발전시키든 끝내든 그다음에 어떻게 할 것인지를 미리 준비해야 한다.

이제 여러분이 원하는 것을 얻기 위해 협상하고, 남자가 무엇을 원하는지 알아내고, 그것을 여러분이 해결해 줄 수 있는지 또는 해결해 주고 싶은 것인지 아닌지를 판단하는 법까지 배웠다. 그리고 여러분의 욕구를 표현하고 남자가 어떤 생각을 하는지 알아내는 법도 배웠다. 남자가 여러분에게 무엇을 해주고 무엇을 해주지 않을지도 알았다. 이렇게 알아낸 모든 것이 마음에 드는가? 이 정도면 충분하다고 생각하는가? 솔직하게 대답해야 한다. 남자가 원하는 답을 해야 할 필요는 없다. 협상을 아무리 잘하더라도 '매듭을 짓고 나서' 그제야 이 사람은 내가 원하는 남자가 아니라고 후회해서는 아무 소용없다. 한번 내 사람으로 만든 남자를 도로 물리기란 쉬운 일이 아니다. 목표는 여러분과 남자 모두에게 좋은 관계, 즉 두 사람 모두 안정감을 느끼고, 욕구가 충족되고, 포기한 것에 대해 적절한 보상을 받는다는 느낌이 드는 관계를 이루는 것이다. 그 목표를 이루기 위해서는 그런 관계를 세울 수 있는 기초를 닦아야 한다. 조금만 더 노력하자.

여자는 자신이 바라는 모든 것을
갖춘 남자는 사랑하지 않는다.

필 맥그로

9 오래된 사랑 재충전하기

아침에 눈을 뜰 때마다 "우리가 서로 더 많이 사랑하려면 어떻게 해야 할까?"라고 스스로에게 묻자. 지금보다 더 활기차게 살고, 꺼져 가는 사랑의 불꽃을 되살리려면 어떻게 해야 할까? 손에 넣을 수 없는 꽃을 탐내거나 남자가 예전처럼 매력적이고 멋진 모습으로 돌아가기를 바라기보다는 여러분의 사랑을 보여 줄 수 있는 작은 행동으로 변화를 유도하자. 남자는 그런 행동을 눈치 채고 고마워할 것이다. 그러면 여러분이 바라는 것이 무엇인지부터 생각해 보자. 둘이 함께 새로운 활동을 하고 싶다면 어떤 활동을 하고 싶은지 구체적으로 생각하고 하나씩 실천에 옮기자.

차갑게 식어버린 사랑에
다시 불을 지펴라

나는 앞에서 사랑에 빠지는 것과 사랑을 하는 것 사이에는 차이가 있다고 말한 바 있다. 한번 생각해 보자. 사랑에 빠지면 남자가 하는 모든 행동이 사랑스럽고, 재미있고, 흥미롭게만 보인다. 서로 생각도 잘 맞고, 눈빛만 봐도 상대의 생각을 읽을 수 있고, 밤새 이야기를 해도 또 할 이야기가 있고, 심지어는 상대가 하는 말의 끝을 대신 맺어 줄 수 있을 정도로 마음도 잘 통한다. 반짝이는 눈으로 서로를 바라보고, 하루하루가 영화처럼 아름답고 빠르게 지나간다. 그런 낭만적인 기분에 휩싸이는 것은 분명 즐겁고 행복한 일이다. 하지만 현실이 이렇게 한없이 낭만적이기만 하다면 이혼 전문 변호사라는 직업이 존재하지 않을 것이다. 결국 언젠가는 눈에 씐 콩깍지가 사라지면서 현실이 눈에 들어오게 되어 있다. 두세 달 정도 지나고 '사랑에 빠진' 단계에서 '사랑을 하는' 단계로 넘어가면 모든 것이 달라진다. 이제는 혼자 있는 시간이 소중하게 느껴진다. 처음에는 여러분이 하던 말을 그가 대신 끝맺어 주는 것이 사랑스럽게만 느껴졌는데, 이제는 "남이 하는 말 좀 자르지 마."라고 짜증을 부린다.

이 모든 것이 더 이상 서로를 사랑하지 않는다는 뜻일까? 더 이상은 예전처럼 뜨거운 사랑을 느낄 수 없다는 뜻일까? 그런 것은 절대 아니다. 단지 새로 사랑을 한다는 짜릿함, 흥분, 전율, 희열이 편안하고, 예측 가능하고, 안정감 있는 사랑으로 변한 것뿐이다. 사랑에 빠지는 것과 사랑을 하는 것 중 어느 쪽이 더 낫다고는 말할 수 없다. 그저 서로 다를 뿐이다. 인생이 변하듯 사랑도 변할 수 있고, 또 변하기 마련이며, 짜릿함은 줄어들지만 대신 푸근함과 안정감은 늘어난다. 결혼을 했다면 금요일마다 함께 외출을 할 수 있다, 집에 돌아오면 기다려 주는 사람이 있다, 제시간에 도착하지 않으면 걱정해 주는 사람이 있다, 사랑하는 한 사람하고만 잠자리를 할 수 있다, 등등 편안하고 예측 가능한 사랑을 통해 얻을 수 있는 것은 아주 많다.

편안한 사랑을 하는 중에도 처음의 짜릿한 사랑을 느낄 때가 있다. 하지만 그 느낌은 예전의 사랑과 많이 다르다. 여기서 이야기하려는 것은 편안한 사랑이 지나치게 편안해져서 더 이상 두 사람의 관계에 신경 쓰지 않는 단계로 접어드는 과정에 대한 것이다. 그런 단계로 접어들면 꺼져 버린 불꽃을 다시 지펴야 한다. 이제 두 사람은 서로의 존재를 당연하게 여기는 단계에 들어섰다. 이제 막 그 단계에 접어들었거나, 그런 상황에 처하는 것을 피하고 계속 뜨거운 사랑을 불태우고 싶다면 이 책을 계속 읽어 나가기 바란다. 벌써부터 겁먹을 필요는 없다. 호르몬의 영향으로 모든 것이 좌지우지되던 예전과는 상황이 다르니 걱정하고 흥분하지 않아도 된다.

꺼진 불꽃을 되살리는 방법들을 설명하기 전에 우선 왜 모든 집을 여러분이 짊어져야 하는가에 대해 이야기해야 할 것 같다. 여러분한테 짐을 짊어지라고 하는 것은 여러분이 마음대로 통제할 수 있는 사람이 여러분 자신뿐이기 때문이다. 남자한테 영감을 불어 넣고 영향을 줄 수는 있지만 그를 마음대로 휘두르고 통제할 수는 없다.

다행인 것은 남녀 관계에 변화를 시도할 때 남자와 여자 두 사람이 동시에 애를 쓰지 않아도 된다는 점이다. 물론 두 사람이 함께 힘을 쓰면 훨씬 더 나은 결과를 얻을 수 있을 것이다. 하지만 두 사람의 관계가 시들해졌을 때는 누가 먼저 변화를 시작하든 상관없다. 누구든 시작하기만 하면 된다. 일단 상황이 좋아지면서 예전의 관계로 돌아간다는 느낌이 들면 누가 먼저 변화를 시도했는지는 신경 쓰지 않게 될 것이다. 남자를 대하는 방식에, 자신의 행동에, 삶을 대하는 태도에 변화를 주면, 그리고 그 변화들이 긍정적이고 건설적이면 남자는 변화를 눈치 채고 지금까지와는 다르게 반응할 것이다.

여러분한테는 관계를 변화시킬 힘이 있다. 두 사람 다 가만히 앉아서 서로 먼저 변화를 주도해 주기를 바라서는 아무것도 안 된다. 지금 두 사람한테는 용감하게 일어나 변화를 불러일으킬 영웅이 필요하다. 기억해야 할 것은 지금 여러분이 하는 행동이 두 사람의 관계에 도움이 되지 않으면 변화를 시도해야 한다는 것이다. 그 변화란 피상적인 것일 수도 있고 더 심각하고 진지한 것일 수도 있다. 책이 진행되면서 나는 여러분과 여러분의 남자가 해야 할 일을 행동 위주로 소개할 것이다. 남자가 변화에 동참하기를 거부해도 괜찮다. 여러분 혼자서 하면 된다. 그러다 보면 언젠가는 남자도 동참하게 될 것이다. 지금 여러분의 관계에는 영웅이 필요하다. 지금 이 책을 읽고 있는 사람도 여러분이고, 남자에 대한 지식으로 무장한 사람도 여러분이니 여러분 자신이 바로 영웅이 되어야 한다.

여러분은 지금 "우리는 분명히 사랑해서 맺어졌는데 뭔가 달라졌어. 이제는 같이 있어도 재미도 없고, 열정도 느껴지지 않고 시들해. 감정적으로는 이미 헤어진 것이나 다름없어."라고 말하고 있을지도 모른다. 이런 생각이 든다고 해도 "남녀 관계라는 게 원래 다 이런 거 아니야. 할 수 없지, 뭐."라거나 "이젠 정말 지겨워. 나아지려고 노력해 봤자 뭐 해?"라는 결론을 내려서는 안 된다. 그런 결론을 내리는 것은 큰 실수다. 여러분은 행복해져야 할 운명을 타고났으며 두 사람의 관계는 얼마든지 달라질 수 있으니 이대로 포기해서는 안 된다. 다른 일이 아무리 바빠도 두 사람의 관계에 변화를 불러일으키는 것을 제1과제로 삼아야 한다. 두 사람의 관계가 나빠졌다고 해서 친구들이나 가족들한테 부끄럽게 여길 필요도 없다. 지금 정말로 슬프고 외로운 사람들은 여러분의 친구나 가족이 아니니 그 사람들에 대해서는 잠시 잊어버리자. 최선을 다해 보지도 않고 이대로 물러나서는 안 된다. 그것은 책임 회피다. 그리고 지금은 오랜 연인이나 남편과 게임을 할 때도 아니다. 게임은 이제 상황만 악화시킬 뿐이다.

언젠가 결혼한 지 50년 넘은 어느 여성에게 그토록 오래 결혼 생활을 유지할 수 있는 비결이 무엇인지 물은 적 있다. 그때 그녀는 "남편과 나는 두 사람이 동시에 사랑이 식은 적이 없어요. 내가 사랑이 식었다 싶으면 남편이 사랑에 다시 불을 지폈고 남편이 사랑이 식었다 싶으면 내가 다시 사랑에 불을 지폈답니다. 그리고 지금은 처음 만났을 때보다 훨씬 더 행복해요."라고 대답했다. 여러분도 여러분의 남자와 늘 똑같이 서로 사랑하고 보듬어 주는 관계를 유지하지 않아도 된다는 뜻이다. 여러분은 얼마든지 원하는 관계를 누릴 수 있다. 그러니 여러분이 먼저 원하는 변화를 시작해 보자.

아침에 눈을 뜰 때마다 "우리가 서로 더 많이 사랑하려면 어떻게 해야 할까?"라고 스스로에게 묻자. 지금보다 더 활기차게 살고, 꺼져 가는 사랑의 불꽃을 되살리려면 어떻게 해야 할까? 손에 넣을 수 없는 꽃을 탐내거나 남자가 예전처럼 매력적이고 멋진 모습으로 돌아가기를 바라기보다는 여러분의 사랑을 보여 줄 수 있는 작은 행동으로 변화를 유도하자. 남자는 그런 행동을 눈치 채고 고마워할 것이다. 그러면 여러분이 바라는 것이 무엇인지부터 생각해 보자. 둘이 함께 새로운 활동을 하고 싶다면 어떤 활동을 하고 싶은지 구체적으로 생각하고 하나씩 실천에 옮기자. 재미있는 취미 생활이나 여행, 새로운 경험을 하고 싶다면 그것이 어떤 것인지 구체적으로 생각하고 그 일을 할 수 있도록 계획을 짜보자. 잘 생각해 보면 방법은 많다.

Love Smart

사랑 게임은 이제 그만!

남녀 사이가 나빠지면 어린아이처럼 유치한 게임을 하기 쉽다. 하지만 그
런 짓을 해서는 아무것도 얻을 게 없다. 장난이나 게임은 문제점만 더 부
각시킬 뿐 상황을 개선하는 데는 아무 도움도 안 된다.

- ❤ 못된 마음을 먹고 상대의 마음에 상처가 날 말을 해서는 안 된다.
- ❤ 남자가 하는 모든 행동에서 흠을 찾으려고 들어서는 안 된다.
- ❤ 무엇을 하고 무엇을 하지 않았는지 일일이 따지고 들어서는 안 된다.
- ❤ 화장실 휴지를 어느 방향을 끼워야 하는지 등 사소한 문제로 다투느라
  진짜 문제를 회피해서는 안 된다.
- ❤ "지금은 머리가 아프니까 이야기는 나중에 해."라거나 "지금은 기분이
  안 좋아서 그런 이야기 못하겠어."와 같은 핑계는 대지 말자.
- ❤ 배우자나 애인으로 인해 자신과 비슷한 문제를 겪는 친구들끼리 모여
  불평을 늘어놓는 일은 하지 말자. 그런 일을 계속하다 보면 친구들을
  잃기 싫어서 남편이나 연인과의 관계에 변화를 일으키는 것에 거부감
  을 갖게 된다.

오래된 연인일수록
서로의 욕구를 파악하라

사귀는 남녀가 서로의 욕구를 충족시켜 주면 둘의 관계는 성공적으로 지속된다. 하지만 자신의 욕구가 무엇인지 모르면 이 세상 그 누구도 그 욕구를 충족시켜 줄 수 없다. 자신의 욕구를 알기 위해서는 우선 자신을 잘 알아야 한다(2장에서 살펴본 대로). 그리고 남자에게서 무엇을 바라는지도 알아야 한다(이에 대해서는 1장에서 이야기했다). 연인이 여러분을 자랑스럽게 여겨 주기를 바라는가? 그가 여러분을 존중하고 소중하게 여기기를 바라는가? 열정적인 사랑을 바라는가? 감정적인 욕구, 육체적인 욕구, 정신적인 욕구, 사회적인 욕구를 솔직히 인정하자. 그런 욕구를 갖는 것에 대해 옳다 그르다라고 따질 사람은 없다. 욕구는 그저 욕구일 뿐이다. 자신이 어떤 욕구를 가지고 있는지 알아야 내 남자가 내가 바라는 대로 나를 사랑할 기회를 줄 수 있다.

일단 자기가 무엇을 원하는지 알아냈다면 남자에게 원하는 것을 해달라고 요구하고 왜 그것이 중요한지 설명하자. 그렇다고 내가 바라는 것이 어째서 내게 중요한지를 남자가 처음부터 완벽하게 이해해 주리라고 기대는 하지 말자. 모든 사람이 똑같은 것을 중요하게 여기지는 않으니까. 말하지 않아도 남자가 알아서 여러분의 마음을 헤아려 줄 것이라고 생각한다면 그것은 로맨스 소설을 너무 많이 읽었다는 증거다. 여러분의 남자는 독심술사가 아니다. 남자 혼자 여러분의 욕구를 짐작하라고 내버려 두는 것은 좋은 전략이 아니다. 무심하다거나 무례하다는 생각이 들 수도 있지만 그는 그저 여러분이 무엇을 원하는지 모르는 것뿐이다.

또 어떻게 해야 여러분이 행복한가를 남자에게 일일이 알려 준다고 해서 행복이 줄어드는 것도 아니다. 남자가 스스로 알아서 하든 아니면 여러분한테 이야기를 듣고서 겨우 실천에 옮기든 그가 하는 자상하고 속 깊은 행동은 여전히 의미 있고 소중하다. 사랑받거나 존중받고 싶다는 여러분의 욕구가 해결되는데 누구 아이디어로 욕구가 해결되든 그게 무슨 상관인가? 그러니 불평만 하지 말고 남자한테 아주 구체적으로 여러분이 원하는 바를 알려 주자. 구체적으로 무엇을 어떻게 하라고 알려 주어야 남자는 훨씬 더 쉽게 이해하고 실천에 옮길 수 있다. 겁내지 말고 원하는 것을 표현하자. 그리고 여러분이 원하는 대로 남자가 행동하면 칭찬을 해주어라. 그가 한 행동 때문에 여러분이 행복해졌다는 것을 분명히 보여 주어라. 예를 들어, 남자가 쓰레기봉투를 밖에 버려 주었을 때 "텔레비전 실컷 보고 나더니 이제야 나 도와줄 생각이 났나 보네."라고 말하면 남자는 도와주고 싶은 마음이 싹 달아나고 다시는 쓰레기봉투를 내다버리지 않을 것이다. 하지만 "고마워. 당신이 그런 일 해주는 게 나한테 얼마나 도움이 되는지 몰라."라고 긍정적인 말을 해주면 아마 앞으로 평생 쓰레기봉투를 내다버리는 일은 그가 도맡아서 하게 될 것이다.

남자의 욕구를 찾아낼 때도 같은 방법을 활용하자. 여러분의 남자가 지닌 은밀한 부분을 찾아내자는 말이다. 아는 사람이 거의 없는 그의 욕구를 찾아냈다면 여러분은 남들이 해줄 수 없는 것을 그에게 해줄 수 있다. 어떻게 해야 그에게 힘을 실어 줄 수 있을까? 어떻게 해야 그를 보호해 줄 수 있을까? 그가 행복하고 완전한 존재가 되었다고 느끼게 하려면 어떻게 해야 할까?

도움이 되는 존재가 되고 싶다는 것을 남자에게 설명하자. 단, 남자가 알아듣기 쉬운 말로 설명해야 한다. 다짜고짜 "내가 뭘 해주면 좋겠어?"라고 묻지 말고 "나의 어떤 점이 당신한테 필요하다고 생각해? 내가 하는 행동이나 말 중에 당신한테 가장 큰 힘이 되는 건 어떤 거야?"와 같은 식으로 말하자.

남자는 여러분이 자신을 자랑스럽게 여겨 주기를 간절히 원한다. 나 역시 마찬가지이다. 나는 많은 독자와 시청자들한테 인정받고 있지만 그보다는 아내가 나를 인정해 주는 것을 훨씬 더 중요하게 여긴다. 내 설명을 듣기 전까지 아내는 자신이 나를 자랑스럽게 여기는 것이 내게 얼마나 중요한가를 전혀 이해하지 못했다. 남자가 자신의 욕구를 자세하게 말하는 것을 너무 어렵게 여긴다면 일반적인 도움을 주는 것도 괜찮다. 여러분의 남자가 내가 만난 수많은 남자들과 비슷하다면 무슨 일을 하든 잘한다고 칭찬해 주자. 그러면 그는 스스로를 좋은 애인, 좋은 남편, 멋진 남자라고 느끼게 될 것이다.

원활한 의사소통은 두 사람의 관계를 강하게 밀착시키는 데 필수적인 요소다. 그리고 그것을 위해 가장 필요한 기술은 듣기이다. 남자는 여러분한테 무슨 이야기든 안심하고 할 수 있어야 한다. 남자의 입을 열게 하는 것은 쉬운 일이 아니다. 하지만 무슨 이야기를 하든 비난받거나 공격당하거나 창피당할 일 없다고 안심하게 되면 남자는 순순히 입을 열게 되어 있다. 남자의 이야기에 공감하고, 진지하게 이야기를 들어주자. 속마음이나 깊이 감춰 둔 생각을 이야기해도 창피당하거나 비난받지 않을 것이라는 확신을 심어 주자. 여자들은 심각한 문제나 속마음, 감정을 남들과 이야기하는 데 익숙하고, 또 그런 것을 자연스럽게 생각한다. 아마 여러분도 여자 친구들을 만나면 자신의 생각이나 생활을 숨김없이 이야기할 것이다. 하지만 남자들은 그렇지 않다. 남자들은 속마음을 여러 사람한테 말하지 않는다. 단짝 친구한테 고민거리를 적은 이메일을 보내지도 않고 친구들과 커피를 마시면서 눈물을 쏟고 하소연을 하지도 않는다. 그러니 우선은 남자가 여러분한테 마음 놓고 속내를 털어놓아도 된다는 것을 알아야 한다.

일단 그런 사실을 남자가 알고 나면 관계는 훨씬 더 단단해질 것이다. 여러분은 그가 기댈 수 있는 어깨가 될 것이고, 세상에 그보다 더 믿음직한 것은 없다. **상사, 직장, 가족, 친구들까지, 세상의 모든 스트레스로부터 지켜 줄 안식처가 되어 주자.** 여러분과 함께 있으면 그런 스트레스 대상은 생각나지 않아야 한다. 그리고 남자가 힘들게 이야기할 때는 현재에만 집중해야 한다. 과거의 상처나 과거에 그가 저지른 잘못을 들춰 내서는 안 된다. 남자가 이야기할 때 화를 내거나 비난을 해서도 안 된다. 그가 지금 하는 이야기가 나중에 그에게 해를 끼치는 일은 없을 것이라는 확신을 심어 주어야 한다.

따로 시간을 내서 대화를 나누면 사소한 문제가 눈덩이처럼 커져 해결하기 힘들어지는 사태를 막을 수도 있다. 주제는 좋은 것도 괜찮고, 나쁜 것도 괜찮고, 그저 그런 것도 괜찮다. 많은 커플들이 위기가 닥쳤을 때만 깊이 있고 진지한 대화를 나눠야 한다고 생각한다. 하지

만 따로 시간을 정해 대화를 나누거나 편지를 주고받으면 고민거리에
정신을 빼앗기지 않을 때도 시간을 내어 서로 소통할 수 있다. 한번 시
도해 보자. 이상하고 어색하게 느껴질수록 이 방법이 더욱 더 필요하
다는 뜻이다. 그리고 정말 이런 방법을 쓰는 사람들이 있는지 의문이
든다면 그 답은 '예스!' 이다.

연인 관계를 더욱 돈독하게 만드는 방법

연인이나 남편과의 사이를 더욱 단단하게 이어 주기 위해 실천할 수 있는 중요한 방법에 대해 좀 더 살펴보자.

두 사람의 관계를 위해 정기적으로 노력을 기울인다 __ 자동차 정비나 집수리, 헬스클럽에서 몸매 가꾸기에는 정기적으로 많은 시간과 돈을 쏟으면서 남녀 관계는 그저 가만히 내버려 두어도 알아서 잘 굴러갈 것이라고 생각하는 사람들을 보면 도무지 이해할 수 없다. 남녀 관계는 신경 쓰지 않고 가만히 내버려 두면 나빠지기만 할 뿐이다. 동호회에서 운동을 하거나 학교 다닐 때 클럽 활동을 해본 적 있는가? 그런 단체 활동을 하려면 많은 노력과 헌신이 필요하다. 여러분의 곁에 있는 사람을 위해서도 그에 못지않은 노력과 헌신을 기울여야 한다. 문제가 생겼을 때만 두 사람의 관계에 신경 써서는 안 된다. 처음 만나 지금까지 함께하면서 이미 사랑의 씨앗은 뿌렸다. 하지만 그 사랑의 씨앗을 뿌린 정원을 소중히 가꾸지 않으면 금세 잡초만 무성해진다.

267

서로의 존재를 당연하게 여겨서는 안 된다__ 그가 점심시간에 전화를 하자 다정하게 인사도 하지 않고 다짜고짜 상사가 심술을 부렸다거나 고양이가 달아났다거나 등등 기분 나쁜 이야기만 잔뜩 늘어놓는다. 혹은 화장실 문을 활짝 열어 놓은 채로 볼일을 보고 식탁에서 태연하게 트림을 한다. 혹은 세탁물을 찾아다 준 그에게 고맙다는 인사는 안 하고 왜 어제 안 찾아왔냐고 짜증을 부린다. 가끔은 그에게보다 커피숍 점원한테 더 친절하게 군다. 그러면 그도 여러분이 그를 대하는 것과 똑같이 여러분을 대한다.

내가 하고자 하는 말은 서로 **편안한 사이가 되는 것과 서로 무신경해지는 것은 종이 한 장 차이라는 것이다.** 서로 무신경해지는 순간 상대의 존재를 당연하게 여기고 더 이상 상대한테 신경 쓰지 않는다는 것을 상대도 느끼게 된다. 격식을 따지고 정중하게 행동할 필요는 없지만 적어도 친구나 동료를 대할 때 정도의 예의는 필요하다.

서로를 소중하게 여긴다는 것을 보여 주자__ 처음 연애를 시작했을 때는 서로에게 정성을 기울이고 듣기 좋은 말만 하고 상대의 마음에 들 행동만 한다. 남자가 테니스를 좋아한다고 하면 여러분은 큰 대회 입장권을 기를 쓰고 손에 넣는다. 그리고 여러분이 초콜릿 아이스크림을 제일 좋아한다고 하면 그날 여러분의 냉장고 냉동 칸이 초콜릿 아이스크림으로 가득 찬다. 모두가 사소한 행동들이지만 이런 사소한 행동을 통해 서로에 대한 마음과 사랑이 전해진다. 따라서 서로의 관계가 안정된 후에도 이런 사소한 행동들을 멈춰서는 안 된다. 상대의 삶을 좀 더 즐겁고 행복하게 만드는 작고 사소한 행동을 하는 것. 그것이 상대에 대한 사랑을 보여 주는 방법이다. 어떻게 하면 그가 좀 더 즐겁고 행복한 하루를 보낼 수 있을지 생각해 보자. 스트레스를 받았을 때 기분을 풀어 줄 수 있는 방법은 뭐가 있을까? 셔츠 호주머니에 사랑의 쪽지를 넣어 두는 것도 좋고 회사로 전화해서 가볍게 안부 인사를 전하는 것도 좋다. 그가 사랑받는다고 느낄 수 있는 방법을 생각해 보자. 기회가 생길 때마다 칭찬을 해주자. 청바지를 입으니 정말 근사해 보인다거나, 당신처럼 좋은 애인은 없을 거라고 말해 주자. 다른 사람한테 듣는 것보다 여러분한테 칭찬 듣는 것이 남자에게는 훨씬 더 의미 있고 기쁘게 느껴진다.

눈 내린 날 아침, 자동차 앞 유리창에 쌓인 눈을 치워 주는 정말 평범한 행동으로도 그는 여러분이 자신을 얼마나 소중하게 여기는지 그리고 그 사랑을 보여 주기 위해 얼마나 애쓰는지를 알게 된다. 여러분이 그런 행동을 하면 남자 역시 여러분에게 사랑을 보여 주려고 애쓸 것이다. 그런 남자를 위해 어떻게 해야 여러분이 즐겁고 행복해질 수 있는지 알려 주자. 작지만 서로를 즐겁고 행복하게 만드는 행동들이 쌓이면 두 사람 사이는 더욱 가까워질 것이다.

섹스를 소홀히 하지 말자 __ 처음에는 머릿속을 온통 차지하지만, 시간이 지나고 사는 게 바빠지면서 제일 먼저 희생당하는 것이 바로 섹스다. 하지만 그건 정말로 어리석은 짓이다. 그러면 크나큰 즐거움을 놓칠 뿐만 아니라 남녀 관계에서 절대 빼놓을 수 없는 육체적인 친밀함까지 잃어버리게 된다. 성관계는 지속적으로 이루어지도록 의도적으로 노력해야 한다. 안 그러면 다른 일들에 밀려나고 만다. '쇠도 안 쓰면 녹슨다.' 라는 말은 특히 남자들이 기억해야 한다. 섹스를 시간이 날 때나 할 수 있는 사치라는 생각을 버리고 우선순위의 높은 자리에 올려놓아라. 성적으로 만족하고 상대가 자신을 원한다고 느끼고 싶은 것은 건강한 남녀 관계에서 자연스럽고 또 당연한 일이다.

자신만의 시간을 가져라__아마 이상하게 들릴 것이다. 여러분 대부분은 사랑한다면 늘 함께 있어야 한다고 생각할 테니 말이다. 그건 틀린 생각이다. 상대와 자신이 좋아하는 것이 언제나 똑같을 수는 없다. 나는 스키를 좋아하는데 그는 추위를 못 참을 수도 있다. 나는 미술 관람을 좋아하는데 그는 미술 관람을 하느니 수염을 손으로 뽑고 말겠다고 할 수도 있다. 상대한테 잘 보이기 위해 자신이 좋아하는 것이나 취미를 희생하는 것은 어리석은 짓이다. 처음에는 그럭저럭 참을 수 있을지 몰라도 시간이 지나면 점점 지루해지고 상대에게 화도 날 것이다. 모든 일을 함께하다 보면 언젠가는 숨이 막힐 듯 답답할 때가 오기 마련이다. 앞에서도 말했지만 나는 아내가 나와 똑같아지기를 원치 않는다. 아내가 나와 똑같이 생각하고, 똑같은 것을 좋아하고, 똑같이 생기고, 똑같이 느끼기를 바라지 않는다. 나와 다른 독특한 개성이 있고, 자신만의 관심사가 있고, 자신만의 믿음과 생각과 행동 방식이 있어서 나는 지금의 아내를 선택했다. 각자의 시간을 가지고 자신만의 관심사에 몰두하면 더욱 성숙할 수 있다. 그렇게 각자가 성숙하면 두 사람의 관계도 덩달아 성숙하게 된다.

비교하지 말자__그를 남들과 비교하지 말자. 친구나 여동생, 언니의 남편이나 연인은 믿음직하고 로맨틱한데 여러분의 남자는 그렇지 않다. 친구나 여동생, 언니는 남편이나 애인과 일주일에 한 번 저녁에 외식도 하고 데이트도 한다. 다른 남자는 자기 여자한테 다정한 말도 잘하고, 생일에 값비싼 선물도 한다. 그런데 여러분의 남자는 그런 일은 꿈에도 생각 안 한다. 이렇게 비교할 거리는 무궁무진하다. 하지만 지금 여러분은 다른 커플들의 겉으로 드러난 모습만 보면서 자신의 남자와 비교하고 있다. 그렇게 해서는 절대 여러분이 이길 수 없다. 왜냐하면 그런 비교는 사과와 귤을 비교하는 것이나 다름없기 때문이다.

여러분은 자신의 남녀 관계에 대해서는 속속들이 알고 있다. 좋은 점뿐만 아니라 나쁜 점까지 모두 알고 있다. 하지만 친구나 언니, 여동생의 남녀 관계에 대해서는 겉으로 드러난 모습밖에 모른다. 그들이 남자와 어떤 관계를 맺는지 절반도 채 모르면서 자기 남자와 비교를 하는 것이다. 남녀 사이는 당사자밖에 모르는 법이다. 평범한 사람인 줄 알았던 이웃 남자가 아동 성폭력범으로 밝혀지는 뉴스를 볼 때가 있다. 그럴 때 그 남자의 이웃들은 한결같이 "좋은 사람이었어요. 아빠 노릇도 잘하고, 이웃들하고도 잘 어울렸어요."라고 말한다. 그저 겉으로 드러난 모습만 보았을 뿐 아무도 그 남자의 정체는 몰랐다. 여러분 친구의 남녀 관계도 마찬가지이다. 속사정은 당사자밖에 모른다.

재미있게 살자__어떻게 하면 둘이서 좀 더 다정하고 즐거운 시간을 보낼 수 있는지 생각해 보자. 처음 연애를 시작해서 온 세상이 황홀하기만 하던 그때 했던 일들을 떠올려 보자. 공연을 보러 가거나 스포츠 경기를 보러 갔던가? 평일 점심시간에 잠시 짬을 내서 만났던가? 목적지도 정하지 않고 무작정 함께 차를 타고 달렸던가? 열정적이고 짜릿했던 그때로 돌아갈 수 있는 일을 다시 시도해 보자.

완벽할 정도로
행복한 커플은 세상에 없다

완벽할 정도로 좋은 관계를 갉아먹는 또 다른 장애물은 '행복한 커플'에 대한 사회적 통념, 즉 일종의 환상이다. 그런 환상을 믿으면서 우리는 왜 그렇게 못하는지 생각하기 시작하면 자신과 상대방의 관계가 잘못되었다는 생각이 들기 마련이다.

환상   행복한 커플은 눈빛만 봐도 서로의 생각을 알 수 있다.

현실   눈빛만 보고 상대의 생각을 알아낸다는 것은 그 누구도 불가능하다. 유전자도 다르고, 육체적인 조건도 다르고, 정신 상태도 다르고, 살아온 경험도 다른 사람들이 눈빛만 보고 서로 생각을 알아낼 수는 없다. 게다가 여러분은 여자이고 그는 남자다. 두 사람은 머릿속 구조도 서로 다르다.

환상   행복한 커플은 항상 낭만적인 행동을 한다.

현실   대부분의 사람들이 연애 초기에 느끼는 짜릿한 느낌을 낭만과

혼동하는데 그건 낭만이 아니다. 연애 초기의 짜릿한 느낌은 잠시 서로에게 홀린 것일 뿐이다. 그 느낌은 금세 사라진다. 낭만적인 사랑은 감정에 좌우된다. 새롭고 흥분되지만 이것만 가지고 남녀 관계가 지속되지는 않는다.

환상 행복한 커플은 의견 차이가 생겨도 언제나 잘 해결한다.

현실 어떤 커플이든 서로 의견이 일치하지 않는 부분이 있기 마련이다. 사람마다 어떤 부분에 대해서는 결코 생각이 바뀌지 않는다. 그러니 서로 의견이 불일치할 수 있다는 사실을 인정하자.

환상 행복한 커플은 좋아하는 것도 같아야 한다.

현실 그렇다면 물론 더할 나위 없이 좋겠지만, 서로 취미나 좋아하는 것이 달라도 두 사람의 관계에는 아무 문제없다. 두 사람이 같은 것을 좋아하려고 노력하는데 스트레스만 쌓이고 재미도 없고 갈등만 심해진다면 포기하라.

환상 행복한 커플은 절대 안 싸운다.

현실 갈등은 모든 인간관계에 존재하며 말다툼(파괴적이지 않고 서로의 자존심을 해치지 않는 한)도 부정적인 역할만 하는 것은 아니다. 말다툼을 통해 긴장을 해소할 수 있고 자신의 감정을 무시하거나 외면하지 않고 적극적으로 표현하면서 안정과 신뢰를 쌓을 수 있기 때문에 오히려 두 사람의 관계에 도움이 된다.

환상 행복한 커플은 속마음을 서로에게 솔직히 표현한다.

현실 가슴속의 생각을 모두 털어놓으면 속은 후련하겠지만 한창 화가 치밀어 올랐을 때 무심코 던진 말이 두 사람의 관계를 영원히 망쳐 놓을 수도 있다. 상대가 무심코 던진 말을 용서하지 못해 헤어지는 커플이 한둘이 아니다. 후회할지도 모를 말은 하기 전에 신중히 생각하고 또 생각해야 한다.

환상 섹스를 안 해도 행복한 커플이 될 수 있다.
현실 성적으로 서로 만족하는 커플은 서로 더 가깝고, 안정감을 느끼며, 상대가 자신을 인정해 준다고 느낀다. 섹스를 절대 무시해서는 안 된다.

환상 행복한 커플은 늘 동시에 섹스를 원한다.
현실 서로에게서 손을 뗄 수 없을 정도로 열정이 불타오르는 연애 초기를 제외하고는 성적인 접촉을 원하는 때가 서로 다를 수도 있다. 그것이 정상이다.

환상 행복한 커플은 남녀 관계를 멋지게 유지하는 비법을 알고 있다.
현실 세상 모든 남녀 관계를 성공적으로 이끄는 만병통치약 같은 비법은 없다. 서로 사랑하고 싸우고 살아가는 방법을 가르쳐 주는 비밀의 문서 같은 것도 없다. 두 사람의 관계를 멋지게 유지하는 방법은 당사자인 두 사람밖에 모른다.

남녀 사이에는 항상
갈등과 사랑이 공존한다

남녀 관계를 제대로 이끌어 가기 위해서는 여러분과 그가 서로 갈등을 일으킬 수밖에 없는 사이라는 사실을 먼저 인정해야 한다. 지금 여러분은 육체적으로 정신적으로 감정적으로 사회적으로 여러분과 완전히 다른 타인과 서로의 삶을 공유하려 하고 있다. 그렇게 서로 다르기 때문에 문제가 발생했을 때 조심스럽게 그 문제를 관리하지 않으면 두 사람 관계는 밑바닥까지 추락할 수 있다. 관계가 발전해도 물살을 거슬러 나아가고 있다는 사실을 잊지 말아야 한다. 두 사람의 관계를 건강하게 유지하겠다는 목표를 세우고 그 목표를 이루기 위한 계획도 세워서 최선을 다해야 한다.

새로운 관계를 관리하기 위한 첫 번째 비결은 우선순위를 잘 선정하는 것이다. 자신의 관계가 잘 이루어지도록 하는 것, 그것을 우선순위의 상위에 올려놓아야 한다. 만약 우선순위에 없거나 우선순위에 반하는 일을 한다면 즉시 하던 일을 멈추고 우선순위와 맞는 일을 하자. 이것이 원칙이다.

관계를 관리하는 두 번째 비결은 행복한 사람답게 행동하는 것. 뻔한 말 같지만 훌륭한 사람이 되려면 훌륭한 사람답게 행동해야 한다. 남녀 관계에서도 마찬가지이다. 어떻게 해야 행복한가를 생각하고 행복해질 수 있는 행동을 하면 점점 행복에 가까이 다가갈 수 있다. 예를 들어 남편이나 오래된 연인이 여러분을 바라보며 웃거나 미소 지을 때 행복을 느낀다면 그가 여러분을 바라보며 웃거나 미소 지을 수 있는 일을 하면 된다. 스스로의 노력으로 원하는 것을 얻어내자.

관계를 개선하려 한다면 가장 말썽이 되는 부분을 해결할 특별한 계획을 세워야 한다. 가장 말썽이 되는 것은 싸움일 수도 있고, 화가 났을 때 말을 안 하는 거나 자기만의 공간에 틀어박히는 것일 수도 있다. 무엇이 되었든(그것이 무엇인지는 여러분 자신이 가장 잘 알 것이다). 말썽이 되거나 거슬리는 점을 극복하겠다는 '목표'와 이를 달성하기 위한 계획이 필요하다. 섹스가 두 사람의 관계에서 가장 말썽이 되는 것이라면 변화를 줄 수 있는 계획을 세워야 한다. 단순히 일주일에 몇 번 관계를 가질 것인지 회수를 정하는 것도 하나의 방법일 수 있다. 마찬가지로 두 사람의 관계에서 가장 마음에 들고 소중하게 생각하는 부분에 좀 더 힘을 실어 줄 수 있는 계획도 세워야 한다. 주말을 함께 보내는 것을 제일 중요하게 여긴다면 그런 시간을 좀 더 자주 갖고 좀 더 의미 있게 보내겠다는 목표와 계획을 세워야 한다.

목표와 계획은 자신과 남자에게 맞게 세워야 한다. 어떤 커플이든 짝을 이루는 남녀는 서로 다른 개성을 가지고 있다. 그 어떤 노력으로도 그 차이를 없앨 수는 없다. 따라서 여러분은 그런 차이에도 불구하고 관계를 관리해 나가는 법을 배워야 한다. 뿐만 아니라 서로의 다른 개성을 인정하고 소중하게 여겨야 한다. 조물주는 애초에 남자와 여자를 서로 다르게 창조하셨다. 서로 다른 시각과 서로 다른 표현 방식을 서로의 개성이라고 생각하자. 그런 서로 다른 개성을 관리하는 것은 어느 한 사람이 상대방의 시각과 생각을 쫓아야 한다는 뜻이 아니다. 그저 서로 다르다는 점을 인정하고 다르다는 사실 때문에 갈등하거나 좌절하지 않으면 된다.

끝으로 칭찬 관리가 있다. 문제점만 이야기하면 그 관계는 문제점 투성이 관계가 된다. 잘못된 것만 찾고 생각하면 잘된 것은 눈에 들어오지 않는 법. 상대의 실수와 결점만 찾고 생각하면 장점은 잊어버리게 된다. 상대방의 장점이나 칭찬할 만한 점을 떠올리면서 얼마 안 되는 단점이 그이의 장점을 가릴 수 없다는 것을 스스로에게 일깨우는 방법을 찾아보자. 의식적으로 그 사람의 장점을 생각하고 칭찬하고 정말 훌륭하다고 감탄하자. 그 사람의 열렬한 팬이 되면 저절로 독특하고 훌륭하고 멋진 장점만 눈에 들어오게 될 것이다.

위대한 사랑은 눈 깜짝할 사이에 찾아온다.
그래서 조금 전까지만 해도 삶이 완벽하다고 생각했는데
그다음 순간 지금껏 이 사람 없이 어떻게 살았나 하는 생각이 든다.
월 스미스, 〈히치〉 중에서

Epilogue

똑똑하게 사랑하기

똑똑하게 사랑하기란 자기를 믿고, 자기 가치를 믿는 것이다. 100을 가질 수 있는데 50에서 만족하지 말자. 자신을 멋진 사람이라고 생각하면 멋진 사람을 향해 손을 뻗을 수 있고, 멋진 삶을 살 수 있다. 그런 마음가짐으로 사랑 게임에 임해야 한다. 자동차에 비유하자면 지금 여러분은 '남녀 관계 수리 센터'에 들러 남은 인생 동안 행복하고 여유롭게 달릴 수 있도록 정비를 받은 셈이다. 이제 운전대는 여러분이 쥐었다. 더 이상은 남이 여러분을 어디론가 데려가 주기를 바랄 필요 없다. 사랑을 향해 마음껏 신나게 달리자!

♥ ♥ ♥

이 책을 집어들었다는 것은 간절히 원하는 것이 있다는 뜻이다. 내가 제일 먼저 한 이야기는 원하는 것을 얻을 자격이 있다고 생각하지 않으면 절대 원하는 것을 얻을 수 없다는 것이었다. 대단한 상을 받은 사람들이 수상 소감을 말할 때 저 말고 다른 분이 이 상을 받았어야 하는데, 어쩌고 하는 말을 많이 하지만 정말로 그 상을 남에게 준 사람은 한 명도 없었고, 그래야 할 이유도 없다. 그들은 상을 받을 자격이 있기 때문이다. 그래서 우리는 다음과 같은 사실에 그토록 많은 시간을 투자했던 것이다.

여러분은 스스로를 멋지고 행복을 누릴 자격이 있는 사람이라고 믿어야 한다. 자신의 참된 가치를 인정해야 한다. 다른 사람이 여러분과 사랑에 빠지기 전에 먼저 여러분이 자기 자신과 사랑에 빠져야 한다. 자신도 좋아하지 않는 여러분을 대체 어떤 사람이 좋아해 주겠는가? 여러분의 지난 사랑을 파헤쳐 본 것도 바로 그 때문이었다. 과거의 사랑 패턴을 알아내야 무엇을 바로잡고 무엇을 고쳐야 하는지 알 수 있다. 뿐만 아니라 우리는 여러분이 바라는 남자의 조건들에 대해서도 생각해 보았고, 여러분이 가진 조건들에 대해서도 생각해 보았다. 여러분이 시간을 낭비하고 싶어 하지 않는다는 것을 알기에 제대로 된 후보자가 아닌 남자한테 몇 주 혹은 몇 달씩 시간 낭비를 하지 않는 방법도 살펴보았다. 정말로 괜찮은 남자를 '낚고 싶다면' 먼저 여러분 자신을 사랑해야 한다. 그리고 자신의 '최고의 모습'을 만들어 내야 한다.

'최고의 모습'은 자신한테 있는 여러 가지 자질, 성격, 개성, 조건들을 종합해 자기를 가장 잘 보여 줄 수 있는 하나의 모습으로 형상화한 것이다. 자신의 참모습을 숨기고 거짓된 모습을 보여 주거나 모든 남자의 마음에 들기 위해 애쓰면 결국은 혼란스러워지고 그 어떤 도움을 받아도 원하는 남자를 찾을 수 없다. 자신의 참모습을 숨기는 것이야말로 사랑으로 가는 지름길을 외면하고 일부러 먼 길로 에둘러 가는 것이다. 자신이 아닌 다른 사람의 흉내를 낼 필요는 없다. 좋아하지도 않는 것을 좋아하는 척하지 않아도 된다. 왜냐하면 일단 여러분에 대해 알고 나면 여러분을 좋아하게 될 남자는 세상에 많으니까. 여러분이 자신의 삶을 사랑하고 얼마나 열정적인 사람인지 알기만 하면 남자들은 여러분한테 매력을 느낄 것이다.

우리는 누구나 원하는 것을 이룰 수 있다. 우리의 삶은 우리가 써내려 가는 것이다. 이런 말이 이제 지겨운가? 그렇다는 것은 이제 그 말이 머릿속에 새겨졌고 실행에 옮길 준비가 되었다는 뜻이다. 새로운 사람을 만나고 사랑하는 과정은 여전히 어렵다. 여러분이 이 책을 읽기 시작한 때부터 다 읽은 지금까지도 연애 시장의 상황은 조금도 나아지지 않았다. 하지만 적어도 여러분은 새로운 사람을 만나고 사랑하는 것에 대한 지식을 얻었다.

여러분의 마음을 채워 줄 남자는 분명히 존재한다. '인연은 하늘에서 만들어진다.'는 말이 있다. 어느 정도는 맞는 말이지만 적어도 남녀 관계를 관리하는 것은 땅에서 이루어진다. 그리고 여러분은 그 땅에 발을 딛고 살고 있다. 각자의 인생을 만들어 가듯, 사랑도 우리 스스로 만들어 가야 한다.

똑똑하게 사랑하기란 자기를 믿고, 자기 가치를 믿는 것이다. 100을 가질 수 있는데 50에서 만족하지 말자. 자신을 멋진 사람이라고 생각하면 멋진 사람을 향해 손을 뻗을 수 있고, 멋진 삶을 살 수 있다. 그런 마음가짐으로 사랑 게임에 임해야 한다. 자동차에 비유하자면 지금 여러분은 '남녀 관계 수리 센터'에 들러 남은 인생 동안 행복하고 여유롭게 달릴 수 있도록 정비를 받은 셈이다. 이제 운전대는 여러분이 쥐었다. 더 이상은 남이 여러분을 어디론가 데려가 주기를 바랄 필요 없다. 사랑을 향해 마음껏 신나게 달리자!